책을 펼친다,
나를 읽는다

책을 펼친다, 나를 읽는다

발행일	2024년 9월 6일

지은이	김리원, 김명희, 김미연, 김숙영, 김영숙, 남궁수경, 박정희, 유승훈, 조소연, 최인영		
펴낸이	손형국		
펴낸곳	(주)북랩		
편집인	선일영	편집	김은수, 배진용, 김현아, 김다빈, 김부경
디자인	이현수, 김민하, 임진형, 안유경, 한수희	제작	박기성, 구성우, 이창영, 배상진
마케팅	김회란, 박진관		
출판등록	2004. 12. 1(제2012-000051호)		
주소	서울특별시 금천구 가산디지털 1로 168, 우림라이온스밸리 B동 B111호, B113~115호		
홈페이지	www.book.co.kr		
전화번호	(02)2026-5777	팩스	(02)3159-9637
ISBN	979-11-7224-253-4 03810 (종이책)		979-11-7224-254-1 05810 (전자책)

(주)북랩 성공출판의 파트너

북랩 홈페이지와 패밀리 사이트에서 다양한 출판 솔루션을 만나 보세요!

홈페이지 book.co.kr • **블로그** blog.naver.com/essaybook • **출판문의** book@book.co.kr

작가 연락처 문의 ▸ ask.book.co.kr

작가 연락처는 개인정보이므로 북랩에서 알려드릴 수 없습니다.

책을 펼친다,
나를 읽는다

김리원, 김명희, 김미연, 김숙영, 김영숙, 남궁수경,
박정희, 유승훈, 조소연, 최인영 지음

 북랩

읽고 쓰고 생각하며 실천하는 삶, '나'를 찾는 시작이다

조소연

'나'가 중요한 시대라 하는데, 정작 개인의 삶을 들여다보면 그 안에 '나'가 없다. 나를 들여다보아야 하는데 남만 보고 살고 있다. '나'가 없으니 '우리'도 없다. '우리'가 없는 삶은 팍팍하다. 읽지 않는 사람들이 많아지고 있다. 글자를 읽을 수 있느냐 없느냐의 단순한 문제가 아니라 글을 읽고 이해해 내는 능력이 현저히 떨어진다. 소통도 힘들다. 문제가 생겼을 때 해결해 내는 능력도 떨어진다.

17년간 중고등학교의 교사로 지냈다. 세상이 빠르게 변할수록 읽고 생각하는 아이들을 키워야 한다는 생각이 절실하다. 자극적인 콘텐츠는 곳곳에 널려 있고 그것들이 아이들의 시간과 집중력을 부지불식간에 빼앗아 간다. 몸도 마음도 건강하게 성장해야 하는 중요한 시기이다. 잔소리를 늘어놓아 보지만 어른인 나도 통제가 힘들다. 수업 시간에 틈만 나면 학생들에게 책을 읽자고 이야기했다. 아이들은 당장 시험 결과를 위해 공부해야 하는 현실 앞에서 책을 들기 힘들어한다. 학생을 지도하다 보니 자연스럽게 학부모와 상담하는 시간이 많았다. 부모와 상담하다 보면 사춘기 자녀와의 소통과 관계의 어려움이 있음을 느낀다. 아이들의 문제뿐 아니라 어른들의 인식과 방법도 개선해야 한다는 생각이 들었다. 그런 이유로 2023년부터 학교 밖에서 일반인을 대상으로 하는 '춘천 같이 성장 독서모임'을 시작했다.

올해 봄, 독서 모임에 참여하는 분들에게 책 쓰기를 제안했다. 그렇게 책을 쓰고자 하는 아홉 분이 모였다. 나는 이미 2021년, 2022년에 두 권의 공저 책을 쓴 경험이 있어 그 경험을 나누고자 했다. 하지만 이번은 지난 두 번과는 느낌이 사뭇 다르다. 내가 시작한 모임에서 쓰는 공저 책이라 부담과 책임감이 컸다.

본래 뭐든지 처음은 힘든 법이다. 처음 독서 모임을 할 때, 처음 글을 쓸 때가 정말 힘들었다. 첫 경험이 좋아야 다음번에도 즐겁게 할 수 있다고 생각했다. 그래서 최고의 글쓰기 선생님이자 인생 코치 이은대 작가님을 선생님으로 모셨다. 글 쓰는 사람의 마음가짐과 태도부터 다잡았다. 글을 쓰다 보면 내면의 '나'와 직면해야 하고, 일상에서 일정 시간을 책쓰는데 할애해야 하는 부담이 있다. 또한, 쓰기 싫은 마음을 억눌러야 하는 어려움도 분명히 있다. 글을 쓰는 일 자체가 도전이고, 시련이란 걸 알기에 참여자 한 분 한 분을 떠올리며 기도할 수밖에 없었다. 약 세 달간 글을 쓰고 퇴고하였다. 모두가 글쓰기를 잘 마쳤다는 게 가장 큰 기쁨이다. 누구 하나 글쓰기와 관련된 약속을 어긴 적이 없었다. 하나의 목표를 향해 같이 달린다는 것이 혼자일 때보다 덜 외롭고 덜 힘들다는 것을 또 느낀다.

이 책에는 '책 속에 길이 있고, 답이 있다.'라고 믿는 작가 열 명의 삶이 담겨 있다. 책을 읽는 사람의 삶이 어떻게 변화하고, 성장할 수 있는지에 대한 솔직한 이야기가 담겨 있다. 책을 읽다 멈춰 생각하고, 또다시 읽고 생각하는 시간을 가지면 좋겠다. 각 작가의 삶에 영향을 주었던 소중한 책들이 마치 '숨은 그림 찾기' 처럼 소개되어 있다. 의미 있는 글귀들을 발견해 가면서 글쓴이가 살아온 시간을 따라가는 재미가 있다.

1장에는 '일과 직장에서 분투하는 삶을 사는 4050 세대가 책을 통해 위로받은 우리의 이야기가 담겨 있다. 2장에는 책을 읽으며 떠올렸던 각자의 그리운 시간과 사람들을 담아 놓았다. 3장에는 책을 읽으며 삶의 방향에 대해 생각하게 된 계기를 떠올리며 앞으로 어떻게 살아야 할지에 관한 이야기를 담았다. 4장에는 고군분투하는 4050 세대의 일상에서 그동안 어려움도 있었지만 잘 살아왔다고 공감하며, 앞으로도 잘할 수 있다고 스스로 격려하는 메시지가 담겨 있다.

함께 쓴 김리원, 김명희, 김미연, 김영숙, 김숙영, 남궁수경, 박정희, 유승훈, 최인영 작가님께 감사한 마음을 전합니다. 일상의 그 사소한 이야기가 힘들고 지친 누군가의 마음에 닿고, 용기를 줄 수 있기를 바랍니다. 글 쓰고 생각하며 실천하는 모든 이들의 삶을 응원합니다. 지도해 주신 이은대 작가님과 함께 응원해 주신 '같이 성장 북클럽' 회원님들께도 진심으로 감사드립니다.

\- 작은 내게도 큰 힘을 주신 분께 감사드리며,

'북카페 세컨드플레이스'에서 조소연

함께의 힘

김숙영

"대표님들…. 2024년 다 같이 공저 작가해 보시는 거 어떠세요?"

처음엔 홀로 독서를 했다. 그러다 독서 모임에 참석했다. 발표 연습을 하고, 사람들의 이야기를 들으며 다양한 생각을 접했다. 사람들은 있는 그대로의 내 이야기에 공감해 줬다. 또 다 같이 블로그를 시작하고 글을 썼다. 이제는 함께 책까지 출판한다. 혼자라면 절대로 하지 못했을 일들을 시도하고 실제 용감하게 하고 있다. 정말 놀랍고 기쁜 일이 아닐 수 없다.

10명이 함께 썼다. 한 사람당 4꼭지 작성이다. 적은 분량이지만 작성 과정은 힘들었다. 왜냐하면 나는 작년부터 책을 읽기 시작한 초보 독서가에다 글쓰기도 올해부터 블로그로 시작한 글쓰기 왕 초보자이기 때문이다. 그런 내가 이번에 책을 출판한다. 함께의 힘이 아니었다면 불가능했을 일을 해냈다. 나 자신이 참 기특하다.

초고는 그럭저럭 쓸만했다. 책을 읽으며 느꼈던 감정들과 깨달음을 설명하며 글을 작성했다. 일단 분량만 채운다는 마음으로 이런저런 신경 쓰지 않고 작성했다. 초고 작성을 마친 뒤 1차 퇴고하며 큰 깨달음이 왔다. 그리고 4꼭지 쓴 글 전부 모조리 다 갈아엎었다. 내 생각이나 감정을 설명하는 글 말고 그 상황 그대로 사실을 쓰려 노력했다. 책을 읽을 때면 일상에서 나와 비슷한 상황의 이야기가 감동과 재미가 있었다. 내 글에서도 그런 감동과 재미를 조금이라도 느끼길 바라는 마음이기 때문이다. 저기 먼 나라의 이야기가 아닌 실제 이야기로 말이다. 있는 그대로 사실을 쓴다는 건 생각보다 힘든 작업이었다. 그저 단순하게 힘든 상황이라고만 했던 글을 왜 무엇 때문에 힘들었는지 생각하고 생각해야 했다. 힘주어 생각한다는 게 이런 것일까? 정말 어디까지 생각해야 하는지 책상에 몇 번을 엎드려 한숨 쉬었는지 모른다. 어쩔 땐 그냥 지나치고 싶었다. 생각하고 싶지 않았다. 그러나 나는 그 생각의 생각 끝까지 밀고 쳐들어갔다. 그리고 그 상황에 나는 어떤 감정이 들었고 왜 그런 행동을 한 건지 하나씩 글로 풀어내기 시작했다.

내가 왜 불안하고 두려웠는지, 어떻게 해서 무엇 때문에 용기가 났는지 나를 깊숙이 들여다보았다. 풀리지 않던 글이 조금씩 써지기 시작했다. 그러다 금방 또 막히고, 엎드리고, 한숨 몇 번 쉬었다가, 글을 쓰길 반복했다. 얼마나 낑낑대며 썼는지 나중엔 쳐다보기도 힘들었다. 그래도 같이 쓰는 동료들이 있어 위안이 되었다. 더욱 힘들 땐 직접 만나 글쓰기 너무 어렵다고 한탄하다 보니 어느새 1차 퇴고의 끝을 향해 가고 있었다. 혼자였다면 끝까지 할 수 있었을지 모르겠다. 동료들이 있었기에 가능했다. 정말 같이 집필한 동료들에게 깊이 감사드리며 이 프로젝트를 계획한 독서 모임 리더에게도 깊이 감사드린다.

독서를 하고 사람들을 만나며 진정한 나를 찾아가기 시작했다. 내 생각 있는 그대로 받아들여짐에 의해 내가 무엇을 원하고 하고 싶은지 진지하게 생각해 봤다. 또 내가 행복하고 기쁠 때는 언제인지, 또 뿌듯할 때가 언제인지 책을 읽고 나누며 나를 탐구했다. 그리고 이런 나도 누군가에겐 도움이 되는 사람이란걸 깨달았다. 이런 마음은 내 배움의 열정을 불어 넣어 주었고 행복하고 즐거운 삶을 살게 해 주었다. 이 책은 나의 배움과 삶의 열정 그리고 그 누군가에겐 도움이 될 것이라는 믿음의 첫 신호탄이다. 이 책을 읽는 여러분이 일상을 적은 이 글을 읽고 공감과 위로를 받길 바라며 모두 다 작가가 될 수 있다는 용기를 얻는 책이 되었으면 한다. 세상엔 다양한 사람이 있다. 나에겐 별것 없는 이야기라 생각돼도 그 누군가에겐 큰 위로가 될 수 있다. 글을 쓰며 자유를 느끼고 다른 사람에겐 도움을 주는 글이 된다고 생각하면 얼마나 뿌듯한가. 이 책이 여러분의 삶 전반을 바꾸긴 힘들겠지만, 현재 삶에서 아주 약간만이라도 다른 생각을 던져주는 책이 되었으면 좋겠다. 이 책으로 용기를 얻고 나를 위한 일들을 작게라도 시도하는 삶을 살길 바라며 우리는 언제나 여러분의 삶을 응원한다.

1장

혼자가 아니라는 사실에 위로 받는다

2장

그리운 시간들

3장

어떻게 살아야 하는가

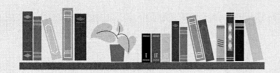

4장

그럼에도 잘 살았다는 생각이 든다

1장

혼자가 아니라는 사실에
위로 받는다

나만의 비타민

김리원

    살다 보면 치고 들어오는 말, 들으라는 듯이 하는 말, 앞에서 까는 말(앞담화), 뒤에서 까는 말(뒷담화), 이런 말, 저런 말 등을 듣게 된다. 이왕 사는 거, 좋은 말만 듣고 살면 좋겠지만 때때로 내가 그 까는 말의 주인공이 될 때도 있다. 모르고 살면 살 만하지만, 나처럼 우연히 지인과 이야기 도중에 알게 된다면 무척 당혹스럽고 어이가 없어진다. 얼마 전 우연히 만난 지인이 나에게 "개나 소나 다 상담센터를 개소하는 것 같다."라는 말을 들었다며 자신의 지인과 나누었던 대화에 관해 이야기하였다. 고개를 끄덕이며 무심한 듯 그 이야기를 들었지만, 사실 나는 오랜 프리랜서 생활을 청산하고 개나 소나 하는 상담센터를 곧 개소한다. 지인이 흘려들었다는 듯이 나에게 한 말은 부푼 꿈을 안고 있던 나에게 찬물도 아닌 똥물을 퍼붓는 무척 당혹스러운 말이었다. 나는 지인에게 개소에 대해 뭐라고 말도 못 하고 말꼬리를 돌려 이런저런 일상 이야기를 나눈 후 아무렇지 않은 척 다음에 만날 것을 약속하고 집으로 돌아왔다.

나에게 있어서 센터는 퇴근하고 돌아갈 집이 있는 것과 없는 것의 차이와도 같다. 그래서 사람들은 경제적 어려움이 없다면 집부터 마련하는 것이 아닐까 싶다. 이런 나를 보고 "그냥 기관에 들어가 상담하면 되는 거 아니야?"라고 말하는 사람도 있었으나, 나는 나만의 가치관과 경영 방식이 묻어나는 센터를 운영하고 싶었다. 좀 더 자유롭고 좀 더 많이 내담자를 위해 상담사 서로가 협업할 수 있는, 그리고 그 안에서 전문가로서 공부도 함께하고 연구도 하는 공간도 되는 센터 말이다. 그래서 상담 센터를 개소하며 지인들께 개소 소식을 알렸고 몇몇 지인들은 대면으로 만나 개소 소식을 전하며 센터 운영에 대한 포부도 말했다. 내가 만난 지인 중에는 프리랜서 생활을 하며 겪었던 파란만장한 나의 인생 이야기를 잘 아시는 분들도 있었는데, 내가 그동안 얼마나 힘들게 이길을 걸어왔는지 아시기에 응원의 메시지를 보내며 함께 기뻐해 주셨다. 그와 동시에 여전히 지금의 나를 서툴고 미숙한 애송이로 생각해 "걔가 뭘 알아."라는 식의 이야기도 함께 들렸다. 그래도 나름 오랜 상담 생활을 해왔는데 말이다. '사촌이 땅을 사면 배가 아프다.'라는 말도 있으니 '그럴 수도 있지.'라며 생각해 보려 하지만, 나 역시 사람인지라 그런 말을 들으면 상처받고, 이전에 아물었던 상처의 흉터가 아파져 온다.

이야기 치료에서 인생은 책을 쓰는 것과 같다고 했다. 인생이라는 책에 우리는 각자 삶의 이야기로 다양한 장르와 장들을 채워 나가며 산다고 한다. 아직 제목을 붙이지는 못했지만 내 인생이 담겨 있는 삶의 책에도 다양한 이야기가 담겨 있다. 그 삶의 책 안에는 정말 보고 싶지 않은 장도 있다. 어쩌다 넘겨진 그 장을 읽을 때마다 마음이 많이 아파져 오기도 하지만 요즘은 느끼는 것 또한 많아서 다시 쓰기 작업을 하려고 한다. 생각보다 사람들은 다른 사람에게 쉽게 상처 주는 말들을 한다. 응원한다는 말속에 "넌 안 돼."라는 의미를 담아 말하기도 하고, 내옆에 있는 사람을 보란 듯 칭찬하며 내게 없는 것을 말해, 나의 열등감을 자극하기도 한다. 의도하든 의도하지 않은 말이다. 일을 막 시작한 사람이라면 대부분 미숙하고 어리석고 서툴러, 어떻게 일을 했는지 기억조차 하고 싶지 않은 애송이 시절이 있을 것이다. 이러한 시절이 있었기에 지금의 경험 많고 유연한 전문가인 내가 될 수 있었다고 생각한다. 어떤 사람들은 그 과정을 보지 못했다는 이유로 과거의 모습만 기억하고 무시하거나 과거에 머물러 있을 것이라는 자기 나름의 해석을 한다. 혹여 소문에 반문이라도 하면 변명이라고 생각하는 사람들도 있기에 목구멍까지 나오려고 하는 이야기를 밀어 넣기도 한다. 그렇게 참기로 하고 말하지 않으면 나도 모르는 사이에 주홍 글씨가 새겨진다. 그렇게 새겨진 말은 점점 부풀려지고, 하지도 않은 말들이 생겨나 합쳐져 돌아다니기에 말해도 말하지 않아도 마치 정교한 함정에 빠진 것처럼 어려운 상황이 되어 버린다. 공포 영화에서 주인공이 함정의 밑바닥까지 내려갔다고 생각하고 올라가려 할 때, 알 수 없는 그림자가 나타나 더 아래 지하로 끌어당기듯이 말이다.

내 안의 지하실에 머무르고 있었을 때, 기관의 의뢰로 방문한 상담실 책장에 있던 오쿠다 히데오의 『공중그네』라는 책을 우연히 읽게 되었다. 책 앞면에 있는 내용과 그림을 보았을 때는 추리소설인 줄 알고 읽기 시작했는데, 마음 따뜻한 치유 소설이었다. 읽으면서 어찌나 재밌던지 남은 내용이 궁금해서 그날로 책을 구입하고는 받은 날 전부 읽어버렸다. 나는 그날 이후로 작가 오쿠다 히데오의 소설 속 주인공인 닥터 이라부를 좋아하게 되었다. 이 책은 정신과 의사 이라부가 다양한 심리적 문제를 안고 살아가는 사람들에게 정말 재미있는 방법으로 자신의 삶에서 해답을 찾도록 도와주는 과정을 담고 있다. 특히 타인의 말에 의해 상처받고 자신의 삶을 살아가지 못하는 사람에게 정말 생각지도 못한 방법으로 스스로 문제를 해결할 수 있도록 도움을 주는 상담 바이블 같은 책이다. 그리고 이라부의 병원을 방문하면 반드시 거쳐가야만 하는 의식이 있는데, 바로 비타민 주사를 맞는 것이다. 나에게 있어서 그 장면은 마치 지금부터 영양가 있는 삶을 살아갈 것이라는 암시를 주는 것 같았다. 병원을 방문한 사람들의 사연을 따라 책을 읽다 보면 내가 이라부가 되기도 하고 이라부의 환자가 되기도 하며, 순간순간 벌어지는 이라부의 독특한 치료법에 웃다가, 울기를 반복한다. 그리고 어느 순간 알아차리게 되었다. 타인의 말이나 행동에 눈치 볼 필요가 없으며, 내가 사는 삶의 주인공은 바로 나이고, 내가 가는 길이 나의 선택이라면 옳은 것이라고. 가다가 잘못 가면 되돌아서 가도 되고 쉬었다 가도 되고 다른 길로 가면 된다고. 심지어는 길은 만들면 되는 것이라고 말이다. 그렇게 삶의 비타민 주사를 맞은 나는 지하실의 계단을 올라 지상으로 나올 수 있었다.

살면서 나에게 좋지 못한 말들을 듣지 않고 살면 너무 좋겠지만 그런 말들을 듣지 않고 살 수는 없다. 남에게 상처 주는 말은 하지 말아야지 하면서, 내가 하는 말에 늘 신경 쓰고 조심하면서 살 수도 없다. 그렇다면 말에 대한 면역력을 키우면 되겠다고 생각하겠지만, 아쉽게도 말에 대한 면역력을 키울 수도 없다. 주사를 맞아도 매년 걸리는 독감처럼 말도 진화하기 때문이다. 그렇다면 어떤 좋은 해결책이 있을까? 나는 말에 대한 압박감 속에서 늘 긴장하며 살기보다 좋지 못한 말을 들었을 때 쉽게 벗어날 수 있는 회복력을 가지면 좋을 것 같다고 생각한다. 내 말버릇이나 말투는 내가 바꿀 수 있지만, 상대방의 말버릇과 말투는 바꿀 수 있다고 생각하는 것 자체가 상황을 더 악화시킬 수 있다. 결국 상처가 되는 말을 들었을 때 내가 상처받은 말에서 빨리 회복하는 것이 중요하다. 마음 아픈 문제가 생기면 이 세상에 나 혼자만 당하는 것 같고 나 혼자만 있는 듯 내가 해결해야만 하는 문제의 무게를 갖게 되기 때문이다. 그렇다고 이런 일들이 나쁜 것만은 아니다. 스스로 문제를 해결해 가는 과정에서 삶의 지혜도 얻고 치유의 방법들도 배울 수 있으니까. 그 과정에서 건강한 나로 돌아올 수 있도록 도와 줄 수 있는 비타민이 있다면 더욱 빨리 건강한 삶으로 그리고 행복한 삶으로 돌아올 수 있을 것이다.

비가 오는 어느 날, 날씨가 마음을 흔들어서인지 아니면 내 앞에 있는 사람이 내가 너무나 좋아하고 믿고 있던 내 딸이어서 그랬는지 모르겠지만 그날 난 "힘든 일은 없어?"라고 딸에게 가볍게 물었고, 잠시 고민하던 딸은 "엄마는 다른 사람 말에 상처받을 때 어떻게 해?"라고 내게 되물었다. 나는 딸의 되물음에 잠시 생각한 후 "일단 비타민 주사부터 맞아야 해."라고 말했다. 그 말에 딸은 어이없다는 듯 나를 바라봤다. 나는 내가 읽었던 책의 내용을 말해 준 후 "책을 읽고 비타민 주사를 맞는 이유에 대해 생각해 봤는데, 우리는 상처 준 사람이나 말에 집중해서 나를 돌보지 못하는 것 같아. 그래서 '나부터 살피라고 주사부터 놔주는 거 아닌가.' 하고 생각해 봤어."라며 미소를 짓고는 검지를 세워 딸아이의 팔에 주사를 놓는 시늉을 했다. 이후 나는 딸과 상처받았던 말과 그날 있었던 일에 대해 무겁지도, 가볍지도 않게 이야기 나누는 시간을 보냈다. 비가 그치듯 딸아이의 얼굴에서 먹구름이 가시는 듯 보였고, 나름 인간 비타민의 역할을 잘 해낸 것 같아 조금은 뿌듯했던 하루였다.

같은 단어, 다른 단어

김명희

    삼십 대 초반, 이직과 결혼, 출산으로 주변 환경 등이 달라지면서 많이 혼란스럽고 갈팡질팡했습니다. 아이를 키우며 일을 할 수 있도록 직장을 옮겼고, 주말부부, 워킹맘으로 아이들을 키우면서 초 단위로 해내야 하는 육아와 집안일, 직장 생활 등 숨찬 순간들이 버거웠습니다. 이런 제 안의 어지러움을 정돈해 가고 싶어 박웅현 작가의 『여덟 단어』를 읽으며 애썼던 순간들이 기억납니다. 십 년이 훌쩍 넘어 필사 모임을 통해 이 책을 다시 만나 필사하며 읽게 되었습니다. 책 속에는 십 년 전 제가 밑줄 그어 놓은 부분과 책 페이지마다 모서리를 접어놓은 흔적, 그리고 내가 끄적인 메모가 있었습니다. 그렇게 다시 안도현 시인의 시를 만났습니다.

    어찌할 수 없어서 *(중략)*

    가만히 알들에게 말했으리라

저녁이야

불 *끄고 잘 시간이야*

안도현, 「간장게장」 중

　시를 한 줄 한 줄 읽고 또 다시 올라가 읽으며 눈물이 흘러내렸습니다. 그때, 늘 즐겁고 밝은 우리 집 둘째 아이 YH가 엄마 다꾸(다이어리 꾸미기)를 해주겠다고 자기 스티커 몇 장을 들고 마침 제 공부방으로 찾아왔습니다. 책이나 영화를 보며 뜬금없이 눈물을 흘리는 순간을 많이 들켰던 터라 "엄마 또 우냐"는 핀잔을 듣고 싶지 않아, 아이와 눈을 피하며 제 옆자리에 앉혔습니다. 이 시 좀 읽어 보라고 하며 시가 적힌 페이지를 건넸습니다. 초등학생은 이 시를 어떻게 느낄지도 궁금했습니다. "엄마, 게를 산 채로 간장게장을 만드는 거예요? 헐, 불쌍하다." 합니다. 같은 감흥을 가지며 비슷한 해석이나 정서를 기대했던 것은 아니었지만, 그래도 조금은 차분한 반응이나 해석을 기대했던 저는, 울다가 웃음이 나왔습니다. 그녀의 직관적 글자 해석과 그 반응에 웃음이 났지요. 그래⋯. 단순하다⋯. 그런 단순함이 좋다. 내 배 속에서 나온 너지만, 참 낯설다. 그래도 내게 늘 웃음을 준다, 넌. 의도적이든 아니든⋯.

　똑같은 것을 보고 다른 것을 읽어내는 힘에 대해 이야기하고 있는 박웅현 작가의 글에 무척이나 공감하고 있었는데, YH는 그런 진지함과 무거움을 깨버립니다. 그리고 현실 속에서 다른 시각을 갖는 생생한 사레를 이렇게 경험하게 해줍니다. '엄마가 또 진지한 생각을 하는구나, 난 재미없는데…. 또 나에게 또 읽어 주시려는구나.' 하며, 그것을 눈치 채고 이 시를 읽어보라는 저의 제안을 거부하려고 했던 것도 같습니다. 혼자 읽기 아깝다며 너무 좋다며 제가 읽어 주는 책 구절, 시 한 줄에 YH는 보통 재미없고 너무 진지하다는 반응을 했었기 때문입니다. 상황을 피하려는 듯, YH는 벌떡 일어나 이번에는 자신이 모아둔 스티커 상자를 통째로 가져왔습니다. 스티커 수가 얼마나 많은지 저걸 도대체 언제 다 모았으며, 언제 어떻게 다 쓰려나 하는 걱정마저 들었습니다. 엄마의 불필요한 걱정은 안중에도 없다는 듯이 스티커 꾸러미를 꺼내어 하나하나 애정이 담긴 눈빛과 손길로 넘겨보면서 무척이나 흡족한 표정을 짓습니다. 한동안 그것들을 보고 있다가는 "엄마, 이 스티커들에는 이런 세계관이 있어요. 이거 엄청 재미있죠? 엄마 다이어리 꾸며드릴까요?" 하면서 제 옆에서 그 스티커들로 스토리텔링을 하며 제 다이어리를 꾸미려 합니다. "YH야, 너 지금 세계관이라고 했니?" 하며 놀란 저에게, 그 스티커 속의 세계관이 이러저러하다면서 이야기합니다. 저는 세계관이라는 말에 놀랐습니다. "세계관이라는 뜻이 뭔지 알아?", "그럼요!" 하며 나름 본인의 해석을 말합니다. 저에게는 그녀의 세계관에 대한 해석과 정의가 맞고 틀리고가 중요하지 않았습니다. 그래, 너와 나는 다르지, 그래, 우리는 모두 다 다르지. 각자의 시선이, 시각이 다르지. 그래서 너의 '보는 것' 견(見)이, 엄마인 나에게는 새로움이 되고 힘이 되고 때로는 위로가 되기도 한단다. 문득문득 네가 던지는 한마디, 그리고 너와 나누는 대화 중에 마음에 와 깊이 닿는 말들이 있단다. 편견 없고 순수한 아이에게서 나올 수 있는 다른 해석과 시각에 대해, 박 웅현 작가가 말하는 견(見), 본다는 것이란 시간을 들여야 하고 낯설게 보는 것임을 이렇게 아이와 경험하게 합니다.

YH는 제가 퇴근하는 시간을 기다립니다. 저와 저녁 산책, 걷기를 하자고 합니다. 그리고 저에게 매일 묻습니다. "엄마의 오늘 하루는 어떠셨나요?" 이 질문을 시작한 게 작년 즈음이었던 것 같습니다. 선생님께서 집에 가서 부모님이 퇴근하시면 잠자리에 들기 전에 그렇게 물어보라 하셨다고 했었습니다. 선생님이 주신 미션이 아이에게는 특별한 의미였던 것 같습니다. 그렇게 시작된 "엄마의 오늘 하루는 어떠셨나요?"라는 안부를 매일 저녁 저에게 던집니다. 처음에 그 안부를 들었을 때는 눈물이 왈칵 나왔습니다. 놀랐습니다. 어리다고 생각한 둘째 아이인데 엄마의 안부를 묻는다는 게 감동이기도 했고, 고되게 시달린 저의 하루를 위로해 주는 것만 같았습니다. 아이는 이런 깊은 뜻이나 속 깊은 의도로 묻지 않았을 수도 있지만 저에게는, 아이가 엄마에게 보내는 진심 어린 '안부'와 같았습니다. 그리고 저 스스로 저의 하루가 어땠는지 다시 되돌려 생각해 보는 계기가 되었습니다. '그래, 나의 하루는 어땠지?' 갑자기 생각이 잘 나지 않습니다. 내일 있을 아이의 같은 질문에 대답을 잘하기 위해서라도 내일도, 모레도, 그렇게 매일을 '잘 살아내야겠다.'라는 생각도 들게 해주었습니다.

아이는 이번 주도 저녁 산책길에서 제게 묻습니다. 처음에 질문을 받았을 때의 감동도 덜하고 저의 하루에 대해 정성스러운 답변을 하지 못

합니다. "너무 바빴어.", "너무 정신 없었어." 등 피곤하다는 이유로, 대충 대답할 때가 많습니다. 명색이 엄마이고 어른인데 이러면 안 되겠다고 생각은 하지만, 몸과 입은 말을 듣지를 않습니다. 답할 기력도 없이 몸이 지치고, 마음 힘들었던 일과 그날 하루의 일과 관계들을 돌이켜 생각해 보기 싫으니 그렇게 답해버립니다. 그리고 아이에게 같은 질문을 되돌려 묻습니다. "오늘 하루 어땠니? 재미있었니?" 사실, 아이는 물을 사이도 없이 이미 학교생활, 친구들 이야기, 자기가 느꼈던 것들을 재잘재잘 이야기를 시작합니다. 이 또한 참 감사한 일이지만, 저의 일상이 얼마나 지치면 아이의 이런 재잘거림도 피곤하다는 이유로 그만 이야기했으면, 조용히 있었으면 하는 순간이 있음도 고백합니다. 그래도 다시 마음을 잡고, 정신을 차리고, 듣습니다. 아이의 이야기를요. 학교 체육 시간에 피구랑 축구 중 하나를 하기로 다수결로 정하는데, 여자아이들은 축구를 좋아하지 않아, 거의 매번 피구만 하게 되어 속상하다는 이야기, 친구에게 생일 선물을 주기로 했는데 잊고 약속을 지키지 못해 친구가 삐쳤는데 어떻게 마음을 풀어줘야 하는지 고민하는 이야기, 급식 시간에 자기 반이 제일 늦게 먹게 되어 투덜거렸는데 오히려 남은 특별식을 더 먹을 수 있어서 반전이었다는 이야기, 본인 생각에는 억울하게 선생님께 핀잔을 들었는데 친구가 슬쩍 와서 괜찮냐고 물으며 자기가 봤는데 네가 잘못한 건 아니라며 위로해 주었고 그 친구에게 너무 고마웠다는 이야기 등 아이는 그렇게 자신의 하루를 정성껏 이야기해 줍니다.

책을 읽으면 그 책 속에서 문장 사이마다 저의 이야기가 담깁니다. 보이지는 않지만 그 문장의 틈 속에 제 이야기가 함께 담겨 있는 듯합니다. 안도현 시인의 시를 읽으며, 눈 딱 감고 숨죽이며 간장을 울컥 받아들여야만 하는 엄마 게에 몰입되어 그 마음이 어땠을까 생각해 봅니다. 나 또한 내가 눈물을 꾹 삼키며 묵묵히, 담담하게 내 삶을 받아들여야 했던 순간의 이야기를 찾아냅니다. 책과 만날 때마다 책은 저에게 '함께'라며 저를 위로해 줍니다. 내 아이와의 우리끼리의 이야기가 또 하나 만들어져 한편의 서사가 되기도 합니다. 이야기가 글이 되고, 글이 책이 되고, 그 책이 다시 누군가의 이야기가 되는 그 과정, 그것이 제게는 책을 꺼내 들게 하는 이유입니다. 친구가 속상한 마음을 헤아리고 위로해 주어 힘을 냈던 아이의 그날처럼, 저도 누군가가 문득 물어오는 안부 인사에 힘을 내곤 합니다. 책에서 저는 그런 따뜻한 안부 인사를 느낍니다. 매일이 좋을 리 없습니다. 매일이 편안하기만 할 수도 없습니다. 억울할 때도 있고, 속상할 때도 있습니다. 초등학생 아이에게도 그럴 것이고 사십이 넘은 저도 그럴 것입니다. 서로의 작은 이야기들 속에서 서로의 서사를 만들어 가고, 서로 다른 생각과 관점을 통해 새로운 통찰을 발견하기도 합니다. 앞으로도 저는 책 속에서 서로의 안부와 서로의 생각과 통찰을 나누는 일상을 만나기를, 그 시간이 계속되기를 바랍니다.

'너의 시간을 알라'가 가져온 큰 변화

김미연

저녁 8시 30분. 학교 도서관 불이 환하게 켜져 있다. 학생들이 모두 빠져나간 학교에서 무슨 일이 있는 걸까. 요즘 선생님들이 학교에서 힘들다던데, 야근까지 하는 거려나. 그건 아닌 게 확실하다. 창문 너머 얼핏 보이는 선생님들의 표정이 밝은 걸 보면. 가만히 보니 선생님들의 손에는 책이 한 권씩 들려 있다. 동그랗게 모여 앉아 책을 펼치며 한 명씩 돌아가면서 말한다. 가끔 터져 나오는 웃음소리가 듣기 좋다. 알겠다. 독서 모임을 하고 있었구나.

아이들의 소리에 귀 기울이는 게 일상인 공간에서, 어른들의 소리를 집중해서 들어본다. 참 듣기 좋다. 한 달에 한 번, 매월 둘째 주 수요일 저녁이면 어김없이 도서관 불이 켜진다. 학교 안에 아이들이 아닌 우리 스스로를 위한 공간과 시간을 만들었다. 결국 아이들을 위한 것이기도 할 것이다. 이 시간만큼은 누구의 아내, 남편, 부모, 선생님의 역할을 벗고, 있는 그대로의 나 자신을 만난다. 나 스스로가 이 공간의 주인이 되려 한다. 직장 동료들과의 나눔은 더 특별하다. 같은 일을 하는 사람들의 애환을 누구보다 잘 알고 공감하기 때문이다. 가족에게 받기 어려운 지지와 힘을 받을 때가 있다. 가끔은 머리 한곳을 잡아당기는 어려운 문제가 해결되기도 한다. 그러나 직장에서 독서 모임을 하는 건 쉬운 일은 아니었다. 올해 벌써 3기가 운영 중인데, 도대체 어떻게, 왜 시작하게 되었던 걸까.

매일 바쁘다. 정신이 없다. 이렇게 바빠도 되나 싶을 정도로 교실에만 들어서면 하루가 후딱 지나갔다. 학교에서는 담임의 역할이 가장 크고 막중하다. 아이들과 씨름하다 보면 어느새 퇴근할 시간이고 많이 지친다. 그날도 여느 날과 다름없었다. 달라진 게 있다면 한 부서의 부서장이 되어서 담임을 하지 않게 된 점이었다. 40대 후반의 일이다. 오후 공강 시간이면 같은 부서의 선생님 교실을 찾았다. 아이들에게 뺏긴 힘을 먹는 거로, 대화로 채우자면서 '똑똑' 문을 두드렸다. 그때가 코로나 시절이어서 3~4명씩 한 교실을 사무실처럼 쓰고 있었다. 내가 들어서면 모두 하던 일을 멈추고 커피를 끓이고 간식을 준비했다. 선생님들과 이렇게 담소를 나누며 부서장으로서 잘하고 있다는 생각도 들었다. 화합을 잘 이끄는 유능한 리더십의 부서장 말이다.

이런 믿음은 그리 오래가지 못했다. 여름 방학을 앞둔 어느 날, 여느 날처럼 선생님들의 오후 시간을 확인해 보니, 한 선생님이 공강 시간이었다. 간식거리를 싸 들고 교실을 방문했다. 이런저런 이야기를 나누던 중 선생님이 책 하나를 조용히 내민다. 피터 드러커의 『성과를 향한 도전』이었다. 피터 드러커의 책 중에 이런 책도 있었냐면서 아는 척하며 반갑게 받았다. 이때까지만 해도 이 책이 몰고 올 폭풍을 전혀 예상하지 못했기 때문에 편안한 마음이었다. 근데 이 책을 왜 주는 거지? 약간의 의문이 들긴 했지만.

여름 방학 내내 이 책을 읽었다. 처음 읽기 시작했을 때 충격을 받았다. 책 내용이 도통 이해가 되지 않는 거다. 왜 이러지? 이 책을 조용히 건넨 사람을 찾았다. 이상하다, 책이 읽히지 않네, 왜 이런 걸까. 방학 중, 학교에 나온 그 선생님을 잡고 한동안 이야기를 했다. 나를 혼란에 빠뜨린 사람은 나보다 10살이 젊은 J선생님이다. 오랜 육아휴직을 끝내고 복직을 한 첫해에 같은 부서에서 일하게 된 분으로 원래 친분이 깊었다. J선생님과 책에 관한 이야기를 하면서 깨달았다. 나의 독서 수준이 형편없다는 것을. 이 나이에 책 읽는 방법을 배울 줄이야. 더 충격적인 건 책 내용이었다. 읽을수록 얼굴이 화끈 달아올랐다. 책을 읽어 내려갈수록 이 책을 나에게 왜 주었는지 의문이 점점 풀렸다.

'너의 시간을 알라.' 단순한 이 한 문장이 가슴 깊이 박혔다. 매일 바쁘게 자신과 조직을 몰아붙이면서 정작 성과는 미비한 채로 반복되던 행동들이 스치듯 지나갔다. '시간 낭비 원인 중에는 경영자 자신이 조절할 수 있고 그 자신이 개선할 수 있는 부분이 있다. 그것은 그가 낭비하고 있는 다른 사람의 시간이다.' J선생님이 이 책을 조용히 건넨 이유가 있었다. 시도 때도 없이 찾아오는 부서장 때문에 일을 하다가 맥이 끊겼을 거고, 친목 도모의 이야기로 피로하기도 했을 거다. 얼마나 답답했을까. 대놓고 말도 하지 못하고 참 난감했겠지. 말로 알려주면 그 당시는 알더라도 곧 잊어버렸을 게 분명하다. 그런데 책을 통해 삶을 돌아보고 체험하듯 읽으니 배움이 찾아왔다. 참 신기했다. 오십을 바라보는 나이에도 이런 배움이 있다니.

이후 J선생님이 추천하는 책들을 읽기 시작했다. 처음에 읽었던 책들은 주로 시간 관리와 습관 등의 자기계발서였다. 돌아보면 업무에 필요한 서적이나 수업에 필요한 자료는 적극적으로 찾아 읽었지만 정작 나를 위한 책 읽기는 없었다. 참 의외였다. 책을 읽는다는 게 이리도 즐거울 수 있다니. 동시에 괴롭기도 했다. 책의 내용 요약이나 핵심 파악이 어렵던 증상이 차츰 개선 되어갈 즈음이었다. 마음이 일렁였다. 지금까지 살아 온 것과는 다른 삶의 방향을 책에서 이야기하고 있었기 때문이다. 그럴 때마다 잠시 중단하고 사색하는 시간을 보냈다. 차츰 하지 말아야 할 일과 우선으로 해야 할 일, 거리를 두어야 하는 사람과 만나야 할 사람이 구분되기 시작했다. 그리고 중요한 걸 알게 되었다. 학교에 책을 좋아하는 사람들이 많다는 것을. 그 전에 교류가 별로 없던 선생님들과도 책을 매개로 같이 모였고, 생각을 나눴다. 한 명, 한 명 그렇게 시작된 게 벌써 3년째가 된 것이다.

첫해에는 시간 맞추기가 가장 큰 난제였다. 워킹맘, 워킹대디들이 따로 시간을 내서 자기를 계발한다는 건 생각보다 어려운 일이었다. 우리는 곧 해결했다. 직장인 모두가 방해받지 않는 자유의 시간을 찾은 것이다. 토요일 새벽 시간. 지금 생각해도 열정이 대단했다. 한발 더 나아가 미친 성장챌린지에도 도전했다. 한 권의 책을 읽는 한 달 동안 깨달은 점을 삶에 적용하는 프로젝트로, 점심 먹고 산책하기, 자전거 타고 출근하기, 아침 수영하기, 가족과 야외활동하기 등 개인별로 다양한 과제를 수행했다. 지금 생각해 보면 이 모든 것이 독서 중심의 삶으로 습관을 형성하는 훈련의 과정이었다. 무엇보다 큰 힘을 얻는 순간이 있었다. 선생님들과 일과 개인적 삶, 그리고 그 균형점에 대한 다양하고 깊게 나눈 이야기 속에서 해답을 찾을 때였다.

사실 교사라는 직업은 같은 장소에서 같은 일을 수행하면서도 교류할 기회가 많지 않은 직업이기도 하다. 어떤 날은 바로 옆 교실에 있지만 제대로 인사 한번 못 나누고 퇴근하는 날도 있으니까. 그렇게 긴장하고 정신없이 일하는 곳이 직장이라고는 하지만 한 달에 한 번 모여 읽은 책을 매개로 힘든 점, 좋았던 점, 아쉬웠던 점을 나누다 보니 달라지는 것이 있었다. 이날은 다른 사람의 말에 귀 기울이고 고개를 끄덕이는 것으로 시작한다. 그냥 조용히 수용하면서 공감의 장을 만들어 간다. "이해해요. 나도 그런 적 있어요. 괜찮아요. 당신이 정상이에요. 그게 어떤 기분인지 알아요." 서로를 이해하게 되면서 유대감과 신뢰가 쌓여간다. 나만의 어려움, 나만의 아이들 문제에서 우리 모두의 문제로 확장되면서 교사 독서 모임은 교직의 시련을 이겨낼 힘을 주고 있었다.

책이라는 도구로 변화의 물꼬를 틔운 J선생님은 올해 초 퇴직했다. 진정으로 축하하면서도 독서 모임은 이젠 끝이구나 하는 생각에 아쉬웠던 것도 사실이다. 그런데 이상한 일이 발생했다. 생각과는 다르게 독서 모임이 여전히 이어지고 있다. J선생님의 뒤를 이어 P선생님은 독서리더 과정을 이수하고 테이블리더로 맹활약 중이다. 독서 모임을 통한 선생님들의 성장과 배움은 자연스럽게 아이들의 독서 지도로 이어지고 있다. 독서 교육을 위한 자료개발 교사동아리가 만들어지는 한편, 1학년부터 3학년까지 장기간의 독서 교육과정을 운영하는 사례까지 생겨났다. 교내 도서관 환경에도 관심이 커져 교직원 회의 때 학교의 공간 구성에 관한 구체적인 안이 언급되기도 하였다. 하루의 3분의 1이나 되는 긴 시간을 함께 공유하는 사람들과의 의미 있는 교류 덕분에 시간의 중요성을 알게 되었다. 남의 시간을 넘보면서도 뭐가 잘못된 것인 줄 몰랐는데, 말이다. 배움에 늦은 시간은 없다는 것도 알게 되었다. 시작은 그저 단 한 권의 책이었다. '너의 시간을 알라.'를 담고 있는.

솔직한 만큼 위로받는다

김숙영

코로나가 시작됐다. 초등학교 3학년 딸은 학교에 가지 않았다. 회사는 매각으로 규모를 줄이고 내 자리가 위태위태했다. 불행 중 다행으로 희망퇴직을 받았고 그렇게 나는 2020년 6월에 12년 다닌 회사를 퇴사했다. 이제 내가 할 일은 가정을 돌보는 것이었다. 나는 좋은 엄마, 좋은 아내로 가족에게 인정받고 싶었다.

아이와 수학 교과서를 폈다. 도형이다. 유튜브에서는 아이가 설명할 수 있어야 완전학습된 것이라 했다. 아이에게 사각형, 삼각형, 원을 설명해 보라 했다. 아이는 자꾸만 단어 하나씩을 빼고 설명한다. 토씨 하나 틀리지 않고 완벽해지길 바라던 나는 계속 다시 하라고 했다. 결국 아이와 나는 점점 얼굴이 구겨졌고 끝내 서로가 불편해하며 마지못해 공부를 마쳤다. 나의 요리는 어떠한가? 매일 저녁상이 긴장된다. 김치찌개를 끓였다. 국물이 멀겋다. 이건 내가 봐도 찌개가 아니다. 아무리 해도 찌개 국물이 되지 않는다. 퇴근하고 온 남편은 다시 국간장, 고춧가루, 다시다로 양념한다. 나는 옆에서 지켜보다 조수가 된다. 남편의 얼굴이 꼭 화난 것 같이 보인다. 나는 그런 남편에게 매일 빵점을 맞는 기분이다.

아이의 교육에서도 아내로서도 무능감을 느낀다. 실패자가 된다.

어느 날 스피커가 사고 싶어 골라본다. 몇 개를 정해 놨다. 근데 내 마음대로 주문하면 뭔가 잘못될 것 같아 남편에게 얘기한다. 남편은 자기가 고른 상품에 대한 설명과 함께 그 상품으로 결제한다. 내가 마음에 들었던 스피커의 디자인, 색깔, 휴대성 등 나의 기호는 금방 잊었다. 남편이 고른 스피커 가성비가 더 좋아 보였다. 내가 좋았던 디자인 따위는 억지인 것 같다. 그렇다. 나의 기호 따위는 억지였다. 시간이 흘러 내가 무엇을 좋아하는지, 그냥 내가 하는 작은 선택조차 옳고 그름이 구분되지 않았다. 그냥 남편 말을 듣는 게 편했다. 하지만 아이 교육은 제대로 하고 싶었다. 자녀에 관한 책과 강의를 보며 공부 끝에 엄마가 행복해야 했다. 그래야 아이가 행복하단 걸 알고 내 성장에 집중했다. 그러던 중 무엇을 위해 이렇게 책을 보는지, 왜 공부하는지 나의 인생 목표가 무엇인지 질문하는 영상을 봤다. 나는 머리를 한 대 세게 맞은 기분이었다. 그 길로 영상이 홍보하는 나다움의 자기계발을 하는 아이캔대학에 등록했다. 남편에게 묻지 않았다. 왠지 남편이 하지 말라고 할 것 같았다. 그리고 하지 말라 하면 나는 설득할 자신이 없었다. 그렇게 몰래 자기계발을 시작했다.

새벽 6시. 졸린 눈을 비비고 차를 타고 나간다. 밖은 아직 어둡다. 도착한 곳은 무인 카페. 자리에 앉아 옆 사람과 어색하게 인사했다. 말을 더듬으며 자기소개한다. 독서 모임이다. 아이캔 수업 중 독서 모임에 참여하래서 참여한 모임이었다. 새벽 독서라 어쩔 수 없이 남편에게 얘기했다. 남편은 역시 좋아하지 않는 눈치다. 조금 신경이 쓰였지만 밀고 나간다. 책은 『멘탈의 연금술』이다. 발표가 다가왔다. 가슴이 쿵쾅. 목소리로 떨림이 드러난다. 시선이 나에게 집중되는 것 같다. 나는 더 떨리고 하려 했던 말이 생각나지 않는다. 어떻게든 마무리해야 하는데 마무리가 안 된다. "그게… 그러니까 긍정적이어야 삶이 좋아진다는 것 같습니다." 식은땀이 흐른다. 고요하다. 리더가 말했다. "끝인가요?" 고개를 끄덕였다. 잠시 후 들린다.

"김숙영! 김숙영! 힘!"

그저 옳다고, 내가 쏟아낸 엉뚱한 말들 모두가 옳다고 말해주는 응원의 소리였다. 가슴이 뭉클했다. 정말로 힘이 났고 이상한 말조차 그냥 그대로 받아들여졌다. 신기했다. 여태 그게 되겠냐는 부정적인 소리만 듣고 살아왔는데 긍정으로 살면 삶이 좋아질 것 같다는 말에 너는 그럴 자격과 가능성이 있다며 편견 없이 나를 대했다. 눈물이 났다. 여태 그 누구도 내 말 그대로 지지해 주는 이가 없었다. 또 누구의 아내, 엄마가 아닌 진정한 나를 받아들여 주는 이 독서 모임이 좋았다. 마음이 따뜻해졌다.

저녁 식사 자리였다. 그 자리에는 리더와 독서 팀원 세 명, 강사 두 분이 함께였다. 가족 독서 이야기가 나왔다. 나는 독서 모임에서 받은 힘으로 영원히 숨기고 싶었던 남편 얘기를 꺼냈다. 남편을 설득하기 어렵고, 남편뿐 아니라 다른 사람들에게 내 얘기를 하면 나를 부정할 것 같은 두려움을 말했다. 그 자리 계신 분들은 그저 들어주셨다. 그러곤 한 강사는 『미움받을 용기』 책을 말씀해 주셨다. 어서 과제 분리를 하라고 말이다. 그리고 이런 불편한 얘기들을 마구 꺼내 얘기하라고 하셨다. 또 눈물이 났다. 눈물을 흘릴수록 편안하고 후련했다. 그리고 힘이 났다. 그렇지만 다 같이 모인 자리에서 너무 내 얘기만 한 것 같아 죄송하단 말에 리더는 말했다.

"제일 많이 용기 낸 사람이 제일 많이 깨닫고 성장합니다." 가슴이 벅차오른다. 힘이 난다.

아이캔 대학 인터넷 카페에 접속했다. '말하기 울렁증에서 벗어나'라는 포스터가 눈에 띄었다. 김익한 교수님이 하는 〈코끼리 강연〉에서 강연 홍보 및 강사를 모집하는 포스터였다. 가슴이 두근거렸다. 내가 꼭 해야 할 것 같았다. 사람들 앞에서 말하기 두려웠던 내가 꼭 넘어야 할 산이고 사람들에게서 받은 힘을 발표로 보여줘야 할 것 같았다. 신청서를 넣었다. 왠지 내가 될 것 같았다. 일주일 후 정말로 연락이 왔다. 서울로 가야 했다. 어쩔 수 없이 남편에게 아이캔 학생임을 밝혔다. 그리고 내가 사람들 앞에서 발표하게 됐다고 했다. 남편은 갑자기 얘기하는 나에게 불만을 표했지만, 가는 날에는 편안하게 하고 오라며 격려해 줬다.

150명 청중 앞에서 말하기는 처음이다. 책 『미움받을 용기』를 말할 때였다. 노예라는 단어가 나오자, 목이 메었다. 박수 소리가 들렸다. 흐르는 눈물을 닦고 이야기를 이어 나갔다. 청중들은 고개를 끄덕이고 반짝이는 눈으로 나를 바라봤다. '나는 너를 이해해. 힘들었지?'라며 위로해 주는 것 같았다. 10분의 짧은 발표였지만 나는 거기서 큰 위로를 받고 자신감을 얻었다. 새벽 5시부터 시작된 하루였다. 늦은 저녁 돌아오는 기차에서 아이와 쉴 새 없이 조잘거렸다. 발표 후 벅찼던 가슴은 진정되지 않았다. 내 눈은 더 초롱초롱하고 정신은 맑았다. 가슴 저 밑에선 훈훈함과 벅참이 계속됐다. 150명 청중은 나의 친구이며, 내가 있어야 할 곳은 바로 여기였다. 나는 결코 혼자가 아니었다.

그렇게 책과 모임에 깊어질 때 첫 서평을 썼다. 김현지 작가의『완벽하지 않아서 더 아름다운 것들』이었다. 제대로 읽어야지 생각했다. 그러나 책 한 장을 넘기자 힘주어 읽겠다던 내 마음은 저 멀리 사라지고 기운이 풀렸다. 첫 입구에서 작가 자신을 미운 오리라 정의 내리고 스스로 비난하고 야단쳤다는 말에 마치 내가 그 글을 쓴 주인공 같았다. 나는 미운 오리라는 표현에 훅 빠져 그녀의 인생이 궁금해지기 시작했다. 그리고 그랬던 그녀는 어떻게 이렇게 책까지 쓰게 되었는지, 그 방법을 알고 나도 나의 어려움을 극복하고 싶었다.

책을 읽으면 읽을수록 내가 어렴풋하게 알고 있던 불편했던 감정들이 선명해졌다. 아주 정확히 숫자를 매겨가며 하나씩 진단해 주는 것 같았다. 내가 뭔가를 하고 있을 때 속으로 못마땅하게 생각하고 있을 것 같다는 표현, 솔직하게 표현하면 뒷감당이 안 된다는 표현, 나의 실수에 대해 혹독하게 비난할 것 같다는 표현 등 책에 나온 불안과 두려움의 표현이 꼭 내가 파악하지도 못한 내 마음속을 그녀가 인터뷰해 쓴 책 같았다. 나는 그 책에서 엄청난 동질감을 느꼈고 공감과 위로도 받았다. 또 '나와 같은 이가 있었구나', '나만 힘든 게 아니었구나', '나는 정말 내가 세상에서 제일 못나고 이상한 사람'이라 생각했다. 그런데 여기 그렇게 나와 같은 생각을 하며 사는 사람이 있었다. 그리고 나도 그녀처럼 어려움을 극복하고 다른 이들에게 도움을 주고 싶었다. 나의 고통을 무기로 만들고 싶었다. 성장해야 했다. 내 고통은 나만의 빛나는 무기가 될 예정이다.

"잘 읽고 계십니까?" 독서 모임 카톡이다. 그냥 마음이 간다. 편견 없이 나를 믿고 지지해 주는 곳이다. 솔직한 내 모습, 내가 되고 싶은 모습을 독서 모임에서 만들어 갔다. 진심이었다. 진심으로 나와 너를 응원했다. 즐거웠다. 사람은 믿고 싶은 만큼 믿는다. 내가 진심으로 대하면 상대도 진심으로 대한다. 자신이 상대를 솔직하게 대하면 그만큼 위로와 공감도 솔직해진다. 진실한 위로와 공감 속에 진정한 깨달음과 성장이 일어난다. 솔직해지자. 타인은 물론 책, 강의 가족들 가장 중요한 나에게도 말이다. 솔직한 나와 너를 응원한다.

정리의 기본

첫째가 말했다. "엄마, 책장을 보고 있으면 책에 덮여 숨이 막힐 것 같아."

결혼 전 아이를 좋아한 나는 최소 셋은 키우겠다고 주변 사람들에게 습관처럼 말했다. 하지만 첫째를 출산 후, 철없는 말은 함부로 하는 것이 아니라는 교훈을 얻었다. 친정, 시댁의 도움을 받을 수 없는 상황에 주말부부였던 나는 이른바 '독박육아'를 했다. 모유 수유가 좋다고 해서 첫째와 둘째 각 1년씩을 모유 수유했다. 이유식은 유기농만 먹이겠다고 무항생제 소고기 안심이 오는 매주 수요일을 기다려 아침에 첫째를 어린이집에 일찍 보내고 둘째를 안고 줄을 서서 유기농마트에서 식재료를 샀다. 놀이가 좋다는 말을 듣고 온 집안을 놀잇감으로 채웠고, 결혼 전 '전집은 절대 사지 않을 것'이라는 신념은 온데간데없이 사들였다. 아이 또래 엄마들과 만나서 육아에 대한 정보를 공유하며 그렇게 '엄마'라는 이름값을 하며 살았다. 첫째가 초등학교 입학 시기가 다가올 때쯤, 10평대에서 20평대로 이사를 했다. 전보다 넓은 평수였으나, 얼마 가지 못

40   책을 펼친다, 나를 읽는다

했다. 넓어진 평수만큼 나는 하나씩 하나씩 물건을 사들이고 있었다.

첫째 말에 정신이 번쩍 들었다. 그리고 천천히 책장부터 시작해서 거실을 둘러보았다. 전집이 진열된 책장, 그 위 TV, 헤어용품 수납장, 그 옆에 각종 청소기, 반대편 아이용 소파 두 개, 작은 장난감 수납장, 벽면에는 유치원 작품전시판, 스탠드형 에어컨 그리고 거실 중앙은 거실의 반 크기의 미끄럼틀이 있었다. 거실을 둘러본 뒤, 남의 집을 보듯 각방을 둘러보았다. 작은방 하나는 장난감 장이 한쪽 벽면을 가득 채웠고, 그 반대편은 앉는 습관을 기른다고 산 아이용 책상 두 세트. 나머지 작은방은 작은 김치냉장고 그리고 아이들 옷장과 버리지 못한 애매한 물건들이 쌓여있었고 그 옆은 열어봐야 알 수 있는 여러 개의 택배 상자. 온 가족이 잠을 자는 안방은 딱 네 명이 잘 수 있는 공간을 제외하고, 수납장과 장롱으로 채워졌다. 정말 이 집을 테트리스 게임을 하듯 벽면에 틈을 주지 않고 꽉 맞춰 채웠다. 남의 시선처럼 집을 둘러본 나는 "내가 지금 뭔가 잘못하고 있구나…"라고 말하며 한숨을 쉬었다. 전에는 집이 좁다는 핑계를 댔지만, 이제는 그게 아니라는 게 느껴졌다.

처음에는 정리가 문제라고 생각했다. 그래서 '외부의 도움을 받아 정리를 하면 되지 않을까?'라는 생각을 했었다. 하지만 이것도 처음에는 정리가 된 듯 보이지만, 시간이 지나면 다시 자신의 습관대로 원상 복귀된다는 이야기를 듣고 단념했다. 그렇다면 내가 할 수 있는 것이 무엇인지 고민했던 시기에 '미니멀 라이프(minimal life)'가 한창 유행이었다. 자연스럽게 미니멀 라이프에 관한 책을 찾아보게 되었고, 그중 장새롬 저자의 『멋진룸 심플한 살림법』을 읽게 되었다. 일단 '독박육아'라는 점과 나이가 비슷한 작가에게 동질감을 느꼈다. 그리고 일반 주부들 사이에서도 정리를 속속들이 알려 주지 않는데 아낌없이 오픈한 느낌이었다. 정리 전과 후 사진을 보여주며 간단명료하게 설명되어 있는 책이라 수월하게 읽으며 따라 할 수 있었다. 책에서는 필요한 것만 남기고 버리라는 이야기를 많이 했다. 따라 하면서도 '왜 필요한 것만 남기라고 하지? 나는 다 필요한데?' 정리가 아니라 필요한 것만 남기라는 말이 와닿지 않았다. 그러면서 미니멀 라이프란 과연 무엇인지 호기심이 생기게 되면서 관련된 책 여러 권을 더 읽게 되었다. 그래서 알게 되었다. 정리 용품을 사서 정리를 잘하는 것이 '미니멀 라이프'가 아니라 정리하기 전, 반드시 '비움'의 과정이 있어야 한다는 것을 말이다.

나는 비움이 생각보다 쉽지 않았다. 이를테면 남편과 주고받은 연애편지는 추억이 사라질까 봐 두려워서 버리지 못했고, 작아진 옷들은 나중에 다이어트해서 다시 입겠다는 희망을 버리기가 싫었다. 그렇게 매번 생각이 많아서 잡았다 놨다를 반복했다. 그냥 불필요한 물건을 버리는 일인데…. 나는 비움의 시간이 오래 걸렸다. 그럼에도 꾸준히 물건과 이별을 했다. 시간이 지나면서 신기한 일이 생겼다. 집에 공간이 생기기 시작한 것이다. 원래 이렇게 넓었나 싶을 정도로 방의 크기가 보였다. 몸에 힘이 풀리고 한참을 바라본 나는 '원래 이런 공간이었네…'라며 우리 집 공간과 마주했다. 분명 가족의 공간으로 사용되어야 했는데, 물건의 공간이었다는 것을 확인하게 된 것이다. 그래서 정리의 첫걸음이 왜 '비움'부터인지 몸소 체험하게 되었다.

거실을 비울 때가 생각난다. 물건을 갑자기 다 치우면 아이들이 놀게 없을 것 같아 불안했다. 그래서 바로 버리지는 못하고 베란다에 쌓아두고 거실을 비워보았다. 나중에 안 되겠다 싶으면 가져다 놓으려고 말이다. 그런데 세상에… 아이들은 TV와 수납장만 있는 거실을 보고 소리지르며 마음껏 노는 것이 아닌가? 그렇게 해맑고 행복한 표정은 아직도 선명하다. 놀잇감이며 책이며 그렇게 사들이고 채우고 놀아주었던 나의 노력에 대한 허무함이란 이루 말할 수가 없었다. 그렇게 수일이 지나도 물건을 찾지 않자 베란다에 두었던 물건을 모두 처분했다. 나는 그 행복한 표정을 보고 난 후, 물건을 더 이상 가지고 있을 이유가 없음을 확신했다.

최근 지인이 해 준 이야기가 있다. "이런 이야기 들어봤어요? 아무리 아름다운 음악이어도 쉼표가 없으면 '소음'이다." 이 말을 듣고 나는 얼음처럼 굳었다. 지인은 내게 "무슨 일 있나요?" "아… 좋은 말씀 감사합니다. 갑자기 예전 생각이 나서요…"라고 말하며 거실 비울 때 아이들 표정이 다시 떠올랐다.

평소 나는 무엇을 시작할 때 항상 습관적으로 남편에게 "오늘 어디 안 가지? 장난감 정리해야 하니까 같이 하자.", "책장 옮겨야 하는데 이쪽으로 할까?", "쓰레기가 쌓였으면 담배 피우러 갈 때 좀 버려줘."라며 잔소리로 모든 것을 시작했다. 내가 미니멀 라이프의 뜻을 정확하게 몰랐다면, 아마도 미니멀을 외치며 남편에게 매번 그의 물건을 버리라고 잔소리로 시작했을지도 모른다. 하지만 '비움'은 전과 달리 남편에게 아무 말 없이 진행했었다. 책을 읽으며 자연스럽게 실천으로 이어가고 있었기 때문이다. 거실, 아이들 방 그리고 주방까지 비움과 정리가 다 되어갈 때쯤 일이다. 집에 올 때마다 물건이 없어지는 걸 보면서 위기감을 느낀 남편은 갑자기 자신의 물건은 건들지 말라고 으름장을 놨다. 결국 그의 물건은 하나도 건들지 않고 나머지는 모두 비웠다. 나는 존중해 주었다. 그도 물건과 이별의 시간이 필요하다고 생각했기 때문이다. 잔소리가 아니라 내가 먼저 실천하고 보여주었더니 조금씩 변화가 생겼다. 최근 남편은 소심하게나마 몇 개씩 버리기 시작했다. 이것은 변화의 시작이라고 생각한다. 그리고 감사하다. 비움을 시작할 때 그냥 묵묵히 버리고 있는 나의 모습을 말없이 바라봐 준 남편에게 말이다.

나 혼자만 미니멀을 강조해도 안 되는 것 같다. 나만 사는 공간이 아니기 때문이다.

"엄마, 내가 만들고 있던 포스터 어디에 있어?" 버렸다. 거실과 첫째 방에서 종종 보이기에 이제 싫증이 난 걸 줄 알았다. 듣고 보니, 그것은 아직 미완성 포스터였고, 계속 고민하고 있었던 것이었다. 이런 경우가 종종 있다. 그래서 생각해 낸 것이 분기별로 가족들에게 물어보고 버린다. 버릴 때 아이들은 고민한다. 수채화 그림을 만지작거리며 고민 중인 둘째에게 "집에 한 달 동안 전시해서 오래 봤고, 바다 그림 이것보다 더 멋지게 그릴 수 있지 않을까?", "이 작품은 정말 훌륭해! 하지만 크기도 크고 보관이 어려우니 사진으로 남기고 정리하는 것이 어떨까?" 내가 할 수 있는 것은 버릴 때 옆에서 조언만 할 뿐이다. 모든 판단은 물건의 주인이 하는 것이다. 그렇게 하다 보니 요즘은 아이들이 더 과감하다. 각자 방 정리를 할 때 들여다보면, 혼잣말하며 정리를 한다. "이거 많이 봤잖아~ 다음에 더 잘 만들 수 있어!", "내가 이 스티커를 왜 모았지? 쓸 곳이 없어."라고 말하며 거침없이 버린다. 이제 아이들 방은 안방보다 물건이 없다. 자신들이 비운 공간에서 이제 하고 싶은 것이 있으면 바로 활용할 수 있다. 아이들은 공간이 주는 '감사함'을 이미 안 것 같다.

심해 속으로 빨려 들어가는 기분이었다

남궁수경

"사실은 너희 시아버지가 시한부란다."

둘째를 임신했을 때 입덧이 심했다. 첫째 아이 밥 먹이기도 힘들었다. 어쩔 수 없이 시댁으로 들어갔다. 합가하고 일주일 정도 지나 아버님의 시한부 소식을 알게 되었다. 자식이라곤 단 한 명뿐인 아들이 걱정되어 시한부 소식을 알리지도 않으셨다. 내가 집에서 함께 지내면 어차피 알게 될 테니 알고 있으라 했다. 어머님은 마흔이 가까운 외동아들의 걱정뿐이었다. 하지만 나는 바로 남편에게 아버님의 시한부 소식을 알렸다. 남편은 잠시 아무 말도 없다가 집에 가서 얘기하자며 전화를 끊었다. 남편은 외동이자 장남이다. 잠깐의 침묵 속에 그의 충격이 느껴졌다. 어머님은 당신의 남편이 아픈데도 불구하고 늦게 결혼한 아들의 둘째 손주 소식에 기뻐하며 며느리를 받아들이셨다. 세상 예민한 입덧 환자를 받아들이셨다.

아버님은 파킨슨병을 진단받았고 남들보다 이른 나이에 퇴직하셨다. 퇴직 후 등산을 다니셨고 온갖 건강에 관련된 서적을 읽으셨다. 덕분인지 파킨슨의 진행 속도가 그리 빠르지는 않았다. 하지만 잦은 음주 탓으로 간에도 병이 생겼고 그것으로 시한부 선고를 받으신 것이었다. 그래도 아버님은 꾸준히 여기저기 다니셨다. 친구도 만났고 산에도 가셨다. 운동도 하셨다. 그러다가 뒤로 넘어졌다. 두개골이 골절되어 중환자실에 입원하셨다. 둘째 출산 후 얼마 되지 않은 날이었다. 어머님은 엄청 바쁘셨다. 남편도 신경 써야 했고, 손녀도 보고 싶어 했다. 나는 슬슬 신혼집으로 돌아가려고 했다. 그러나 신혼집이 있는 지역에 적수가 나온다는 뉴스로 시댁에서 몇 달을 더 보내게 되었다. 그리고 우리에게는 곧 셋째의 임신 소식도 찾아왔다. 혼자 외롭게 자란 남편의 성공적인 자녀 계획이었다. 아이들은 너무 이뻤다. 세상에 이런 존재도 있구나 싶었다. 시댁에서 남편도 없이 어머님과 서로 맞춰 살아가며 그럭저럭 잘 지냈다. (남편은 회사의 프로젝트에 들어가면 보기가 힘들었다. 주말부부를 넘어선 프로젝트 부부 또는 간헐적 가족이라고 나는 부르고 있다.) 그런데 내 마음이 점점 이상해져 갔다. 그 상황을 벗어나고 싶었는데, 신혼집 동네의 적수 관련 뉴스는 같은 상태로 진전이 없었다. 나는 두 어린 자식과 내 안에 품고 있는 아이를 데리고 갈 수 있는 곳이 없었다. 아버님은 점점 더 병세가 악화되었다. 반드시 옆을 지켜야 하는 시기였다. 어머님은 힘들어하시면서도 남의 도움은 받지 않으셨다. 옆에서 지켜보는 내 마음조차 힘들고 갑갑했다. 중환자실에서 기적처럼 살아나신 아버님은 약간의 치매 증상이 추가되었다. 어머님과 나는 하루 종일 어린아이들과 아버님 돌보기를 함께 했다.

막내의 출산이 두 달 정도 남은 시점이었다.

"수아 어미야, 어머니 몰래 우리끼리 등산이나 다녀오자. 저번에 갔던 폭포 있던 산이 좋겠구나." 아버님은 어머님 몰래 산에 가자고 하셨다. 거동까지 불편해진 아버님은 거의 외출이 불가능했다. 나는 느낌이 왔다. 이것이 아버님이 나에게 하는 마지막 부탁이라는 것을 말이다. 코로나 시국이라 조심스러운 시기였다. 전화 통화도 힘든 남편에게 얘기했다. 나 혼자서는 불가능하니 도와달라고 했다. 하지만 남편은 연차조차 쓸 수 없는 상황이었다. 너무나 바쁘게 회사 일이 돌아가고 있었다. 나 혼자라면 가능한 일이었지만 나는 혼자가 아니었다. 온종일 아이들과 함께였기에 나는 평생 마음에 남을 것을 알면서도 아버님의 그 마지막 부탁을 들어드리지 못했다. 아버님은 자식이 한 명이라도 더 있었어야 했다. 나 같은 며느리가 아니라.

아버님은 지옥 같은 연명치료를 하지 않기로 했다. 계속 누워만 있는 시간이었다. 병원에 가도 딱히 할 수 있는 것이 없었다. 막내를 출산한 나는 몸과 마음이 병들어 가고 있었다. 나의 외출은 첫째의 유치원 등원과 하원을 할 때뿐이었다. 빌어먹을 코로나였다.

내가 미쳐가는구나 싶었다. 세상에 이런 불평불만을 가진 싸움꾼이 있나 싶었다. 내 몸은 깊은 바닷속의 바닥으로 빨려 들어가고 있었다. 온몸이 축 늘어져 한없이 빨려 들어가는 기분, 주변은 정신없이 흘러가는데 나 혼자만은 천천히 깊은 어둠 속으로 가라앉고 있었다. 나를 붙

잡아 줄 이는 하나도 없었다. 창문을 하나하나 막아버리고 싶었다. 작고 귀여운 얼굴 셋이 나를 쳐다보면 엄마라는 책임감으로 다시 원래의 나로 돌아가고 싶었다. 아무 힘 없이 중력의 힘으로 고요히 심해 속으로 빨려 들어가던 나는 아이들을 보고 발버둥을 치고 싶어졌다. 약간의 빛이라도 들어온다면 그걸 움켜쥐고 매달리고 싶었다. '살려주세요. 내 아이들은 내가 키우고 싶어요. 제발 힘을 주세요' 몇 날 며칠을 빌었다. 그러고는 현실에서 점점 힘을 빼기 시작했다. 힘을 빼고 나니 그렇게 잡고 싶던 한 줄기의 빛이 얽히고설켜서 그물망이 되어 나를 천천히 올려주었다. 아주 아주 천천히.

얼마 후 아버님이 돌아가셨다. 미친 며느리는 밤을 새워 울다 웃기를 반복했다. 그리고 장례가 끝날 즈음 정신을 차렸다. 내가 일 처리를 해야 하는데, 내 역할을 해야 하는데 미쳐있을 수는 없었다. 처음엔 아무 준비도 하지 못해서 납골당으로 모셨었다. 아버님의 부탁도 못 들어드렸는데 유언도 못 들어드렸다. 그래서 아버님이 원하셨던 수목장으로, 순탄하지만은 않게, 돌아가신 후에야 산으로, 나무 곁으로 보내드렸다. 장례를 치르고 남편은 회사로, 나는 아이들 케어로 각자 맡은 임무를 해결해 나갔다. 아버님 나무가 있는 곳에 갈 때마다 마지막 그 부탁이 생각나 마음 한편이 묵직하다.

아버님은 나에게 첫째 임신 선물로 '육아 책'을 선물해 주셨다. 한참을 보지 않다가 출산 후에 부랴부랴 읽었었다. 새벽 수유에 비몽사몽한 상태로 한 장 한 장 책과의 대화가 시작되었다. 육아라는 커다란 산에 든든하고 다정한 말벗이 생겼다. 나는 책과 대화를 나눴다. 지금 돌아보니 남편은 회사일에 치여 항상 힘든 상태였다. 누가 그랬다. 출산을 하고 10년 동안은 부부가 많이 싸운다고 했다. 우리도 그 과정을 거치고 있었다. 가장 가깝다고 생각했던 남편과 나는 확실하게 나눠진 역할 분담으로 가정을 꾸려가고 있었다. 역할 분담이 확실한데 나는 외로웠다. 그래서 나는 책이라는 육아 동료를 차츰 늘려갔다. 나의 육아 동료들은 아리송한 나의 궁금증을 쏙쏙 캐치해 주었다. 해결은 내 몫이지만 그 방안을 생각하게 해주었다. 책과 함께한 이후로는 더 이상 외롭지 않았다. 우리의 지금을 겪어온 사람이 조언해 주는 이야기는 나의 마음을 많이 달래주었다.

아버님이 주신 것은 단 한 권의 책이었지만, 나는 출산 이후의 가치관을 새로이 정립하는 데 많은 가르침을 받았다. 혼자인 것처럼 외로웠지만 더 이상 우울하거나 무기력하지는 않았다. 코로나로 인한 제한도 사라졌고 무기력도 없앨 수 있었다.

시댁에 들어갔던 초반에 아버님 앞으로 택배가 많이 왔다. 책이었다. 어머님은 그 택배를 마음에 들어 하지 않으셨다. 그런데 지금 나도 아버님 못지않게 책을 사고 있다. 책을 너무 많이 사서 남편에게 미안하지만, 이제는 육아 조언뿐 아니라 자기계발을 통한 진정한 성장을 하고 있다. 결혼이란 것을 하고, 아버님과의 인연이 제일 짧은 시간이었지만 이렇게 강렬하다.

'아버님, 아버님이 주신 책을 시작으로 저는 더 앞으로 나아가려고 합니다. 감사합니다.'

사십춘기들에게

박정희

내가 즐겨보는 유튜브 채널 중에 14F 사춘기라는 프로그램이 있다. 요즘 인기가 많은 김대호 아나운서가 출연한다. 사춘기라는 프로그램의 포맷은 사십 대의 잃어버린 취미 찾기다. 김대호 아나운서에게 이것저것 시켜본다. 본인이 좋아하는 칵테일도 만들어 보게 하고 관심 없던 패션에 대해 배워보게도 한다. 김대호 아나운서는 자신이 좋아하는 것을 할 때 어린아이처럼 몰입하고, 싫어하는 것을 할 때 몸서리치지만 끝까지 해낸다. 나는 그의 이런 모습을 보는 것이 즐겁다. 그는 어린 시절 내가 봐왔던 사십 대와는 매우 다르다. 철없어 보이기도 하고 순수해 보이기도 한다. 마치 어른의 무게를 내려놓은 것 같은 모습에 나를 이입하며 위로받는다.

마흔이 되면 어린 시절 내가 봐온 사십 대들처럼 어떤 어려움이 찾아와도 흔들리지 않을 거로 생각했다. 그런데 웬걸. 지금의 나는 주변의 살랑이는 바람에도 태풍이 몰아친 것처럼 흔들린다.

나는 주변에 좋은 사람이 많다. 그래서 사람들의 친절을 의심하지 않고 선의를 믿는 어른이 되었다. 그런데 마흔 초반에 그동안 주변에 없던 유형의 사람을 알게 되었다. 그 사람은 자신의 목적을 위해 얼마든 친절을 가장할 수 있었고 사람을 도구로 보는 사람이었다. 처음에는 그 사람의 친절이 고마웠다. 나도 도울 수 있는 것이 있으면 최대한 그 사람을 도왔다. 그런데 많이 가까워졌다고 생각했을 때 이 사람이 자신에게 필요한 도움을 주지 않으면 가차 없이 내 뒷말하고 다닌다는 걸 알게 되었다. 그리고 본인이 필요하면 거짓말도 눈 하나 깜짝하지 않게 하는 사람이라는 것도 알게 되었다. 지금까지 그렇게 남을 속이는 것을 거리낌 없이 하는 사람은 전에도 후에도 만난 적이 없다. 결국 내가 하지도 않은 말까지 지어서 다른 사람에게 하고 다닌 사실을 알게 되자 '이 나이에 사람 보는 눈이 이렇게 없나?' 싶었다. 그때 나는 너무 괴로워서 몇 개월을 사람 심리를 다루는 영상이나 책만 봤다. 그런데 자존심 때문에 이 마음을 어디에 말하고 싶지도 않았다. 조금 더 어린 나이였다면 그 사람 탓을 하고 훌훌 털어버렸을 텐데 '나이'가 문제였다. 이 나이에 사람 보는 눈도 없고 분별력도 없는 사람으로 비치는 것이 싫어 아무에게도 말하지 않고 속으로 삭였다.

하지만 비슷한 시기에 또 이 '나이'에 이런 것도 제대로 하지 못하나 싶은 일이 또 생겼다. 지금 돌이켜보면 별일 아니었던 일인데 과하게 내 실수를 책망하던 상관의 태도에 또다시 '이 나이'에 가 비집고 나왔다. 직장에서 자신감이 바닥으로 떨어졌다. 그래서 한동안 출근하고 혹시나 무슨 실수를 하는 건 아닐지 싶어서 일 하나하나에 신경을 곤두세웠다. 일이 제대로 되지 않았다. 신경을 곤두세우고 하는 일이니 제대로 되지 않는 것이 당연했다.

그때는 직장에서 실수하지 않으려고 온종일 신경을 곤두세우고, 퇴근해서 그 하루를 복기하며 불안감에 잠을 이루지 못했다. 나름의 해결 방법으로 저녁을 먹으며 술을 마셨다. 술을 마시면 그나마 불안감이 낮아지고 꽤 괜찮은 기분까지 들면서 잠을 이룰 수가 있었기 때문이다.

돌이켜보면 이 모든 일의 시작이었던 사건은 엄청난 실수도, 사건도 아니었다. 지금의 나라면 과하게 책망하던 상관에게 논리적으로 반박했을 것이다. 그런데 연이어 벌어진 일들이 쌓이다 보니 바닥난 자존감에 모든 일을 내 탓으로 돌렸다. 그러자 자존감은 더 떨어지고 감정 문제를 술로 푸는 나날이 이어졌다.

그래도 다행이었던 건 알코올 중독이 되기 전에 정신을 차리고 전문가의 도움을 받았다는 거다. 그때 상담 선생님이 내 문제를 듣고 나만 그런 게 아니고 많은 사람이 아주 사소한 문제에도 이렇게 정신력이 흔들릴 수 있다고 말해 주었다. 그게 큰 힘이 되었다. 나만 그런 것이 아니라는 사실이 엄청난 위안이 되었다.

얼마 전, 후배가 찾아왔다. 이런저런 이야기 끝에 요즘 어떤 사건으로 자신감이 많이 떨어졌다는 거다. 그 후배도 어느 정도 연차가 되었는데 실수 한 번에 다들 한마디씩 한 것이 상처가 된 것 같았다. 네 잘못이 아니라고 편들어 주는 한마디에 위로받았다고 말하는 후배를 보며 옛날의 나를 보는 것 같아서 마음이 아팠다. 나도 그 당시에 한 명쯤, 네 잘못이 아니라고 말해주는 사람이 있었다면 덜 힘들었을 것 같다. 그랬다면 스스로 생채기를 내지 않고 냉정하게 나의 부족한 부분을 돌아봤을 것이다.

요즘도 자꾸 내 행동이나 말에 대해 검열하고 제대로 하고 있는지 생각하게 된다. 직장에서 어느 정도 연차가 있으니 후배들 보기에 부끄러우면 안 된다는 생각에 사소한 실수도 하지 않으려고 나를 몰아붙인다.

내가 왜 이럴까? 나 원래 이렇게 소심한 사람이 아닌데 왜 이러는 거지? 하고 달라진 내 모습에 스스로 물어보게 된다.

그런데 이 또한 나만 그러는 것은 아닌 모양이다. 내 주변의 친구들 얘기를 들어보면 비슷한 고민을 얘기한다. 경력이 낮은 것도 아니니 직장 내에서 역할도 해야 하고 잘 해내야 한다는 심리적 압박이 있다.

'이 나이에 잘 해내야 한다'라는 압박감은 사람을 긴장하게 만들고 시야를 좁게 한다. 그래서 예상치 못한 소나기를 맞으면 모두 정신을 못 차리고 자존감이 바닥까지 내려가게 된다.

어느 날 잠실 교보문고에 갔다가 재미있는 책을 발견했다. 제목부터가 흔들리는 사십춘기들에게 안성맞춤인 책이었다.

'나도 아직 나를 모른다'

제목 때문에 책을 얼른 집어 들었다.

이미 베스트셀러반열에 오른 책이었다. '다들 나라는 존재를 알기 위해 이런 책을 읽고 있구나' 하는 생각이 들자, 마음이 찡했다. 나만 그런 것이 아니라는 위안이 들었다.

『나도 아직 나를 모른다』에서는 마흔이 넘어서 지하까지 내려간 나의 자존감에 대해 이렇게 말한다. '높은 자존감이라는 건 유니콘 같은 것, 허상이다'라고. 내가 그동안 고민해 오던 일들을 아무 일 아닌 것으로 만들어 버리는 작가의 쿨함에 위안을 얻었다. 그리고 마지막에 우리는 모두 완전히 불완전하고 충분히 불충분하다는 사실을 알려주며 너무 애쓰지 말고 나를 아끼고 행복하게 살라고 말해준다.

그랬다.

그동안 나는 불완전하고 불충분한 나를 이 '나이'에 어울리는 '어른'으로 살아야 한다고 생각하고 있었다. 그래서 작은 실수도 해서는 안 되고 제 나이에 맞게 어른스러운 태도로 살아야 한다고 이상한 틀을 만들어 나를 가두고 있었다. 그러니 내가 저지르는 실수는 단순한 실수가 아니라고 생각하게 되었다. 그것은 다른 사람에게 들켜서는 안 되는 '나이에 어울리지 않는 미숙한 내 모습'이었다.

그러니까 원인은 나였다. 외부의 요인이 나를 흔드는 것이 아니라 내가 나를 이리저리 흔들고 있었다. 허상의 완벽한 나를 세워두고 사람들이 나를 어떻게 볼까, 나 혼자 전전긍긍하면서 조바심 내고 있었다.

흔들림이 없는 나이가 아니라 흔들림이 없는 사람만 있을 뿐인데 그걸 착각하고 있었다.

만약 나처럼 '이 나이에……'라며 자신을 흔들고 있는 사십춘기가 있다면 꼭 말해 주고 싶다.

일단, 나이는 아무 상관이 없다. 그저 '나'에게 초점을 맞추고 살면 된다. 내가 사람 보는 눈이 없으면, '그렇구나. 사람 보는 눈을 키워야겠구나.'라고 생각하면 된다. 실수하면 같은 실수를 반복하지 않도록 노력하면 된다.

과거의 나보다 중요한 것은 현재의 나 자신이다. 과거를 후회하며 자신을 상처입히는 일을 반복하면 현재의 나도, 내일의 나도 불행해질 뿐이다. 애면글면하며 나를 그만 괴롭히자.

"당신은 잘하고 있다."

자신에게 조금 더 너그러워져도 된다. 우리는 완전하지도 충분하지도 않은 존재니까 말이다.

마당 풀을 뽑으며

유승훈

　‘창백한 푸른 점’ 1990년 보이저1호가 지구와 61억 킬로미터 거리에서 촬영한 지구의 사진에 붙여진 이름이다. 마흔이 넘어가며 삶을 돌아보고, 내가 누구인지 진지하게 생각하는 시간을 처음 갖게 되었다. 나는 누구지? 인간은 어떤 생명체지? 내가 사는 이 지구는 어떤 곳일까? 그러면 우주는? 생각이 끝없이 이어진다. 과학자들은 말한다. 138억 년 전 대폭발로 우주가 시작됐고, 40억 년 전쯤 지구가 탄생했으며, 4, 5백만 년 전 인류가 나타났다. 이 우주는 어마어마한 에너지장이고 양자역학의 원리가 작동하며, 수천억 개의 별들과 암흑물질들이 상호 영향을 미치며 공존하는 곳이다. 이 중 지구는 창백한 빛을 내는 아주 작은 점이다.

　지구의 자전과 공전으로 들어가면 더더욱 이해하기 어려워진다. 지구가 자전축을 중심으로 하루 360도 회전하는 자전의 속도는 시속 1,700㎞ 정도라고 한다. 고속도로에서 160㎞만 넘어도 간이 콩알만 해지는데 지구의 자전 속도는 그에 비해 10배 이상 빠르다. 공전 속도는 그보다 훨씬 빠른데, 지구가 태양 주위를 1년 365일 동안 한 바퀴 돌 때 속도는 시속 약 11만㎞이다. 상상이 안 될 것이다. 1초, 그러니까 '똑~딱' 하는 순간 지구는 약 30㎞를 이동한다. 총알보다 대략 10배 정도 빠른 속도다. 내 상식으로는 이해가 힘들다.

> '현대 우주론은 우리가 사는 지구가 특별한 장소가 아니라고 말해 준다. (중략) 우주에서 지구는 아무것도 아니다. 이보다 인간에게 큰 성찰을 주는 사실이 또 있을까? 진화론은 인간이 특별한 생명체가 아니라고 말해 준다.

『김상욱의 과학공부』에 나오는 내용이다.

'난 누구지?'

우주가 138억 년 전부터 시작됐는지? 그럼 138억 년 전의 이전에는 무엇이었는지? 지구에 인류가 4~500만 년 전 처음 출현하였는지? 현재 과학기술로 증명되었다고 하지만, 과연 100년 후에도 이 이론이 계속 유효할지는 아무도 모를 일이다. 100년 전에 그렇지 않았듯.

'나'라는 존재는 그 크기도 가늠할 수 없는 우주에서 한 점에 불과한 이 지구 행성에 살고 있고, 지구에서도 사막의 모래 한 알 같은 존재로 볼 수 있다. 우주의 시간으로 보면 후하게 쳐주어도 찰나의 찰나에도 미치지 못하는 짧은 시간을 지구에 머물다 사라지는 존재이다.

'우주'에서 '나'를 바라보는 시각에서 '나'라는 존재에서 '우주'를 바라보는 시각으로 전환하면 모든 게 달라진다. 이 우주가 138억 년이 되었건, 인류의 탄생이 언제든, 지구의 공전이 어떻든 모든 건 중요하지 않다. 오직 내가 태어나고 죽는 날까지 삶의 모든 순간이 소중하고, 사실 그게 전부다. 내가 지금 어떤 생각을 하고 있고, 어떤 삶을 사는지가 중요한 것이다. 지금, 이 순간이 모든 것이 된다. 그때의 내 마음은 크기를 가늠할 수 없는 온 우주보다 넓다 할 것이다.

올봄 정원 한구석 바위 근처에 개미 떼를 본 적 있다. 처음에는 몇 마리 보이지 않더니 어느 날 20~30여 마리가 분주히 땅속을 들락날락했다. 보이지 않는 바위 아래에 수백 마리 개미가 집을 짓고 살고 있을 거라 예상되었다. 개미는 한 마리 한 마리가 독립 개체이지만 크게 보면 군집 자체를 하나의 생명체로 본다고 한다. 우리 몸이 하루에도 셀 수 없이 많은 세포가 생성되고 소멸하며 생명을 이어가듯, 개미도 한 마리 한 마리는 인간의 세포 한 개로 볼 수 있다는 것이다.

인간 관점에서 개미 한 마리가 세포처럼 보이듯이, 우주 입장에서 지구에 사는 한 사람 한 사람을 하나의 세포로 볼 수 있다 하면 비약일까? 우주의 시간으로 보면 이 지구에 아주 잠시 찰나의 순간 머물다 가고, 우리 몸의 세포가 생성되고 소멸하듯 지구 행성에서 나라는 존재도 그런 존재로 볼 수 있을 것 같다.

이렇게 우주론적으로 생각하다 보면 떠오르는 경험이 있다. 5년 전쯤 마음 수행하는 곳에서 4박 5일간 머문 적이 있다. 수행의 리더는 4박 5일 동안 십여 명의 참가자에게 다양한 질문을 끊임없이 던졌다. 정답이 있는 질문은 없었지만, 참가자들에게 전하고 싶은 의미가 있는 것 같았다. 질문에 참가자가 답을 하면, 그 답과 관련된 또 다른 질문이 이어지는 프로그램이었다. 그 중 기억에 남는 질문이 하나 있다. 참가자들이 둥글게 둘러앉은 자리 가운데 과일 한 묶음 놓여 있었다. 질문이 이어진다. "이 과일이 내게 오기까지 얼마나 많은 사람의 노고가 필요했을까? 얼마나 많은 사람이 영향을 미쳤을까요?"

난 상상해 보았다. 동남아 어느 시골에서 농사를 짓는 부부가 생각이 났던 걸 보면 외국산 과일이었던 것 같다. 농사를 짓고 이를 수확하는 부부의 모습이 생각났다. 과일을 택배차에 싣고 운전하는 택배 운전기사도 생각났다. 그리고 서해를 건너는 배의 선장, 화물트럭에 싣고 옮기는 운전기사 아저씨, 과일을 낱개로 포장하는 분, 그리고 이 자리까지 가져온 사람 등 대략 15명 정도 생각이 났다.

잠시 생각의 시간이 끝나고 참가자들이 자기의 생각을 말하기 시작했다. 한 분이 말하기를, 과일을 수확하기 위해 심었을 씨앗은 전전해에 누군가 농사를 지은 과일의 씨앗일 테니 전전해 농사지은 사람도 관련 있을 것 같단다. 그러면 전전해 씨앗은 그 前전전해로부터 왔을 테고… 갑자기 관련된 사람이 무수히 많이 늘어났다.

다른 한 분은 자동차에 싣고 옮겼을 텐데, 그 자동차를 만든 사람도 관련이 있다고 한다. 자동차를 만들기 위해서는 디자인 한 사람, 디자인 종이를 만든 사람, 자동차 공장에서 조립 작업을 하는 사람들과 작업자들이 출근해 일할 수 있게 내조한 가족들도 관련이 있다는 얘기로 이어졌다. 인상 깊었던 한 분은 과일 씨앗이 자라 열매가 될 때까지 무수히 많은 날씨 변화를 겪을 것이고, 지구는 공기, 바람, 비 등 모든 것이 유기적으로 연결되어 있으므로 전 세계 모든 사람이 관련되어 있다고 말한 분도 계셨다.

그렇게 과일이 내 앞에 오기까지 관여한 사람에 관해 얘기하다 보니, 함께했던 참가자들뿐만 아니라 우리나라, 이 지구의 모든 생명체가 유기적으로 연결된 것은 아닐까 하는 생각에 이르렀다. 우리 몸이 셀 수 없이 많은 세포로 이뤄져 있듯, 드넓은 우주에서 지구 행성도 하나의 생명체가 아닐까? 이렇게 생각이 꼬리를 물면 머리는 복잡해진다. 답을 모르니, 아니 답이 없을지도 모르겠다.

주말 이른 아침 아내와 마당에 쪼그려 앉아 풀을 뽑으며 아내에게 우주 생성의 신비, 지구의 모든 것은 유기적으로 연결되어 있다거나, 지구가 하나의 생명체 같다고 하면, 아내는 "응, 응!" 하며 대답은 잘하지만 전혀 관심사도 아니고 공감되지 않는 분위기다. 마당 한구석 개미집 근처에서 풀을 뽑던 아내에게 질문을 던진다.

"아내, 당신은 언제 혼자가 아닌 것 같아? 언제 혼자가 아니라는 사실에 위로를 받아?"

신랑 얘기가 귀찮은 듯 호미를 내려놓고, 잠시 생각하던 아내는 "난 말이야, 마당에 난 이 많은 풀을 당신과 같이 뽑을 때~" 그렇다. 우주가, 지구가, 생명체가 어떻든 중요하지 않다. 인간은 내 몫의 일을 함께 해주는 사람에게 위로를 받는 존재인가 보다.

특정 스타일이 불편하더라도

조소연

아침부터 해가 쨍쨍한 유월의 아침. 모자를 질끈 눌러 씁니다. 윤보를 유모차에 앉히고 윤경이는 유모차에 연결한 발판에 올라서게 했습니다. 엘리베이터 문이 열리기가 무섭게 유모차를 밀며 뛰어나갑니다.

아홉 시 이십오 분. 오늘도 윤경이의 어린이집에 늦었습니다. 새벽, 네 시에 깨어나 우유 먹는 윤보를 재우다가 같이 누웠는데 일어나니 아홉 시였습니다. 눕지 말았어야 했는데. 어젯밤 웬일로 아이들이 일찍 잠이 들어 혼자 핸드폰도 보고 밀린 드라마도 보다 보니 두 시가 넘어 잔 것 같습니다. 남편 출근하는 소리도 안 들렸는데, 깨우지도 않고 나간 모양입니다. 언제부터인가 각개 전투로 달립니다. 본사에 온 남편도 회사 생활이 만만치 않은 듯합니다. 일찍 집에 들어오는 날이 없고, 언제 나갔는지 얼굴 보기도 힘듭니다.

'날 좀 깨우고 나가지, 자기만 쏙 나갔나 몰라.'

남편에게 원망이 돌아갑니다.

윤경이에게 빵 하나 물리고 나갑니다. 화장은커녕, 눈곱 얼른 떼고 유모차를 잡습니다. 어린이집까지는 다행히 먼 거리는 아니에요. 걸어서 15분 정도면 닿는 거리지요. 5분 안에 도착하겠다고 마음먹고 달립니다. 모자 쓰고 뛰어가는 내 모습이 처량합니다만, 한숨 타령만 하면 뭐하나요.

"야호. 가자! 애들아!" 억지로라도 신나게 달리다 보면, 진짜 신이 납니다. 두 아이 유모차에 매달고 날 듯 달립니다. 왕년에 달리기 좀 하던 실력이 죽지 않았습니다. 애들 둘 태우고 뭘 못 달릴까요. 운동할 겸 잘 되었습니다. 윤경이를 어린이집에 들여보내고 나오는 제 몸은 이미 땀범벅입니다. 2017년 유월 초. 전남 나주는 이미 한여름이었습니다.

비슷한 하루가 시작됩니다. 윤경이는 어린이집에 가고, 윤보는 다시 유모차에 태우고 돌아 나옵니다. 그때쯤 하얀 벤츠가 어린이집 앞에 섭니다. 꼭 그 시각에 만나는 윤경이와 같은 반 친구 소은이 엄마의 차입니다. 잘 차려입고 화장과 머리 스타일링도 깔끔하게 하고 아이 손 잡고 등원하는 소은이 엄마. 머리 위에 검정 선글라스까지 얹고 있습니다. 세상에. 똑같이 아이 둘 키우고 있는데, 소은이 엄마와 나는 참 다릅니다. 세수도 안 하고 모자 눌러 쓰고 무릎 나온 운동복을 입고 있는 내 모습이 작게 느껴집니다. 나도 멋지게 하고 다닐 때가 있었는데…. 예쁘게 꾸미지 못하는 건 아닌데….

명색이 학교 선생님입니다. 육아휴직 중이지만요. 춘천에서 시내 돌아다니다 보면 알아보고 인사하는 사람들이 꽤 있습니다. 그런데 이곳 나주에서는 나를 알아보는 사람은 아무도 없죠. 물론 나를 알아 달라고 이름표 붙이고 다닐 것도 아닙니다. 그래도 아무도 날 알아보는 사람이 없다는 사실이 오늘따라 마음을 가라앉게 만듭니다.

나주에는 남편을 따라서 왔습니다. 둘째 윤보를 출산하고 나주로 발령이 난 남편을 따라 육아 휴직하고 왔습니다. 두 아이 혼자 키우면서 직장 생활까지 하는 것이 힘들기도 했고, 억울하기도 했습니다. 아이는 혼자 낳은 게 아니잖아요. 혼자 육아하며 직장 다니면서 피곤한 삶을 사는 게 싫었습니다. 그래서 남편 회사 이전을 핑계 삼아 겸사겸사 이곳으로 이사 왔습니다. 그런데 이곳에서 갑자기 '나'란 사람이 없어져 버렸습니다. 이름도, 직장도, 친구도, 친하던 동료 선생님들도 이웃도 없어졌습니다. 어려울 때 달려와 주시던 친정 부모님 조차도요. 매달 나오던 월급도 없어졌고, 점심 한 끼 해결할 곳도 마땅치 않으니 그냥저냥 사는 것도 만만치 않습니다. 이곳에는 내가 평소에 가지고 있었던 것들이 하나도 없습니다. 그래서 '나'도 없어진 느낌입니다. 윤경이 윤보 엄마, 최 차장 아내. 그게 이곳에서의 나의 이름입니다. 진짜 나는 누구일까?

불편했습니다. 나와는 어울리지 않는 세계라고 생각했습니다. 전업 엄마, 누구누구 엄마, 누구의 아내. 그런 이름으로 불릴 줄은 상상도 못 했습니다. 너무나 갑자기 많은 것들이 바뀌었습니다. 사는 환경, 역할이 달라졌고, 호칭이 달라졌습니다. 변화는 늘 삶에 도움이 된다고 생각하는 나였지만, 막상 곱게 차려입고 어린이집에 오는 소은이 엄마를 보니 내가 왜 이러고 있나 한숨이 나옵니다. 아마 이곳에서는 나의 명함을 내놓을 일이 절대 없겠다는 생각이 들어 더 위축되나 봅니다.

내 이름이 없으니, 내가 누구인지를 계속 스스로 질문합니다. 나는 누구인가?

새벽 세 시 반. 아이들이 일어나기 전 책상에 앉아야 합니다. 내가 선택할 수 있는 것은 이 시간뿐입니다. 그리고 모든 게 새로웠던 환경에서 내가 취할 수 있는 선택과 마음가짐에 대해 생각해 봅니다. 새로운 환경과 새로운 역할이 나에게 주는 의미는 무엇일까. 나에게 있어서 가장 중요한 삶의 우선순위와 역할은 무엇인가. 내가 휴직을 선택한 이유는 무엇인가를 생각하며 적어봅니다. 어쩌면 이름 없는 이 상태의 내가 진짜 내가 아닐지⋯. 나를 아는 이들이 없고, 내가 하는 일에 의해 나라는 사람이 결정되고 나의 이름이 불리지 않으니, 지금의 나는 '자연(自然)스러운 나'일 겁니다. 한 번도 경험해 보지 않아 익숙하지 않습니다. 하지만 직업, 소속이라는 옷들을 걸치지 않고 있기에, 나는 뭐든 걸칠 수 있는 더욱 자유로운 내가 될 수 있습니다. 지금의 나는 뭐든 걸칠 수 있는 사람입니다!

메이 머스크는 일론 머스크의 어머니입니다. 남편 없이 세 자녀를 키우며 모델 일을 하며 살았습니다. 그녀는 예순두 살에 누드 촬영을 하게 되었습니다. 그때까지 한 번도 해보지 않고 입어 보지 않았던 누드를 어떻게 소화해야 하나 고민하게 되었어요. 책『메이 머스크』에 이런 내용이 있습니다. 편안한 생활에서 한 걸음 벗어나 본 시도가 커다란 기회가 됐던 적이 무척 많다고요. 예순두 살일 때 편안한 생활을 벗어나는 시도를 한다는 것도 놀라웠지만, 그러한 두려움을 기회로 삼았다는 데에 놀라움이 컸습니다. 예순두 살의 나이에 두려움을 기회로 여긴다니. 그녀는 예순두 살에 못 추는 춤을 배워 춤추는 시니어 모델로서 촬영했습니다. 그 후부터 촬영 일수가 더 늘어났다고 합니다. 그런 경험을 하면서 메이 머스크는 스스로 깨닫습니다. 패션계에 나이 제한이 없다는 것을요. '나이 때문에 안 된다, 춤을 못 춰서 안 된다, 나는 누드는 찍지 않는 우아한 모델이다'라고 자신을 결정해 버렸다면, 아마 지금 같은 시니어 모델이자 일론 머스크의 어머니로 유명해지지는 않았을 것 같습니다.

자신의 한계를 결정짓는다면 다른 세계로 넘어갈 수 없습니다. 다른 세상으로 나아가려면 다른 옷을 입어야 합니다. 우주에 가려면 우주복을 입어야 하는 것처럼요. 새로운 세상으로 나아가려면 지금 입고 있던 옷을 벗어야 합니다. '전업 엄마'가 되고 나서 평생 한 번도 입어 보지 않았던 옷을 입게 되었습니다. 헐렁한 셔츠와 펑퍼짐한 바지. 예전의 저였다면 절대 입지 않을 옷이었지요. 그러나 아이를 안고 일어섰다 앉았다, 부엌으로 방으로 거실로 쉴 새 없이 다녀야 했던 저는 편안한 옷을 입을 수밖에 없었습니다. '절대로' 입지 않겠다는 고집을 넘어선 것이죠. 무슨 큰일이 일어날 줄 알았지만, 실제로는 아무 일도 일어나지 않았습니다. 오히려 편안한 자세와 마음으로 아이를 잘 키울 수 있었습니다. 헐렁한 셔츠와 펑퍼짐한 바지 덕분에 엄마라는 세계를 만났습니다.

가고자 하는 곳이 있다면, 새 옷을 입고 현재의 안락한 상태를 넘어서야 합니다. 그곳은 두려운 곳이 아니라 새로운 기회를 마주할 수 있는 공간입니다. 안 입던 스타일은 어색합니다. 특정 스타일이 불편하더라도 시도해 보았으면 합니다. 나이나 상황 등의 한계를 제쳐 두었으면 합니다. 새로운 스타일을 입는다고 큰일 나지 않습니다. 스스로 한계를 규정하지 말았으면 합니다. 오히려 그것이 더욱 기회가 될 수 있습니다. 이제는 새 옷 입는 것이 그리 두렵지 않습니다. 새로운 세계와 또 만나게 될 테니까요. 두려움이 기대감으로 바뀌는 순간입니다.

공기업 초급간부로 살아남기

최인영

　마흔 중반의 평범한 직장인으로 살고 있다. '메이저급 공기업' 중 한 곳에 19년째 근무하고 있다. 입사할 때 만해도 공기업은 취준생의 로망이었다. '신도 다니고 싶은 직장'이라 불렸다. 사기업보다 일은 편하고, 급여는 대기업 수준이라고 소문이 났다. 열심히 노력해 공기업에 입사했다. 그리고 시간이 흘러 초급간부로 승진하였다. 입사 후 회사 생활은 만족스러웠다. 부담 없는 업무량으로 정시 퇴근이 가능했다. 회사의 업무로 받는 스트레스도 별로 없었다. '워라밸(Work&Life Balance)'의 삶을 누릴 수 있었다.

　그러던 중 2017년 친한 선배의 권유로 본사 '○○처'로 부서를 옮겼다. 업무 강도가 높은 것으로 유명한 부서였다. 나중에 고위직까지 승진하려면 이 부서를 거쳐야 한다고 소문이 나 있었다. 많은 지원자와의 치열한 경쟁을 뚫고 어렵게 입성에 성공했다. 그날 이후 나의 소중한 '워라밸'은 완전히 무너졌다. 가족 중심에서 회사 중심으로 삶의 방향이 180도 바뀌었다.

'월화수목금금금' 삶이 반복되었다. 밤 열두 시 전에 퇴근한 날은 손에 꼽을 정도고, 공휴일과 주말에도 정시 출근한 날이 많았다. 집에서 쉬는 시간조차도 기한 내 처리해야 할 보고서, 회의자료가 머릿속을 맴돌았다. 가족과 함께하는 짧은 시간마저 가족에게 집중하지 못하는 내가 미웠다. 본사의 일이 어려운 이유는 '창작'의 고통이 따르기 때문이다. 초급간부는 상사가 쏟아내는 이상적인 생각들을 보고서로 표현해야 하는데, 그게 여간 힘든 게 아니었다. 기한 내 '창작'을 못하여 명절을 반납한 적도 있었다. 더구나, 본사는 정부의 '공공기관 이전 정책'에 따라 전라도에 있다. 나는 오랜 기간 주말부부 생활을 해야 했다. 가족들을 만나기 위해 주말마다 강원도와 전라도를 왕복했다. 평일에 일을 다 처리하지 못하면 주말에도 집에 갈 수 없었다. 겉보기에는 본사에 근무하는 초급간부이지만 실상은 회사에 매여있는 노예나 다름없었다.

건강도 하루가 다르게 나빠졌다. 몸의 여기저기서 이상이 나타났다. 주로 음주와 과식으로 스트레스를 푼 것이 화근이 된 것 같다. 특히, '류머티즘 관절염'이 나를 괴롭혔다. 과음하거나 몸이 피로해지면 발목, 무릎 등에 염증이 생겨서 걷기가 힘들었다. 소염진통제를 입에 달고 살았다. 수년간 소염진통제를 복용하니 위가 심하게 손상되었다.

몸도 쪼그라들었다. 거의 매일 12시간 이상 컴퓨터로 작업을 해서 심한 거북목이 되었다. 등도 앞쪽으로 말려서 볼품이 없었다. 또한, 몸무게와 체지방은 매일 '인생 최고치'를 갱신하였다.

심지어 본사에 있는 동안 수도권에 있는 친구, 입사동기들과 경제적으로 큰 차이가 벌어졌다. 서울이나 경기에 사는 녀석들의 집값은 3~4

배 정도 상승하였다. 하지만 강원도 우리 집은 십 년 전이나 지금이나 별 차이가 없다.

정신적, 신체적으로 너무 힘들었지만 그만두기는 어려웠다. 본사에서 중간에 나가는 것은 사실상 앞으로 승진을 포기한다는 것을 의미했다. 본사에서 고생한 세월이 아까웠다. 내 인생에 대한 미안함이 '배수의 진'을 치도록 만들었다.

시간이 흐를수록 건강과 재정은 점점 더 나빠졌다. 가족과의 시간은 점점 줄어들고, 자존감은 바닥을 쳤다. 한마디로 '이·생·망', 이번 생은 완전하게 망했다. 내가 왜 이렇게 힘들게 사는지 이해가 되지 않았다. 나는 어린 시절부터 성실하고, 말 잘 듣는 사람이었다. 부모님이 좋은 성적을 받아야 한다고 해서 열심히 공부했다. 지방에서 공부했지만 명문대라고 불리는 대학교 중 한 곳에 별 어려움 없이 입학했다. 부모님이 공무원 같은 안정된 월급쟁이가 최고라고 해서, 대학교를 졸업하기도 전에 공기업 입사를 확정받았다.

돌이켜 생각해 보면, 나에게는 결정적인 문제가 있었다. 인생의 방향을 결정하는 선택의 기로마다 깊이 생각한 적이 없었다. 살면서 중요한 선택들이 있었다고 생각한다. 특목고와 일반고(중학생 시절), 문과와 이과(고등학생 시절), 전공 및 다니고 싶은 직장(대학생 시절), 승진 도전(취업 후) 등. 나는 별생각 없이 부모님이 시키는 대로 혹은 친구들을 따라서 그 중요한 선택을 했다. 선택의 결과가 현재의 내 모습인 것 같아 후회스럽다. 주변의 눈치를 많이 보면서도 정작 나에게는 관심이 없었던 것 같다. 내가 좋아하고, 원하는 것에 무엇인지 몰랐다. 명확한 자의식과 현실에 대한 문제의식이 없었다.

괴로운 현실에서 벗어나고 싶었지만 뾰족한 길이 보이지 않았다. 현실을 박차고 뛰쳐나갈 용기도 나지 않았다. 답답했다. 그래서 책을 읽기 시작했다. 평소 책을 많이 읽던 아내가 좋은 책들을 추천해 주었다. 원래 책과는 담을 쌓고 살고 있었다. 일 년에 책 한 권 제대로 읽은 적이 없었다. 하지만 초라한 현재의 내 모습을 바꾸고 싶었다. 자기계발 관련 영상들을 보니 성공한 사람들은 모두 책을 읽는다는 공통점이 있었다.

나와 비슷한 처지의 직장인으로 살면서도 성공한 사람의 책을 읽고 싶었다. 그러다 찾은 책이 '하와이 대저택'의 『더마인드』였다. 이 책은 성공을 위해 가져야 할 마음가짐을 중점적으로 다룬 책이다. 책 초반부에 있는 저자의 과거 이야기가 내 마음을 사로잡았다. 저자는 큰 성공과 부를 이뤘지만, 불과 몇 년 전까지만 해도 나처럼 힘든 직장인으로 살고 있었다. 자신의 시간 대부분을 회사 일을 처리하기 위해 바쳤다. 가족의 장례를 치르는 도중에 회사에 나와 일을 해야 할 정도로 비참한 삶이었다. 또한, 회사에 대한 스트레스로 극심한 공황장애에 시달려야 했다.

과거 저자의 삶과 현재의 내 모습이 닮아있어 감정이입이 잘 되었다. 그리고 위로를 받았다. '내 인생만 이렇게 구겨져 있는 것은 아니구나.' 마음만 바꾸면 이 힘든 현실도 이겨낼 수 있다는 희망도 생겼다.

주변 동료들의 삶을 관찰한다. 힘든 사람들이 많다. 암 걸린 사람, 어린 자녀를 남의 손에 맡겨 놓고 밤늦게까지 일하는 사람, 부모님이 치매에 걸린 사람, 정신질환을 앓는 사람 등. 동료들도 힘든 삶을 버텨내고 있다는 사실에 위안받으면서도, 한편으로는 동료들이 안쓰럽다. 직장에 출근하는 순간부터 나의 문제는 제쳐 두고, 아무 일도 없는 듯 업무에 몰두해야 한다.

직장인의 삶이 힘든 이유를 생각해 본다. '트리나 폴러스'의 『꽃들에게 희망을』에서 답을 찾은 것 같다. 이 책의 주인공인 호랑 무늬 애벌레는 어느 날 거대한 애벌레 기둥과 그 기둥의 정상에 오르려는 애벌레 떼를 발견한다. 기둥의 정상으로 올라가기 위해서는 다른 애벌레를 밟으면서 올라가야 한다. 이 짧은 동화 이야기가 직장인으로 사는 삶의 본질을 표현하고 있다고 느낀다. 바로 '경쟁심'이 나와 동료의 삶을 힘들게 만드는 것 같다. 회사는 경쟁심을 이용하여, 개인의 시간과 능력을 최대한 뽑아내도록 잘 설계된 시스템이라고 느낀다. 승진제도, 성과평가 등을 통해 개인의 경쟁심을 자극한다고 생각한다.

행복한 직장인이 되는 방법에 대해 고민해 본다. 경쟁하는 마음을 내려놓고, 나다운 모습을 찾으면 되지 않을까 싶다. 하지만 그게 쉽지 않다. 경쟁심을 내려놓는 것은 큰 용기와 고집스러움이 필요한 일이다. 『꽃들에게 희망을』에서도 호랑 무늬 애벌레가 정상에 오르는 것이 부질없음을 깨닫고 기둥에서 내려가는 과정에서, 계속 기둥을 오르려는 주변 애벌레의 저항을 이겨내야 했다.

최근에 애벌레 기둥에서 내려가는 동료들이 하나둘씩 나오고 있다.

본사에서 10년 가까이 근무한 J 선배가 사업소로 나가려고 전출 신청을 했다. 승진을 포기하고, 가족과 함께 사는 삶을 택한 것이었다. 1~2년만 더 버티면 승진할 수 있는데 왜 나가냐고 주변 모두가 말렸다. J 선배는 "가족들이 나를 필요로 할 때, 곁에 있어 주는 것이 승진보다 중요하다."라고 말하고 우리 곁을 떠났다. 또한, 본사에서 궂은일을 도맡아 하던 M 선배는 최근 명예퇴직을 했다. 마흔을 훌쩍 넘긴 나이지만 지금이라도 자신의 꿈에 도전하고 싶다고 했다.

그들의 '결단'을 지켜보며 한가지 깨닫는 게 있다. 인생에 정답은 없지만 걸어가야 할 방향은 분명한 것 같다. 나와 가족 모두가 최대한 행복해지는 길을 계속 찾아가려 한다. 그리고 그 길 끝에서 경쟁의 굴레를 벗어나 훨훨 날아다니는 내 안의 '나비'를 만나기를 바란다.

2장

그리운 시간들

오늘은 내일의 과거

김리원

　최근 타임슬립[Time slip: 판타지 또는 SF(Science Fiction)] 장르가 유행이다. 알 수 없는 이유로 시간을 거스르거나 과거 또는 미래로 가 시간여행을 하는 내용의 드라마, 소설, 웹툰이 유행하고 있다. 자신의 과거나 미래로 가서 자신의 인생을 바꾸고 새롭게 변한 내가 원하는 삶을 다시 살아 보는 것이다. 얼마 전 본 영화도 그런 장르였다. 영화를 본 후, 원작이 궁금해 알아보니 유명한 작가 히가시노 게이고의 『나미야 잡화점의 기적』을 영화로 만든 것이었다. 『나미야 잡화점의 기적』은 타임슬립처럼 시간을 거슬러 올라가지는 않지만, 한 공간의 두 시간적 차원을 다룬 소설로, 고민을 담은 편지와 그 편지의 답장을 통해 과거와 현재가 교차하며 과거의 오해를 풀기도 하고 삶을 응원하는 메시지를 통해 삶을 변화시키는 따뜻한 기적을 일으키는 재미난 이야기를 담고 있다.

　책을 읽다 보니 내가 과거로 갈 수 있다면 꼭 하고 싶은 것이 생각났다. 첫 번째는 나의 외조모를 만나는 것이다. 강직하고 건강한 나의 외조모를 만나 "고맙습니다.", "감사합니다.", "너무너무 사랑합니다."라고 외조모를 꼭 안으며 말하고 싶다. 외조모는 6·25전쟁으로 남편과 생이별하고 외조부의 생사도 모른 채 홀몸으로 나의 어머니를 키우셨다. 어려운 시절, 남편은 없고 어린 딸만 있던 외조모는 다른 사람에게 의존하지 않고 묵묵히 자신이 할 수 있는 모든 일을 하셨다. 왜소한 몸으로 매일 새벽이면 시장에 나가 양파를 까셨고, 손이 팅팅 불어 갈라져 상처가 나도, 천으로 손가락을 둘둘 말아주고는 다시 그곳으로 향하셨다. 그렇게 조금씩 모은 돈으로 월세를 얻고 전세를 얻어 살며 남을 도울지언정 자신을 돌보지 않았던 분이 나의 외조모셨다. 그러나 곱게 키운 딸은 평탄한 삶을 살지 못했고, 외조모는 남동생이 태어나던 해에 2년, 그리고 초등학교 2학년 때부터 나를 키우기 시작하셨다. 나는 외조모로부터 사람이 살면서 지켜야 하는 것과 삶의 지혜를 배우며 자랐다.

소화가 잘되지 않는다며 소화제를 매일 먹던 나의 외조모는 어머니와 함께 간 병원에서 위암 말기 진단을 받았다. 외조모는 병원비를 아끼신다고 입원과 치료를 거부하셨고 집에서 진통제를 먹으며 위암의 고통에 점점 야위어 갔다. 하지만 자신의 아픈 모습을 보여주기 싫으셨던 건지 아니면 건강한 할머니로서 기억하기를 바라셨던 건지. 그렇게 아껴주시고 사랑해 주셨던 손녀가 자신의 병시중은 하지 못하도록 하셨다. 돌아가시는 날도 그랬다. 그때 나는 외조모의 방 밖에서 인사를 하고 나갔고, 일하는 동안 연락을 받을 수 없어 집에 와서야 외조모가 돌아가신 것을 알았다. 장례식을 치르기 위한 준비가 끝난 후에서야 외조모를 봤기에 살아계신 마지막 모습을 보지 못했다. 지금 생각해 보면 아마도 어린 나에 대한 외조모의 배려가 아니었을까 싶지만, 그 당시 나는 외조모의 큰 사랑을 알지 못했기에 그 사랑을 당연히 여겼던 것 같다. 그래서인지 외조모가 돌아가신 후 너무 보고 싶어 힘들어했는데, 꿈에 나타나셔서 더는 아프지 않으니, 자신을 그리워하거나 돌보지 못한 것에 힘들어하지 말라고 혼을 내셨다. 그 꿈이 어찌나 생생했던지 나는 그제야 나의 외조모를 편안히 보내드릴 수 있었다. 만약 기회가 되어 내가 과거로 돌아간다면 외조모를 만나 감사함과 사랑했음을 전하고 싶다. 그리고 가능하다면 부디 자신의 건강을 돌보아 달라고 당부드리고 싶다.

두 번째로 가고 싶은 과거는 첫 아이를 낳고 양육하던 시기이다. 어리석은 선택으로 모질게 대한 아들에게 사과하고 싶기 때문이다. 그 시절 나는 아이를 잘 키우려면 권위 있는 부모가 되어야 한다는 믿음이 있었다. 하지만 권위가 있다는 것의 무게감도 몰랐고, 아이를 잘 통제해야만 한다는 생각으로 아직 어린아이를 학원에 보내며 억지로 나의 틀에 맞추려고 했다. 그렇게 나는 아이에 대한 사랑의 방식을 착각했었다. 내가 해보지 못한 것들을 하도록 하고 내가 하지 않아 미련이 남았던 것을 강요하는 방식으로 말이다. 그렇게 자란 아들은 남의 눈치를 보기 바빴으며 뭐든 참아야 한다고 생각하고 자신을 억누르는 아이로 자라고 있었다. 마음을 잃은 아들은 초등학교 때, 친구로부터 학교폭력을 당했지만, 그 누구에게도 말하지 않았다. 오랜 기간을 혼자 견디어 오다, 얼굴과 몸을 크게 다치는 일로 피해가 드러났다. 아마 지금의 내가 그 사실을 알았다면 분명 다르게 대처했을 텐데, 그때의 나는 내 아이를 먼저 챙기기보다, 이 일로 인한 다른 사람들의 시선이 신경 쓰였다. 나는 아이를 안아주고 위로하는 대신, 학교생활과 공부를 더 잘해야 한다고 말했다. 어린 아들이 받았을 상처가 너무나도 컸을 텐데도 말이다. 그때는 내가 왜 내 아이의 편이 되어주지 못했는지 모르겠다. 다시 그때로 돌아간다면 내 아이를 안아주며, 얼마나 무서웠고 얼마나 힘들었을지 그리고 앞으로 그런 일이 생기지 않도록 할 것이고 엄마가 얼마나 사랑하는지 말해주며 따스하게 안아주고 싶다. 그리고 나에게 좀 더 따뜻한 엄마가 되어주라는 말을 해주고 싶다.

며칠 전, 아들에게 "치맥(치킨과 맥주) 어때?"라며 전화를 했다. 아들이 "뭐, 괜찮아요. 드시고 싶으면 사 오세요."라고 말해 주어, 1인 1닭을 먹을 수 있게 포장해 와 집에서 맥주를 마시며 함께 이야기를 나눴다. 이런저런 이야기를 나누던 중에 술기운 때문인지 아들에게 남아 있던 미련 때문인지 "엄마는 너무나 아쉬워, 참 공부도 잘했는데. 왜 그렇게 게임만 했는지?"부터 시작해 "네가 해보고 싶은 것은 뭐야?", "그래도 나중을 위해서 뭔가 해야지."라고 말해버렸다. 말을 내뱉는 순간 아차 싶었다. 급하게 말을 바꾸려던 때, "그래도 나름대로 하고 있잖아요. 아이 참, 얼마 전에 저한테 꿔간 돈 이자 달라고 안 할 테니, 믿고 그냥 봐주면 안 돼요?"라며 아들이 나의 말을 받아쳤다. 그 말에 맥주 캔을 바라보던 시선을 돌리니, 아들은 엷은 미소의 여유를 보이며 맥주를 마시고 있었다.

　그런 아들을 보니, 문득 『나미야 잡화점의 기적』에서 아쓰야가 보낸 백지 편지에 잡화점 주인 할아버지가 보냈던 답장이 떠올랐다. '인생이 지도라면 당신은 목적지가 없는 백지상태 지도인데, 백지는 어떤 지도라도 그릴 수 있으니 부디 스스로를 믿고 인생을 여한 없이 활활 피워 보시길 진심으로 기원합니다.'라는 답장을 통해 앞으로 아쓰야가 그려갈 삶을 응원했듯 나도 엷은 미소의 여유를 보이는 아들이 그려갈 지도가 어떤 지도가 될지 지켜봐야겠다. 그리고 다음 치맥 자리에서는 오늘처럼 후회하지 않게 백지 지도에 자신을 그려가는 아들에게 "잘 자라주어서 고마워!"라고 먼저 말해줘야지. 오늘의 나보다 내일의 내가 좀 더 따뜻한 엄마가 될 수 있도록.

당신의 발톱

김명희

딱딱하고 두꺼워서 웬만한 손톱깎이로는 발톱이 말을 듣지 않습니다. 손톱깎이는 사이즈와 모양별로 큰 것, 작은 것, 끝이 좁고 뾰족한 것, 끌칼처럼 생긴 것 등 여러 개로 준비해야 그나마 작업이 가능합니다. 어느 해, 어느 날인지는 기억나지 않지만, 우연히 본 아버지 손톱이 눈에 띄게 길었습니다. 그리고 발톱도 살펴보니 길었습니다. "손톱, 발톱이 긴데 깎으셔야겠어요." 하니 눈이 잘 안 보인다 하십니다. 그때부터였던 것 같습니다. 부모님 댁에 갈 때마다 내가 하는 작업은 아버지 손발톱을 깎는 일입니다. 아버지가 보시던 날짜 지난 신문을 최대한 널찍하게 펼칩니다. 두껍고 건조한 발톱이라 조각들이 이리저리 튀어 도망갑니다. 한 손으로는 힘이 부족해, 두 손으로 힘껏 힘을 써야 발톱이 깎입니다. 그렇게 깎고 나면, 제 마음이 참 개운해집니다. 아버지는 "고맙다, 내가 호강이다." 하십니다. 그게 뭐 그리 대단하고 미안할 일이라고 아버지는 손발톱 정리를 했으면 하는 말씀을 먼저 꺼내지 않으십니다. 발톱이 자라서 불편해도, "발톱 좀 깎아다오."라고 말씀하지 않으시기에 잊지 않고 제가 꼭 먼저 챙겨야 합니다. 아버지 발톱을 깎을 때마다, 참 많은 순간이 스쳐 지나갑니다. 저를 번쩍 안고 물놀이하던 사진 속 젊은 시절 아버지의 모습도 생각나고, 약주하고 오시던 저녁에 노래를 흥얼거리시던 모습, 여고 시절 야간 자율학습 시간 전에 저녁식사 시간에 저를 불러내서서 아버지 퇴근길에 저녁을 사주시던 모습도 생각납니다.

　어린 시절 저는 아버지를 좋아하지 못했었습니다. 밖에서는 선후배에게 인기 많고 운동, 음악, 책과 글 등 다양한 재능과 입담으로 멋쟁이 소리를 듣는 아버지였지만 집에서는 엄격하고 말씀이 없으셨습니다. 다정한 아버지 모습을 바라던 어린 저에게는, 포근하게 안길 수 있는 그런 아버지가 아니라 무섭고 대화도 거의 하지 못하는 그런 큰 벽 같은 아버지였습니다. 명문고를 나오고 서울에서 좋은 대학을 다니시다 생활고로 중퇴하신 아버지, 아버지의 어린 시절은 경제적으로 힘든 환경이었다고 합니다. 책과 글을 좋아하시던 선비 같은 할아버지의 경제적인 무능력함으로 인해 할머니께서 가정 경제를 책임지는 상황이었다고 합니다. 그마저도 할머니의 빚보증 실수로, 아버지가 고등학생 때부터는 빚쟁이들이 집에 와서 매일 할머니를 다그치고 입에 담지 못할 욕을 쏟아내며, 온 집안을 난장판을 만들었다고 하셨습니다. 거의 매일, 집이 이런 시끄러운 상황이라 하교 후에도 바로 집에 못 오고 밖에서 시간을 보내다 늦게 집에 들어와 겨우 잠을 자고 학교를 다니셨다 합니다. 중학교 때부터 학교 다니며 돈 벌고, 어떤 때는 돈 버느라 학교를 빠지는 날도 있다고 하셨습니다. 어떻게든 집을 떠나야겠다 결심하고 서울로 대학을 가셨지만 결국 대학 2학년 때 자퇴해야 했다고 하셨습니다. 매 학기 대학

등록금을 내느라 닥치는 대로 일을 하고, 입주 과외 선생님을 하며 돈을 벌고 등록금을 냈지만, 학생 신분으로 벌 수 있는 돈은 한계가 있었다고 하셨습니다. 다섯 번째 등록금을 내야 할 그 당시에 은행원으로 입사할 수 있는 기회가 있었고, 그 월급이 쌀 한 가마니 가격보다 훨씬 큰 돈을 주는 좋은 조건이었고 그 정도 돈이면 편하게 부모님과 가족을 부양할 수 있어서 그렇게 대학을 그만두셨다고 하셨습니다. 대학 공부를 그만두고 직장을 가신 이유는, 그렇게 간단했습니다. 그런 아버지의 역사가 그리고 우리 가족의 역사가 아버지 발톱에 담겨있습니다.

매주 하지는 못해도 2주 정도 간격으로 하던 발톱 정리 일상을 몇 주간은 하지 못했었습니다. '뵈어야 하는데, 발이 불편하실 텐데.' 하는 생각이 머리 한 편에 계속 자리하고 있어 마음이 불편했지만 몇 주, 몇 달 시간이 마냥 지나갔습니다. 제가 하고 싶은 일을 꼭 해보고 싶다고 시작한 사업이 코로나로 몇 달간 위태로웠습니다. 아침 일곱 시 반에 집을 나서 저녁 여덟 시 반까지 12시간 꼬박 강도를 높여 하는 일을 3년을 매일 같이 반복했고 매일을 한결같이 버텼습니다. 2017년, 다니던 직장을 퇴사하기로 결정하고, 내가 하고 싶은 일을 꼭 해보겠다는 마음 하나로 사업이라는 것을 시작했습니다. 사실 사업을 하고 싶었다기보다는 내가 하고 싶은 일을 해보고 싶다는 열정이 가득했지요. 그 명분과 열정으로 태어나서 처음으로 대출을 잔뜩 받아 사업을 시작했습니다. 사업을 시작해서 몇 개월간 적자를 감당해야 하는 과정을 미리 예상했던 터라 '그 과정만 잘 버티자, 그것만 잘 버티자.' 하면서 온 마음과 온

몸으로 일에 집중했었습니다. 내가 결정한 일에 책임을 다하겠다는 마음으로 성실히 임해, 이제 조금씩 사업이 자리가 잡혀갈 무렵 코로나가 닥쳤습니다. 몇 달을 버티며 모두가 어려웠던 그 시기를 겨우 넘길 무렵, 급기야는 소상공인 대출까지 추가로 받아, 수입이 없는 상황임에도 직원들 월급과 임대료 등을 감당하며 버텼습니다. 2021년, 코로나 상황에 대한 매뉴얼도 없고 대처 방법도 모르는 상황이 매일 계속되었습니다. 몸과 마음이 너무나 힘들었고, 경제적 상황도 처참했습니다. 이 순간들을 잘 버티지 못하면 벌어질 일들이 매일 머릿속에서 펼쳐지며 너무나 두렵고 무서웠습니다. 지금까지 몇 년간 일해 온 직원들은 한순간에 직장을 잃을 것이고, 몇 년간 하나하나 차곡차곡 이루어왔던 내 노력도 물거품이 될 것이고, 대출금에 이자까지, 정말 벼랑 끝에 서 있는 것 같았습니다. 마음속에서 안 좋은 생각들, 두려운 생각들이 엄습해서 도저히 가만있을 수가 없었습니다. 오래 미뤄두었던 부모님을 뵈러 가기로 했습니다. 발톱 정리도 해드릴 겸….

부모님을 뵙고 식사를 하던 주말, 참 오랜만의 평범했던 주말로 기억합니다. 부모님은 괜찮느냐고, 어떻느냐고 안부조차 묻지 못하시는 눈치셨고 우리는 그렇게 조용히 식사를 마치는 듯했습니다. 식사를 마치며 자리에서 일어서는데, 내 상황과 내 몰골이 말이 아니었는지, 아버지께서 딱 한마디 하십니다. "너무 애쓰지 마라, 괜찮다 너무 애쓰지 마라." 내게 건네는 그 말씀에 그동안 혼자 꾹꾹 눌러두었던 마음속 깊은 눈물이 터져 나왔습니다. "힘내라, 좋아질거다."라는 말보다, "애쓰지 말라"는 아버지 말씀이 너무도 위로가 되었습니다. 내가 얼마나 애쓰고 있는지 아시기에 그리고 당신 딸이 그렇게 애쓰며 마음고생하지 않았으면 하는 마음을 알기에 내게는 어떤 위로보다 컸습니다. 내가 나를 이렇게 다그치지 않아도 되는구나, 그래 애쓰지 않아도 되는구나, 애쓰지 않아도 되는 것일 수 있구나, 라고 말해주는 것 같았습니다. 온 몸에 긴장감으로 하루하루를 버티고 피가 마른다는 표현이 이런 거구나, 라고 생각이 드는 그때, 그 시간 속에서 아버지는 나를 그렇게 위로하고 나를 일으켜 세우셨습니다.

저는 그 시기를 버텨내고, 오늘도 저의 자리로 출근을 합니다. 아직도 12시간 이상을 일하는 상황이지만 그래도 감사합니다. 감사하려고 노력합니다. 가끔 문득, 감당하기 버거운 일들이 생길 때면 몇 년 전 그때의 처절했던 시간과 저를 다시 일으켜 세우신 아버지의 한마디를 떠올립니다. 아버지의 발톱을 일상에서 볼 수 있는 것, 그리고 두꺼운 발톱을 저에게 내어 보여주시는 것, 제가 아버지 발톱을 깎을 수 있는 것도 감사합니다. 제가 멀리 살고 있다면 할 수 없었을 일이고, 아버지가 이만큼도 건강하지 않으셨다면 할 수 없는 일상이기 때문입니다. 제가 기억하고 돌이켜보는 그때의 순간들은 그 당시의 일상이었을 것입니다. 그리고 매 순간 지금의 모든 일상도 앞으로 그리워 할 시간이 될 것입니다. 그렇기에 매 순간, 일상을 성실하게 살아가겠습니다. 성실한 하루하루가 제 인생이 될 것이기 때문입니다.

인생의 영원한 편집위원! 파트너로 같이 성장하는 딸

김미연

6월의 춘천은 아름답다. 봄을 뒤로 하고 본격적으로 여름을 맞이하려는 지금 이맘때가 어느 계절보다 싱그럽고 푸른 모습을 드러낸다. 아파트 창 너머 감성 돋게 만드는 호수가 한눈에 잡히고, 파란 하늘 아래 살포시 들어앉아 안정감을 주는 마을이 내려다보인다. 이런 여유 있는 풍경을 감상하고 있자니, 2014년 6월 어느 날 아침 풍경이 떠오른다. 시내를 가르는 도로 사이로 자동차 한 대가 곡예를 하듯 질주하는데, 오늘도 지각이라는 조급한 목소리가 차 안에서 들려온다. 이른 아침 헉헉대며 도착한 곳은 딸의 중학교다. 마음을 차분하게 해주는 예쁜 색감의 건물 속으로 우당탕 사라지는 아이의 뒷모습을 바라보며 미소 짓는다. 매일 아침 반복되는 소동에 정신이 없으면서도 차 안에서 딸과 이야기 나누는 재미가 쏠쏠하다. 서둘러 차를 돌려 직장으로 향하는 동안 두서없이 나눈 대화를 차근히 정리해 본다.

오전 일과를 마치고 창문 너머 몽글거리는 구름을 감상하는 짧은 휴식 시간의 행복이 끝나갈 무렵 핸드폰이 울린다. 발신처는 딸의 담임선생님. '또 무슨 일이지?' 요즘 딸아이의 담임선생님과 통화가 잦다. 딸과 아이들이 방과 후에 집단 상담을 해야 해서 하교가 조금 늦어진다는 내용이었다. 몇 주 전부터 딸은 친구 관계로 스트레스를 받고 있었다. 별일 아닌데 담임선생님이 개입해서 자신이 너무 난처해졌다며 골이 잔뜩 나 있었다.

딸이 중학생이 되었을 때가 학교에서 가르치는 아이들의 나이와 같아지는 시점이었다. 중학교에 입학한 딸은 학교에서 있었던 이야기를 자주 했는데, 주로 친구 관계에 대한 것이었다. 이 당시 근무하던 학교가 남학교에서 남녀공학으로 갑자기 바뀌면서 여학생들 생활지도가 참 어렵다고 느끼던 터라 딸의 이야기가 더 잘 꽂혔다. 엄마가 또래에 대해 잘 알고 공감하니 딸아이는 깊은 마음의 이야기도 솔직하게 털어놓은 편이었다. 어떤 날은 퇴근해서 들어가는 나를 잡아채서는 폭포처럼 이야기를 쏟아낸다. 그런 날은 이야기에 심취해 밤을 새우며 이어가기도 했다. 한숨을 쉬며 이불킥을 하고 씩씩대며 의자에 앉았다 일어나기를 반복하면서 들려주는 이야기는 거의 드라마급이었다.

이때까지만 해도 괜찮았다. 들어주고 공감해 주고 그러다 보면 아이가 정리하는 것 같았으니까. 그런데 이번은 좀 심상치가 않아 보인다. 관계가 뒤틀어진 게 벌써 석 달이 되어 가는데 해결은 되지 않고 아이가 점점 더 힘들어하고 있다. 아이들은 이런 파, 저런 파로 나뉘어 일거수일투족을 서로 감시하고 비난하기 시작했다. 아이들도 아이들이지만 부모까지 엮이면서 학기 내내 이슈가 되었다. 오늘도 집단 상담이라니 해결은 되지 않는데, 자꾸 남아서 뭘 하는 건지 점점 부아가 치밀었다.

담임선생님과 전화 통화를 한 김에 그동안 쌓였던 서운함을 전했다. '아 차! 내가 지금 무슨 짓을 한 거지?'

　지금 생각해도 딸의 중학교 생활을 지켜보기가 쉽지 않았음을 고백한다. 하루에도 몇 번씩 아이의 감정과 함께 롤러코스터를 탔다. 이런 나의 모습을 보면서 아이도 불안했겠고 같은 교사인 담임선생님도 서운했으리라. 그때만큼은 교사가 아닌 엄마의 입장이 더 컸기 때문에 다른 건 고려할 여유가 없었다. 딸과 아이들은 졸업 시즌이 되어서야 안정이 되었다. 사실 어떻게 일이 마무리되었는지 기억이 잘 나지 않는다. 신기한 건 딸도 그때의 기억이 희미하다는 것이다.

　그러던 어느 날 도서관에서 우연히 아이들의 심리를 다룬 번역서를 발견했다. 노란 책 표지를 꺼내는 순간 놀라서 책을 떨어뜨릴 뻔했다. 뒤를 돌아보는 여자아이의 표정이 너무 익숙했다. 딸과 아이들이 관계의 혼란스러운 틈 속에서 고민에 빠질 때 어김없이 등장하던 표정이었다. 찰나의 순간이었다. 그 표정은 나를 중학교 교실로 안내했고, 중학생인 나를 만나게 했다. 딸을 도와줄 방법을 찾을 수 있을 것 같았다.

　이후 그 책을 읽고 딸과 토론의 시간을 가졌다. 교사에게도 도움이 될 것 같아서 우리 학교 선생님들에게 소개하고 딸의 담임선생님에게 미안한 마음을 담아 졸업식 날 찾아뵙고 선물을 하기도 했다. 그 노란 표지의 책은 레이첼 시먼스의 『소녀들의 심리학』이다. 그 책은 다음과 같이 말하고 있다. '경쟁심, 질투, 분노는 자연스러운 감정이다. 억누르

지 말고 드러내라. 사회가 강요하는 내 안의 착한 소녀를 버려라.' 우리
는 아이들이 사춘기 시절 경험하는 관계적 어려움을 가볍게 보는 경향
이 있다. 그러나 딸의 중학교 시절 친구들과 겪었던 문제는 아이들과
부모들, 그리고 선생님까지 모두를 혼란스럽고 미궁에 빠지게 했다. 레
이첼 시먼스는 아이들 사이에서 벌어지는 보이지 않는 공격성에 주목했
고 아이들이 솔직하게 자신을 드러낼 때 건강한 관계가 형성될 수 있음
을 강조했다. 그렇다. 숨지 말고 참지 말고 누군가 그어 놓은 선을 넘어
밖으로 나와야 한다. 자유롭게! 나답게!

　우연히 발견한 책 한 권으로 큰 인사이트를 얻고 성장하는 계기가 된
다. 나에겐 이 책이 그렇다. 딸의 경험과 토론한 내용, 그리고 아이들을
가르치며 쌓인 작은 경험을 나누고 돕고 싶다는 생각이 강하게 들기 시
작한 것이다. 모두가 경험하지만 아무도 모르는 숨은 이야기를 세상에
알리고 싶어졌다. 『소녀들의 심리학』은 번역서다. 그러다 보니 우리 실정
과 맞지 않는 부분도 있었다. 우리가 더 잘 이해하기 위해서는 사례 또
한 우리 것이어야 더욱 와닿을 것 같았다.

　고등학생이 된 딸이 조금 컸다고 힘들었던 중학생 때를 떠올리며 옛
말하듯 툭 던지는 말들에 계속 귀 기울였다. 딸이 자신의 이야기를 지
속해서 심도 있게 풀어준 덕분에 학교에서 만나는 아이들과 비교해 볼
수 있었고, 책에 쓰여 있는 아이들의 심리를 실제로 확인할 수 있었다.
이 경험을 바탕으로 아이들을 위한 교육자료를 개발하고, 교사 연수도
기획했다. 이후에는 우리 학교의 생생한 사례를 담은 『여학생이 사는 세

게』라는 작은 책도 쓰게 되었다. 딸 또한 중학교 시절 남아 있던 좋지 않은 감정을 대부분 해소하게 되었다. 여고를 다니면서 중학교에서 벌어졌던 비슷한 상황을 미리 알고 대처했으며 힘들어하는 친구들도 도왔다. 한때 꿈이 상담사였던 걸 보면 그때 역량을 꽤 잘 발휘한 듯하다. 대학생이 되어서는 서로 좀 더 수준 있는 대화를 나누기도 했다. 학창 시절에 보였던 관계적 어려움이 성인이 된 후 어떤 영향을 미칠까 등이 주제였는데, 딸과 나누는 대화는 항상 기다려지는 행복한 시간이었다.

가장 가까이서 편집위원을 자처하며 혹독한 피드백을 하기도 하고 때론 따뜻한 응원으로 힘을 주던 딸은 어느덧 20대 중반의 성인이 되었다. 그리고 나는 아이의 감정과 함께 요동치던 40대 초반의 중학생 엄마에서 50대를 지나가고 있다. 아이가 크면 세련되고 여유 있는 엄마가 될 줄 알았는데, 아니었다. 엄마라는 역할은 언제나 어렵다. 여전히 초보 엄마다. 20대 딸의 엄마로 시행착오 가득한 날들을 보내고 있고, 앞으로도 그럴 것이기에. 조금씩 나아지는 점이 있다면 이제 막 사회 초년생이 된 딸아이와 각자의 인생을 존중하는 조력자로 거듭나고 있다는 점이랄까.

두려움 없이 나를 사랑하는 시간

김숙영

『나의 라임 오렌지 나무』를 읽었다. 그 책엔 상상의 마법사, 재미를 위해서라면 무엇이든 하던 제제가 있었다. 나도 제제처럼 재미를 위해 모든 것을 하던 때가 있었다. 지금 생각하면 위험한 게 한둘이 아녔다. 무모했고 대범했다. 온 세상이 놀이터였고 상상 여행을 하며 놀던 때를 그려본다.

어린 시절 나와 친구들은 동네 모든 곳이 놀이터였다. 자전거를 타고 울퉁불퉁 비탈길을 전속력으로 내려왔다. 위아래 흔들리는 나의 몸처럼 마음도 같이 덜컹댔다. 나는 더 흥분했다. 넘어질 걱정 따위는 없다. 오로지 그 꿀렁대는 느낌이 좋고 그 기분을 같이 느끼는 친구가 옆에 있다. 함께 크게 비명을 지르며 웃는 소리에 더 신이 나 멈출 수 없었다.

우리의 재미는 혼나는 것도 두렵지 않았다. 동네에는 소를 키우고 소들이 먹을 볏짚을 보관해 두는 천막이 있었다. 마땅히 놀 곳이 없던 시절 그 볏짚을 보관해 두던 천막이 우리들의 놀이터였다. 높게 쌓아 올린 볏짚 위로 엉금엉금 올라갔다. 그리고 미끄럼을 탄다. 볏짚들이 바닥에 펼쳐지고 그 위에서 폴짝폴짝 뛰며 놀았다. 어두컴컴한 그 천막에서 서로 볏짚을 집어던지기도 하고 성큼성큼 뛰어다니며 술래잡기도 했다. 그사이 볏짚은 바닥에 엉망이 되었고 우리는 주인에게 혼이 났다. 다음엔 절대 들어오지 말라고 여러 번 야단쳤으나 우리는 또 그곳에 들어가 놀았다. 주인아저씨의 경고 따위 우리 안중에 없었다. 우리는 그저 볏짚 천막의 아늑함과 폭신함, 부드러운 우리만의 공간에서 놀이를 즐기고 싶었을 뿐이었다.

소를 키우는 주인아저씨 화단에는 봉선화가 있었다. 우리는 그 봉선화를 마구 땄다. 그것을 본 주인아저씨가 말했다. "손녀를 줘야 하니 다 따지는 마라!" 의외였다. 혼날 줄 알았는데 차분하게 말씀해 주셨다. 주인아저씨 말을 정말 듣고 싶었다. 사실 봉선화 물은 여러 번 물들여야 빨갛고 예쁜데 그 유혹을 뿌리치고 그 후 더 이상 따지 않았다. 절구에 빻아 손톱에 봉선화를 올렸다. 그리고 은박지로 손가락을 붕대같이 둘러 감는다. 감자마자 빼고 싶다. 손가락 끝을 감은 거지만 내 몸 전체가 감긴 기분이다. 하지만 하루를 버텨야 한다. 최대한 곱게 잠자리에 든다. 봉선화를 감은 은박지가 빠지지 않도록 말이다. 그렇게 하루가 지났다. 손톱엔 빨갛게 물이 들었다. 손끝도 빨갛다. 그리고 쪼글쪼글하다. 그래도 좋다. 붉게 물든 내 손톱을 보면 다른 내가 된 것 같다. 참 마음에 들었다.

봉선화 물로 한껏 멋을 부린 손으로 소꿉놀이도 했다. 집 앞에 핀 꽃들과 잎사귀들을 돌로 빻고 찢어 반찬을 만들고 모래 알갱이는 밥과 양념이 된다. 개미성도 짓고 그 성에 물도 흘려보낸다. 물이 고일 작은 우물을 파고 물을 부었다. 물은 금방 흙에 흡수되었다. 우리는 계속 수돗가를 왔다 갔다 하며 우물에 물이 고이도록 노력했다. 숨이 찼다. 그러나 전혀 힘들지 않았다. 내가 만든 작은 우물이 진짜 우물처럼 보이도록 노력했다. 뿌듯했다. 그 우물에선 개미도 둥둥 떠다녔다. 떠다니는 개미들을 잠시 구경하고 있다 보면 곧 물은 금방 빠졌다. 그러면 개미들은 별일 없었단 듯 자기 길을 갔다.

재미를 위해서라면 못 할 것이 없었다. 길게 늘어진 버드나무 가지 가닥을 한 움큼 잡았다. 그리고 그것에 매달려 그네를 탔다. 위험할 거란 생각은 없다. 친구 집 옆에 창고가 있었는데 그 창고 옥상에 올라가 뛰어내리는 놀이를 하고 가파른 계단 손잡이에서 미끄럼 탔다. 오로지 재미, 날 신나게 해 줄 무언가를 찾아 온 동네를 돌아다니고 두려움과 걱정 없이 시도했다.

나는 폴짝폴짝 뛰는 것을 좋아했다. 강둑 바로 아래 우리 집이 있었는데 매일 그 강둑을 오르고 내렸다. 성큼성큼 뛰어 올라가고 내려올 때 내가 마치 제트기가 된 것처럼 빠르게 뛰어 내려왔다. 그 빠른 속력의 쾌감은 그 놀이를 계속하게 했다. 나는 고무줄을 잘했었는데 같은 동네 친구가 나를 시기해 앞발 금지라는 이상한 규정을 만들기도 했다. 나는 그 애를 이길 자신이 없어 그저 따를 수밖에 없었다. 내 편에서 같이 그런 규정은 억지라며 싸워줄 친구가 있었다면 억울하게 퇴장하는 일은 없었을 것이다. 그랬다면 아마 그 당시 고무줄놀이는 나의 독무대였을 것이다.

이런 신나는 놀이는 어릴 때만 가능한 걸까? 10대, 20대를 거쳐 30대를 넘고 현재 40대다. 이전까지 공부나 직장생활을 하며 신난 적이 없었다. 내가 선택한 것이 아닌, 그냥 주어진 것을 해야 했기에 재미가 없었다. 하고 싶은 것을 찾는 것, 재미있는 것을 찾는 것은 중요하다. 하지만 현실에서 돈을 벌어야 하는 것도 부정할 수 없다. 그렇지만 아주 잠깐이라도 내가 하고 싶은 것이 무엇인지 생각해 보는 시간을 만들어야 한다. 그리고 우리의 현실 여정에 하고 싶은 것을 조금씩 태워 가는 삶을 산다면 전과는 비교가 안 될 즐거운 삶이 될 것이다.

"모집합니다" 단톡방 글이다. 공부하고 싶은 이들이 사람을 모집하는 글이다. 독서, 필사, 말하기, 영어, 운동 등 모두 재미있어 보인다. 모두 참여하고 싶다. 어릴 적 재미를 위해 뭐든 시도했듯이 두려움 없이 뭐든 퍽 시도하고 익혀 자유롭고 재미있게 살고 싶다. 글쓰기 훈련으로 내 생각을 막힘없이 주르륵 쓰고 싶다. 읽고 싶은 책은 뚝딱 읽어버리는 능력을 얻고 싶다. 그래서 사랑과 지혜가 있는 어른이 되고 싶다. 자유로움에 영어는 필수다. 더 넓은 세상으로 나아가고 싶다. 예전엔 공부가 너무 하기 싫었는데 지금은 온종일 독서를 하며 공부하고 있다. 요즘은 일하며 하고 싶은 것을 시도한다. 하루에 해야 할 것들로만 채워져 있던 일상이 내가 하고 싶어 하는 것들을 넣자 조금씩 일상이 즐거워졌다. 그리고 나 자신이 변화하는 게 느껴졌다. 그 좋아하던 술을 끊었다. 시간이 아까웠다. 또 더 다양한 배움의 장으로 거침없이 참석해 도전했다. 이는 어떤 즐거움, 쾌락보다 성장의 기쁨을 주었다. 나의 삶이 즐겁게 바뀌었다.

카페에 갔다. 아는 얼굴이다. 먼저 다가가 인사한다. '무슨 말을 하지?' 걱정은 없다. 그저 반갑게 그 사람을 맞이했다. 기분이 좋아졌다. 그 사람이 궁금했다. 그 사람 얘기가 듣고 싶어진다. 무엇을 골랐을까? 여긴 무슨 일로 온 걸까? 그동안 잘 지냈나? 그 사람이 내 마음에 들어왔다.

"타인은 친구, 내가 있어야 할 곳은 여기"

『미움받을 용기』 공동체 감각 -

정말 책에 쓰인 글처럼 타인은 친구이고 내가 있어야 할 곳은 여기라며 느끼는 나를 보면 너무나 신기하고 대견했다. 또 '남에게 어떻게 보이느냐에만 집착하는 삶이야말로 나 외에는 관심이 없는 자기중심적인 생활양식'이라고 했다. 남이 나를 어떻게 볼까의 삶은 불안하고 두렵다. 재미없다. 그 사람 삶과 마음속에 들어가 내가 무엇으로 기쁘게 해 줄 수 있는지 생각한다. 그런 생각을 하면 뿌듯하다. 나와 타인이 행복하기 위해 치열하게 독서하고 공부한다. 더 즐거운 삶을 살기 위해 말이다. 더넓고 큰 사람이 되어 다른 사람들을 보듬어 주고 사랑을 느끼고 싶다.

지금 하는 공부는 힘들지 않다. 어릴 적 개미성 작은 우물에 물을 채워 넣는 것처럼 재미있고 뿌듯하다. 이로써 나는 공부를 사랑하게 됐다. 내가 나로 살게 하는 것, 내 삶에 상대를 들어오게 하는 것, 그래서 기쁨과 행복을 누리는 것, 그렇게 사는 것이 진정한 행복한 삶이 아닐까 생각된다.

책과의 만남을 이루게 해 준 책

김영숙

나의 생애 첫 직장은 '서점'이었다.

만약 당신이 서점에서 일을 하게 된다면 어떤 일을 할 것으로 생각하는가? 손님들과 인기 있는 작가의 신간 이야기를 할 것 같은가? 어떤 유명한 책을 두고 작은 이벤트를 기획하는 기획자가 되는 일을 상상하는가? 손님들에게 친절하게 대하고, 책을 팔기 위한 수단이 그런 일이라 생각했다. 나는 이러한 환상을 갖고 입사했다.

나의 23년 전, 서점 이야기를 잠깐 해보려 한다. 일단 힘이 좋아야 한다. 서점에서 책은 직원들에겐 상품이다. 아침마다 수레로 몇 번을 오가며 책이 들어온다. 장갑을 끼고 책이 다치지 않게 하나하나를 컴퓨터에 입고한다. 담당자는 그날 들어온 책을 들었다 놨다 최소 두 번 이상은 한다. 당시 신간이나 인기가 있는 책이 있으면 출판사에서 많이 밀기 때문에 책의 수량도 많다. 그리고 신간은 손님에게 보여줘야 해서 기존 책을 치우고 그 주변 책을 다시 정리해야 한다. 신간의 경우 직원도 내용을 알아야 한다. 교보문고나 영풍문고 등 인터넷 검색하여 내용을 정리한다. 그리고 정리한 내용을 게시한다. 오전에 입고를 마치고 전날 주문받은 책과 주문은 했으나 도착하지 않은 책을 정리하여 주문서를 작성하여 보낸다. 납품이 있는 경우, 목록을 확인하고 없는 책들을 추려 인터넷 검색을 한다. 검색에도 없으면 전국 서점에 재고가 있는지 전화하여 구해야 했다. 학습지는 주변 학교의 교과서 출판사를 파악하고 학교별 문제집을 표로 만들어 놓고, 손님이 어느 중학교라고 말만 해도 찾을 수 있게 외운다. 그 와중에 매장 책 결제 업무, 책 찾아주기 등 해야 할 일이 생각보다 많다. 특이하게도 내가 다닌 서점은 직원들도 책에 대한 전문성을 높이고자 하는 차원에서 마련한 '직원 독서 토론회'가 있었다. 이는 한 달에 책 한 권을 읽고 퇴근 후, 약속된 날짜에 직원들이 모여 토론회를 열었다. 지금 생각해 보면 그때가 감사한 나날이었는데, 그때는 울며 겨자 먹기로 하였다. 부끄럽지만 책을 읽지 못한 날은 간추린 내용을 검색하여 훑어보고 참여하곤 했었다.

서점에 있으면서 좋은 점은 보고 싶은 책을 마음껏 볼 수 있다는 것이다. 그때 당시 보고 싶은 책은 '잡지' 그중 잡지에 있는 '부록' 너무 좋았다. TV 볼 시간도 없었던 나는 잡지가 유일한 방송 채널이었다. 잡지에 사진을 보며 대리만족을 느꼈다. 서점을 다닌 지 일 년 지났을까. 잡지도 시시해지고 있던 찰나에 어학, 학습지를 담당했던 내가 단행본을 맡게 되고서부터 물건 같던 책에 슬슬 손이 갔다. 손이 가는 책들은 주로 인문·사회·과학 분야의 책. 당시 나는 인간에 대한 호기심이 가득했다.

사람이 태어나서 어떻게 살아야 잘 사는 것인지, 내가 이렇게 사는 것이 맞는 것인가 궁금했기 때문이다. 자꾸 철학적인 문제에 대해 생각이 깊어지다 보니 관련 책에 손은 갔으나, 앞장만 보고 덮기 일쑤였다.

　책 유목민으로 생활하던 중 상사가 책 한 권을 권했다. 홍세화 작가의 『나는 빠리의 택시운전사』. 이 책은 인문·사회책으로 분류할지 수필로 분류할지 고민이 되었던 책 중 하나였다. 홍세화 작가는 너무나 유명하였고, 서점에서도 스테디셀러 책 중의 하나였다. 나는 정치적 책이라고 생각해서 솔직히 꺼려졌던 책이었다. 정치는 나와 상관없는 일이라 관심도 없었기 때문이다. 추천은 해 주셨고, 읽는 시늉이라도 하자며 책을 펼쳤다. 책은 작가가 프랑스에 어쩔 수 없이 망명 생활을 하게 되어 그 나라에서 지내온 이야기이다. 그리고 프랑스에서 택시운전사로 일을 하게 되면서 한국과 다른 문화에 대한 깊숙한 이야기를 풀어 놓았다. 열 페이지, 이십 페이지… 어쩜 그런가? 책장이 그야말로 술술 넘겨졌다. 홍세화 작가의 글은 정말 빠져들게 만드는 힘이 있다. 독자를 옆에 두고 이야기하듯 글을 쓴 것 같았다. 돌이켜보면, 작가의 이야기가 백 프로 이해된 건 아닌 것 같다. 하지만 그의 글은 어려운 이야기를 쉽게 풀어서 재미있게 썼다는 것에 포인트가 있었다. 나는 어떻게 읽었는지 모르게 금방 읽고, 나머지 홍세화 작가의 다른 책을 찾아 읽기 시작했다. 이것이 나의 인문·사회 관련 책을 읽게 된 계기가 되었다. 유시민, 진중권, 손석춘, 박노자 등 당시 나오기만 하면 서점에서 잘 나갔던 작가들의 책을 모두 읽기 시작했다. 세계 여러 나라의 다양한 주의(主

義)를 비교하면서 장단점과 문화를 알려주는 이야기가 재미있었다. 그리고 이에 대한 개념을 하나씩 이해하고 생각하는 시간을 갖게 되었다. 마치 세계사를 배우며 세계를 여행한 느낌이었다. 지금 생각해 보니, 이런 책을 읽지 않았다면 현재 세상을 바라보는 내 생각이 많이 흔들렸을지도 모른다. 한마디로 세상을 바라보는 눈을 갖게 해 주었다.

이번에 이렇게 글을 쓰면서 책을 한번 꺼내서 훑어보았다. 생소하다. 그런데 조금씩 읽다 보니 재미있다. 입가에 미소가 지어졌다. 옛날 책이라 그런지 글씨도 작고 요즘 책과는 뭔가 다르다. 나의 향수와 같은 책. 만약 이 책을 읽지 않았다면, 아마도 나는 퇴사할 때까지 책을 통한 재미를 못 느꼈을 것이다. 작가는 나를 알지 못하지만, 나를 책의 재미로 이끌어 주었다. 어떤 상황에도 책에 답이 있을 것 같은 느낌을 주었다. 내 논리를 마음껏 펼쳐보라는 용기를 주었다. 그래서 감사하다. 책과의 만남을 이루게 해 준 책『나는 빠리의 택시운전사』.

내 생활이 바빠 책도 못 읽던 시간이 있었다. 가끔 미디어에서 작가가 나올 때면 채널을 못 돌리고 친척이 TV에 나온 것 마냥 '아직도 열심히 지내시는군요!' 하며 마음속으로 반갑고 기뻤다. 그는 실천하는 사람이었다. '장발장은행'의 은행장으로 사회적약자 중에서도 말하지 못할 상황의 어려운 사람들(벌금을 내지 못해서 구치소에 수감돼야 하는 사람들)에게 이자 없이 돈을 빌려주는 은행을 만들었다. 나는 사회의 손이 닿지 않는, 사회적약자에 대한 문제를 진지하게 바라보고 방법을 찾으려 한 노력의 결과로 보인다. 최근 별세 소식을 듣고 마음 한구석이 힘들었다. 이번에 이 글을 쓰면서도 너무 고민이 되고 슬프기도 했다. '내가 뭐라고······ 생각이 난다고 이 글을 쓰고 있을까······.'

정치적·종교적 스펙트럼이 다양한 프랑스가 큰 충돌 없이 견제와 균형을 이루는 이유 중 하나를 작가는 '똘레랑스의 원칙'이 있기 때문이라고 한다. 그리고 책 뒷부분에 프랑스의 '똘레랑스'를 설명하는 글로 십여 페이지를 할애했다. 알다가도 모르겠는 똘레랑스······. 당시 읽었을 때도 역지사지를 의미하는 것인가? 내가 대접받고 싶다면 대접받을 행동을 해야 한다는 것인가? 생소한 이 용어 때문에 당시 책을 다 읽고도 여러 번 다시 보게 했던 부분이었다. 이번에 글을 쓰면서 다시 그 부분을 읽는데, 사십 대가 되어 다시 읽어보니 "관용을 의미하는 건가?"라며 피식 웃으며 나는 잘 알지도 못하면서 이 책을 왜 이렇게 재미있어했는지 새삼 예전에 나를 보고 신기해하였다.

'이제 내 말은 다 끝났습니다. 내 말을 끝까지 들어주어 정말 고맙습니다. 차 한잔 더 하시겠어요? 아 그렇군요. 시간이 많이 늦어졌군요. 네? 뭐라고 하셨습니까? 내 똘레랑스 얘기가 친불적인 얘기였다구요? 사대주의라구요? 아, 내 얘기가 그렇게 들리셨습니까? 그럼 할 수 없군요. 똘레랑스에 대하여 다시 반복하여 말씀드려야 되겠습니다. 왜냐하면 당신은 아직 똘레랑스를 이해하지 못하였기 때문입니다. (중략) 그럼 다시 말씀드리겠습니다. 똘레랑스란······'

책의 마지막 부분이다.

그는 별세하였다. 하지만 책이 존재하는 한, 그의 정신과 글은 내 마음속 영원히 남아있을 것이다.

"삼가 고인의 명복을 빕니다."

독서, 할아범 그리고 책장

남궁수경

'할아범! 오늘은 뭐 읽냐! 히죽히죽 웃기나 하고' 이렇게 말하고 싶었다. 현실은 "오늘 빌린 책은 일주일 후에 반납해야 합니다." 이 한마디뿐이었다.

독서하다 보면, 그리고 육아하다 보면 나의 어린 시절이 문득 떠오른다. 중학교 때 우리 반에는 친구들과 어울리지 않으며 조용히 책만 읽고 있는 아이가 있었다. 다른 친구들 이름은 이제 기억하기 힘든데 이 친구만은 이름 세 글자가 뇌리에 박혀있다. 그 친구는 몰랐겠지만 나는 그 아이를 힐금힐금 관찰하곤 했다. 하루 종일 책을 읽고 있는 그 아이가 무척이나 궁금했다. 내가 이렇게 그 아이를 관찰할 수 있었던 것은 학교에 일찍 오는 나에게 국어 선생님이 도서실의 오픈과 청소, 학생들의 대출 관리를 맡겼기 때문이다. 도서실은 아주 작았지만 나에게는 막중한 임무였다. 이렇게 선생님이 주신 막중한 임무에도 불구하고 수업 전 도서실은 참으로 한적했다. 중학교 3개 학년 중 단 한 명만 도서실을 방문했다. 그 아이는 키가 작았고 얼굴은 희었다. 그리고 머리카락도 희었다. 별명이 할아범이었다. 그 친구는 별명 따위는 신경 쓰지도 않는 것 같았다. 언제나 무표정이었다. 하지만 나는 알고 있다. 그 아이는 도서실에서 책을 읽을 때는 유독 입꼬리가 올라갔다. 신기했다. 아니 멋있었다. 할아범이라고 불러도 신경 쓰지 않고 자신만의 길을 가는 할아범의 자신감이 부럽기도 했다. 그 자신감은 어디에서 나오는 것인지 궁금했다. 책을 많이 읽으니 폭넓은 독서량이 자신감의 근원이 아닐까 생각했다. 할아범과 나는 등교 후 아주 조용한 도서실에서 둘이 함께 책을 읽었다. 이쯤 되면 로맨스나 코미디라도 따라붙어야 하는데 우린 방귀 한번 뀐 적 없이 졸업했다. 나는 할아범과 친해지고 싶어서 몇 번 질문했지만 답을 들은 적은 한 번도 없었다. 우린 정말 책만 읽었다.

나는 지금 세 아이를 키우고 있다. 독서를 하다 보니 문해력이 중요하다는 것을 깨달았다. 엄마이기에 자녀의 문해력에 굉장한 노력을 기울인다. 어느 책이나 강의에서든지 문해력을 키우는 가장 좋은 방법이 독서란다. 지금 내 문해력도 떨어지는 판국인데 자녀의 문해력을 키워줘야 한다. 내가 자녀를 앞에 두고 책을 읽는 이유 중 하나이다. "함께 문해력을 키우자!" 하면서 함께 독서하고 있다. 나는 책을 좋아하고 우리 삼 남매에게도 많은 책을 읽어 준다. 이런 환경이니 다행스럽게도 첫째는 책을 좋아한다. (둘째와 막내는 미취학 아동이니 앞으로 더 지켜봐야 하겠다.) 첫째는 아주 편하게 기대앉아(척추가 휘어질 것 같은 자세로) 책을 읽는 것을 좋아한다. 그리고 가끔 웃음을 터트리기도 하고, 엄마의 부름에 아쉬워할 때도 많다. '독서를 즐기기'는 성공이다. 나는 동창생인 '할아범'의 기억을 지울 수 없다. 그의 자신만만한 태도와 뚝심 있는 자기 결정력을 우리 아이들도 가지게 되었으면 좋겠다. 바로 독서를 통해서 말이다. 할아범의 지금 모습을 알 수는 없지만 아마도 자신만의 철학을 가지고 주도적인 삶을 살고 있지 않을까 기대한다.

내가 진지하게 책을 마주한 것은 출산 이후다. 아버님의 책 선물과 고립된 듯한 외로움이 독서의 시발점이 되었다. 나는 책에 대한 아주 특별한 마음이 있다. 아니, 정확히 말하자면 책을 쓰는 사람을 동경한다. 나는 절대로 글을 쓰지 못할 것으로 생각했기 때문이다. 하지만 책을 재미있게 읽을 자신은 있다. 미소를 지으며 손뼉을 치고 공감할 수 있다. 하지만 나에게는 아직 거기까지다. 책을 읽은 후 생각의 정리가 어렵고 글을 쓰는 삶과 정직한 삶에 대한 고민이 있다. 그래서 진솔하게 자신의 이야기를 흥미롭게 풀어가는 모든 작가님이 존경스럽다. 제인 오스틴의 『오만과 편견』은 사랑할 때 상대방을 이해하기 위해 어떻게 노력해야 하는지, 자신이 가진 편견으로 자존심만을 세우면 오히려 오만해져 진실한 마음을 왜곡하여 보게 된다는 것을 이야기한다. 비단 남녀만의 로맨스에만 국한되는 것은 아니라는 것을 느낀다. 단 한 권의 책을 읽은 나는 굉장히 오만했고 많은 편견에 휩싸여 세상이 우습기도 했다. 아버님이 주신 책 한 권을 읽고 나서 신사임당이라도 된 것마냥 가족들을 진두지휘했다. 지금 생각하면 진짜 부끄럽고 바보 같았던 모습에 두 얼굴이 화끈거린다. 이제는 책을 한 권 또 한 권을 읽어갈 때마다 나는 그들의 고민과 이야기에 점점 고개를 숙여가고 있다. 아직 어린 삼 남매를 키우며 이제라도 책을 읽는 엄마로 비친다는 사실에 감사하다. 오만과 편견으로 가득했던 나의 책장은 이제는 편안한 삶의 이야기로 채워지고 있다.

육아의 삶은 과거와 현재와 미래가 뒤섞인 삶이다. 아이의 모습에 과거의 나와 부모님을 떠올리고 나의 미래와 가족의 미래를 상상하게 한다. 육아가 주는 성찰의 삶이다. 실수했던 부분, 잘못된 부분을 잊지 않으려 기록하고 마음에 담아 놓는다. 명상한다. 체력을 기른다. 감사한 마음을 추가한다. 하루하루가 충만해진다. 아직 어린 삼 남매는 엄마의 독서 시간을 확보해 주진 않지만 독서에 대한 의지만큼은 불타오르게 만들었다. 난 요즘 혼자 밥 먹을 때도 책을 읽으며 먹는다. 내가 이렇게 인생에 진지함을 담을 수 있었나? 아주 흥미진진하다. 하루의 시간이 제한적이라 모든 것이 아쉽고 재밌다. 시험 기간에 공부만 빼고 모든 것이 재미있듯 나는 이상하게 지금의 인생이 너무 재미있어졌다. 공부에 대한 건 아무래도 '육아와 시간'이지 싶다. (육아 빼고 다 재미있다.)

새벽 4시 30분에 일어난다. 나만의 시간을 너무나 갖고 싶어서 일찍 일어난다. 책을 읽고 싶어서 일찍 일어나게 되었는데, 이제는 글도 쓰고 싶다. 새벽 시간을 쪼개어 책을 읽고 글을 쓴다. 아이들도 행복하게 잘 키우고 싶다. 이렇게 한 단계씩 성장함을 느낄 때마다. 기쁘고 뿌듯하다.

육아하는 틈틈이 책을 쌓아가고 책장 앞에서 고민한다. 가끔 지난날의 할아범을 생각하며, '그래, 그냥 즐길 때도 있어야 하는 거야.'라고 되뇐다. 할아범과의 추억은 담담하게 끝이 났다. 『오만과 편견』은 내가 기대한 장르와는 사뭇 달랐다. 아련한 추억과 함께 그 시절 바람 소리와 복도에서의 발소리가 그립다. 조용하고 편안했던 독서실과 책 한 권, 한 권마다 닿아있을 나의 지문들이. 그 상황에 방귀를 뀔까 봐 신경을 곤두세웠던 나의 수줍은 괄약근의 기억. 그것이 나와 우리의 인생을 더욱 활기차고 흥미 있게 만들어 줄 것으로 생각한다. 앞으로의 독서는 이럴 것이다. 즐기며 배워가는 흥미로운 독서 말이다. 내 인생 최고의 판타지 『나니아 연대기』처럼.

어린이 다독가는 어떻게 만들어지는가

박정희

나는 어른들이 무엇을 사줄까 물으면 항상 책이라고 대답하는 어린이였다. 어머니 말로는 내가 다섯 살 무렵부터 글을 읽을 수 있었다고 하니까 그때부터 밖에 나가 노는 것보다 책 읽는 것을 더 좋아했다. 하지만 우리 집은 책을 사줄 만한 형편이 아니라서 몇 권 있는 책을 읽고 또 읽었다.

그러던 어느 날, 없는 형편에 어머니가 스무 권짜리 전래 동화집을 사주었다. 지금도 그때의 기억이 선명하다. 학교를 마치고 돌아온 나에게 어머니는 얼른 방으로 가보라고 하였다. 무슨 일인가 하고 방으로 들어가자, 우리 집과는 어울리지 않던 반질거리는 화려한 색상의 동화 전집이 놓여 있었다. 방안을 가득 메우던 새 책 특유의 달달한 잉크 냄새와 종이 냄새가 아직도 잊히지 않는다. 나는 가방도 제대로 벗지 않고 바로 그 자리에 앉아 케이스에 든 책을 꺼냈다. 한 번에 다 읽는 것이 아까워서 매일 한 권씩 아껴가며 읽었다. 그리고 더 유난했던 건 새 책에 펼친 자국이 나지 않게 책을 활짝 펴지도 않고 조심히 읽었다. 그만큼 책을 아꼈다. 지금은 책이 너무도 흔한 세상이라 책을 아끼며 본다는 말이 이해가 안 갈 수도 있다. 하지만 그때는 그랬다.

점점 더 집요하게 읽기를 했던 초등학교 고학년 시절에는 멀리 있는 도서관까지 가서 책을 읽었다. 그리고 옆집 오빠가 중학생이 되면서 더 이상 읽지 않게 된 책까지 빌려 읽었다. 그때 읽었던 책 중에 가장 좋아하던 것은 『셜록 홈스』였다. 지금은 다양한 출판사에서 출판하고 있지만 그 당시 내가 읽었던 것은 한국출판 공사에서 펴낸 『셜록 홈스』였다. 내 기억으로는 총 40권 정도 되었던 거 같은데 그 전집을 다섯 번 정도 읽었다. 그쯤 되니까 옆집 아줌마가 그냥 너 가져가라 할 정도였다. 나는 그때 셜록 홈스에게 푹 빠져서 영국에 그 사람이 실제 살고 있다고까지 생각했다. 비범한 추리력에 까다로운 성품, 하지만 인류애가 넘치는 셜록 홈스를 정말 좋아했다. 그때는 인터넷도 휴대전화도 없던 시절이라 셜록 홈스를 몇 번씩이고 봤다. 그러면서 자연스럽게 영국이나 유럽의 문화를 익히게 되었고 다른 서양문학 서적을 읽을 때 도움이 되었다.

나는 어린 시절 『why』같이 백과사전류의 책을 본 적이 거의 없다. 내가 읽었던 책들은 모두 이야기책이었고 그 책을 통해서 가본 적도 없던 유럽을, 미국을, 전 세계를 여행할 수 있었다. 지금의 내가 여행을 좋아하고 은퇴 후 해외에서 소설을 쓰며 노후를 보내는 꿈을 가진 것도 이때의 이런 책 읽기 경험들 때문이다.

나는 항상 시대를 잘 태어났다고 생각한다. 무엇보다 정말 감사하게 생각하는 건 내 어린 시절은 지금처럼 재미를 주는 요인이 극히 드물었다는 거다. 그러니 책을 읽고 상상의 나래를 펼쳐보는 것만큼 즐거운 일도 없었다.

하지만 요즘 아이들은 책보다 100배는 더 재미있는 볼거리와 즐길 거리가 넘쳐나는 환경에 살고 있다. 그러니 '책'이라는 보물을 만날 수 있는 시도가 내 어린 시절보다 100배는 어려워졌다.

태어나서 돌도 안된 아기들이 유튜브 영상을 보고 유치원생들도 인스타 릴스에 중독되는 세상이다. 중학교 아이 중 과제가 아닌 이상 일 년에 책 한 권 읽지 않는 아이가 수두룩하다. 책 속 주인공을 사랑하는 기분도, 나와 비슷한 처지의 주인공에게 감정 이입하며 치유되는 경험도 모두 생략해 버린 삶이 얼마나 안타까운지 모른다.

더구나 지금 시대의 아이들은 인간다운 성장의 동력 조차 얻지 못하고 성장하고 있다. 독서를 하게 되면 주의력, 창의력, 의사소통 능력 등 인간다운 고등사고를 가능하게 하는 전두전야가 활성화 되게 된다. 하지만 아이들에게 즐거움을 안겨주는 영상이나 게임은 뇌의 후두엽 시각중추와 측두엽 청각중추만 자극하게 된다. 그런데 우리의 아이들은 현재 책보다는 스마트폰을 들여다보는 시간이 더 길다. 그러니 고도의 정신 기능을 담당하는 전두엽이 발달하기 어렵게 된다.

그렇다면 우리는 책 읽기 어려운 환경에 사는 아이들에게 어떤 도움을 줄 수 있을까? 책 읽기 좋은 환경을 만들어 주면 된다. 여기서 부모의 역할이 중요하다. 아이들에게 책 읽으라고 권하기 전에 부모가 먼저 책을 읽어야 한다. 나이가 어릴수록 주변 어른들의 행동에 영향을 많이 받는다. 책 읽는 부모를 본 아이들은 부모 흉내를 내면서 책을 읽기 시작한다. 어떤 여배우는 아이가 책을 좋아하게 하려고 아이 앞에서 대본이든 뭐든 읽는 모습을 보여주었다고 한다. 내 주변 지인 중에도 본인은 독서를 좋아하지 않지만, 책 읽는 자녀로 키우고 싶다고 10년 가까이 아이들 앞에서 책 읽는 모습을 보여주고 있다.

대부분 부모가 초등학교까지는 책을 읽히려는 노력을 많이 한다. 하지만 아이들이 사춘기가 되면서 부모의 노력도 시들해진다. 더구나 중학생이 되면 공부하느라 녹초가 된 아이에게 책까지 읽으라고 하기가 어려워진다. 초등학교 시절까지만 하더라도 다독상을 받으며 책을 좋아하던 아이도 중학생이 되면서 더 이상 독서를 하지 않기 시작한다.

내게도 중고등학교에 다니는 자녀가 있다. 그래서 어떻게 하면 책을 읽힐지 고민을 많이 했다. 결국 시작은 부모가 먼저 읽어야 한다. 내가 먼저 책을 읽고 아이들을 계속 꾀었다. 그러다 결국 하루 30분 가족 독서 시간을 만들었다. 그리고 읽은 내용을 돌아가며 짤막하게 얘기를 하는 시간도 가졌다. 이때 주의할 점은 아이가 말도 안 되는 얘기를 하더라도 진지하게 들어주고 고개를 끄덕여 줘야 한다. 적당한 질문도 던져주면 더 좋다. 그러면 아이는 자신감을 가지고 계속 얘기를 하게 된다. 그러다 보면 함께 책 읽는 시간이 나쁘지만은 않게 된다. 특히 부모가 자기 말에 귀 기울이며 잘 들어주는 것에서 존중받고 인정받고 있다고 느끼게 된다.

물론 우리 집 아이들처럼 부모가 꾄다고 모두 책을 읽지는 않는다. 하지만, 절대 강제로 해서는 안 된다. 자녀가 계속 싫다고 한다면 그냥 부모라도 읽어야 한다. 이 세상에서 가장 어려운 것은 다른 사람을 변화시키는 것이다. 자녀를 나와 동일시해서는 안 된다. 자녀는 내가 아니라 다른 사람이며 내 소유물이 아니다. 그 점을 항상 명심해야 한다. 그렇기에 내가 할 수 있는 것은 나 스스로가 변하는 수밖에 없다. 그리고 내가 변하면 내 자녀도 언젠가는 변하게 된다.

　오늘은 스마트폰을 내려놓고 거실 소파에 앉아 책을 읽자. 모든 가족이 볼 수 있게 말이다.

엄마 사랑해요

유승훈

　남자가 여자 앞에서 하지 말아야 할 얘기가 세 가지 있다고 한다. 첫째는 군대 얘기, 둘째는 축구 얘기, 셋째는 군대에서 축구한 얘기란다. 다행히 이 이야기는 군대에서 축구한 얘기는 아니다.

　지금으로부터 24년 전 나는 강원지방경찰청 기동 1중대에서 의무경찰로 군 복무 중이었다. 의무경찰이라는 제도가 지금은 없어졌지만 서슬 퍼런 80년대 군사정권 시절과 학생운동이 활발했던 90년대까지 없어서는 안 될 부대였다. 주 임무는 데모 진압이다. 1996년 연세대학교 사태를 정점으로 학생운동은 거의 사라졌지만 내가 군 생활했던 2000년도만 하더라도 기동대의 데모 진압 훈련은 강도가 높았다. 입대 6개월 차쯤이었다. 100여 명의 부대원 중 후임이 서너 명밖에 없었으니 거의 막내였다. 기동대는 일 년에 두 차례 한 달여간 데모진압 훈련을 하는데 체력 훈련과 전술대형 훈련으로 이뤄졌던 것으로 기억한다. 훈련 중 가장 악명 높은 훈련은 방독면을 쓰고 구보를 하는 훈련이다. 한여름 두꺼운 진압복을 입고 왼쪽 허벅지에 방독면을 착용하고 구보를 하다 '수화나(부대 대표)'가 불시에 '깨~쓰'라고 외치면, 모든 대원은 신속하게 방독면을 착용한 다음 다시 구보하는 방식이다. 방독면을 늦게 쓰기라도 하면 여차 없이 고참들의 '사랑스러운' 손길과 발길이 날아온다.

지금이야 눈 수술을 하여 안경을 착용하지 않고 생활하지만, 당시에는 지독한 난시로 마이너스 시력이었다. 시력 검사지의 제일 위 글씨가 뿌연 검은 점으로 보였다. 잠잘 때 외에는 안경을 착용해야만 생활을 할 수 있었다. 그날도 진압 훈련 중 불시에 어김없이 '깨~쓰' 소리가 들렸다. 나는 제법 능숙하게 안경을 벗어 주머니에 넣고 방독면을 착용한 다음 훈련을 했다. 그런데 훈련 마치고 보니 언제 부러졌는지 안경다리가 부러져 있었다. 아차 싶었다. 날벼락을 맞은 것 같았다. 스카치테이프로 어찌어찌 수선해도 잠시일 뿐 안경 없이 생활해야 했다. 다행히 안경이 깨진 날 집에 전화할 수 있었다. 여동생에게 빨리 안경 하나를 맞춰 보내 달라는 말만 하고 전화를 끊었다. 며칠 후 부대로 안경과 여동생의 편지가 전해졌다. 며칠 만에 안경을 착용했을 때의 장면은 기억에 없다. 그런데 그날 새벽 동생의 편지를 읽기 위해 화장실에 쪼그려 앉아 편지를 읽다 한참을 울었던 것은 20년이 더 지난 일인데 기억에 남아 있다.

'오빠, 어제 엄마가 주무시다 새벽에 일어나 한참을 울었다. 꿈에서 오빠가 군대에서 맹인이 되는 꿈을 꾸셨대…'

김상운의 『왓칭』을 보면 과학자들이 어미 토끼를 새끼들과 떼어놓고 두뇌에 전극을 삽입한 다음 새끼들은 잠수함에 태워 수천 킬로미터 떨어진 심해로 데려가 한 마리씩 처형하는 실험 얘기가 나온다. 그런데 놀랍게도 새끼들이 처형되는 바로 그 순간 어미 토끼의 뇌파가 크게 치솟았다고 한다. 수천 킬로미터 밖의 일인데도 말이다.

책을 읽으며 기억 깊숙이 어렴풋이 남아있던 그날 부대 화장실에 쪼그려 앉아 동생 편지를 읽으며 한없이 울었던 내 모습이 떠올랐다. 그렇게 엄마와 나는 현대과학으로는 증명할 수 없는 보이지 않는 끈으로 연결되어 있었던 거였다.

올해가 엄마 칠순이다. 환갑 때는 가족 식사하는 것으로 그냥저냥 넘어갔다. 그런데 칠순은 그냥 넘어갈 수 없었다. 강원도 영월 시골에서 나고 자라 한평생 농사를 지으며 살고 계신 엄마. 깊어진 주름과 휘어가는 허리를 보며 환갑 때와 같이 칠순도 가족 식사로 그냥 그렇게 넘어갈 수 없었다. 그랬다간 이다음 엄마 없는 세상에 살며 후회할 것 같았다. 엄마를 위한다지만 솔직히 나를 위한 여행을 준비했다.

엄마는 아래에 여동생 두 명과 남동생 한 명이 있다. 영월 인근 충북 제천에 살고 계신데 다들 의좋게 지낸다. 엄마와 여동생 두 분, 엄마의 동서이자 나의 외숙모 한 분 그렇게 네 분을 모시고 엄마가 좋아하는 온천과 꽃구경으로 2박 3일을 기획했다. 나는 철저히 가이드 겸 운전기사다.

여행 첫날, 다들 남편 없는 여행은 처음이고 동해 바다와 꽃구경할 생각에 들떠 있는 것 같다. 차 안이 시끌벅적하다. 이가 좋지 않은 엄마가 맘 편히 드실 수 있는 식당으로 예약은 해뒀다. 첫 번째 여행지는 노란색 유채꽃이 만발하고 바닷바람에 벚꽃 잎이 날리는 삼척 맹방 유채꽃 축제장이다. 다들 만개한 꽃에 감탄하며 꽃밭에서 연신 사진 찍기 바쁘다. 첫날 첫 여행지이고, 이런 호사를 누려도 되나 싶어서인지 엄마의 표정이 아직은 어둡다. 늘 걱정이 많으신 엄마가 무슨 걱정인지는 모르지만, 얼굴에 살짝 근심이 서려 있다.

매년 사월 초 삼척 맹방해수욕장 인근에서 열리는 유채꽃 축제는 전국 유일하게 유채꽃과 벚꽃, 그리고 바다를 한눈에 볼 수 있는 곳이다. 꼭 한번 방문해 보길 추천한다. 꽃구경이라야 꽃밭을 거닐며 사진 몇 장 찍고 나면 이내 더 볼 것이 없다. 다음 목적지는 우리나라 유일한 자연 용출수가 나오는 울진 덕구 온천이다. 아이나 어른이나 물놀이는 즐겁고 신나는가 보다. 엄마와 동생들은 폭포수에 어깨 찜질도 하고, 뜨끈한 노천탕에 온천을 즐기며 수다 삼매경이다. 온천에서 피로 푼 다음 인근 횟집에서 거나하게 한 상 받아 저녁을 먹으며, 이모들은 무료 관광시켜 주는 조카가 고마운지 엄마에게 립서비스를 한다. "언니가 아들은 제일 잘 뒀어!" 엄마의 표정이 한결 밝아졌다.

젊어서 체력 좋던 엄마는 허리가 조금씩 굽으며 많이 걷지 못하신다. 둘째 날 일정은 짧은 동선으로 갈 수 있는 곳을 골랐다. 울진 불영사 산책과 동해 바다가 보이는 카페에서 차 한 잔, 그리고 바다 전망이 예술인 영덕조각공원이다. 산전수전 다 겪은 일흔 나이이고, 그동안 해외여행도 몇 번 다녀오셔서 그런지 엄마와 동생들은 여행지는 별 관심이 없었다. 이동하는 차 안과 걸으면서, 또 차 마시면서 못다 한 얘기하는 시간이 더 행복해 보였다. 영덕까지 왔으니 대게를 먹어야 했다. 엄마 칠순인 만큼 풀코스 대게 요리로 모시니 다들 신나 하신다. 먹는 즐거움은 그 어떤 즐거움보다 행복을 선사하는 것 같았다.

엄마가 동생들과 오롯이 있는 시간을 더 많이 가지시라고 기사인 나와 호텔 방을 따로 잡아 드렸는데, 엄마와 이모들은 숙소에서 밤늦게까지 노래를 부르며 노셨다고 한다. 평생 잊지 못할 추억을 쌓은 듯싶었다.

2박 3일 일정이 짧지 않을 거로 생각했는데, 마지막 날이 되어 집으로 돌아가려니 아쉬웠다. 내친김에 부산까지 내려갈까 싶기도 했지만, 다음을 기약하기로 했다. 영덕에서 영월로 돌아오는 차 안, 엄마와 동생들은 흘러나오는 트로트를 따라 부르며 엉덩이를 들썩들썩하며 흥을 낸다. 지금 이 순간을 즐기고 계셨다. 엄마의 표정은 첫날과 달리 이 세상 누구보다 행복해 보였다.

엄마 사랑해요!

마흔을 사니 보이는 것들

조소연

삼십 대 후반이 되니 마흔에 대해 두려움과 걱정이 생겼습니다. 세상에 미혹되지 않는다는 불혹(不惑)인데 나는 얼마만큼 삶을 잘 다져오고 있었을까 하는 걱정이 있었습니다. 이제는 나만의 삶이 아니라 남편과 아이들도 있으니 삶의 중심을 잡기가 혼자일 때만큼 쉽지는 않습니다. 서른아홉, 마흔, 마흔하나. 그 시간은 삶의 문제를 푸느라 좀 어려웠던 시기였습니다. 그때부터 남편과 많은 이야기를 시작했습니다. 결혼 후 십 년쯤 되니 이렇게 사는 게 맞나 우리 모습을 보게 되었습니다. 아이들 키운다고 휴직하니 그제야 제 상황을 돌아볼 여유가 생겼습니다. 자연스레 지금까지 무얼 하고 살고 있었나 하는 생각이 들었습니다. 그래서 오랫동안 손에 들지 않던 책을 다시 보기 시작했습니다. 새벽에 일어나 책을 읽으니 우리 아버지에 대한 생각을 많이 하게 됩니다. 나의 아버지는 늘 새벽에 일어나 책을 보는 분입니다.

어린 시절 가족과 탄광 도시 도계에서 1985년부터 1990년까지 살았습니다. 아버지는 도계의 한 고등학교에 근무하고 계셨습니다. 삼십 대의 젊은 우리 아버지는 여행 다니는 것을 좋아하였습니다. 방학이면 우리 가족은 가방을 싸서 멀리까지 여행을 떠났습니다. 한 번은 기차 여행을 갔는데, 점심때가 되었습니다. 배가 몹시 고팠습니다. 잠깐 정차했던 역에서 아버지가 가락국수 두 그릇을 사, 기차 창문으로 건넸고 어머니가 그것을 받아 들고 네 식구가 나눠 먹었습니다. 기차는 움직이는데, 아버지가 기차에 못 타게 될까 봐 마음 졸였던 것이 아직도 기억에 남아 있습니다. 우리 가족은 강원도 탄광촌 골짜기에서 그렇게 기차를 타고 부산도 가고 남원도 가고 목포도 갔습니다. 아버지와 어머니는 어린 우리를 데리고 여행 가방을 싸서 기차로 버스로, 이곳저곳을 같이 여행하였습니다.

아버지는 고등학교 수학 선생님이었습니다. 여행, 클래식 음악, 미술 작품 감상하는 것을 좋아하였습니다. 그러나 누가 뭐래도 가장 좋아하는 것은 책을 보는 것이었습니다. 가난한 가정에서 태어나 자라났는데, 도대체 어쩌다가 그런 고상한 취미를 갖게 되었는지는 모릅니다. 아버지의 어려운 형편이 혼자 생각할 수 있는 시공간을 마련해 주는 독서에 몰입하게 한 건 아니었겠냐고 혼자 추측해 볼 뿐입니다. 하지만 삼십 대 남자 고등학교 수학 교사였던 아버지에게 그런 고상한 취미를 부릴 만한 여유는 거의 없었을 겁니다. 그러니 읽고 여행 다니는 것을 좋아하는 아버지는 결단해야 했습니다. 보충 수업이 많아 돈 좀 되었던 고등학교 근무보다는 시간적 여유를 확보할 수 있는 중학교 근무를 선택하였습니다. 부모님 모시고 한 가정의 가장으로 사는 아버지께는 경제적으로 내려놓기 쉽지 않은 선택이었겠습니다. 1980년대의 고등학교는 평일 야간과 방학 때에도 보충 수업하고 자습하던 때이니, 방학이라고 해서 당신이 하고 싶은 무언가를 자유롭게 할 수는 없었습니다. 아마 상대적으로 중학교 근무가 여유 있었겠습니다.

아버지는 꿈이 있었습니다. 꿈을 먼저 갖게 된 것인지 책 읽고 끄적거리다가 꿈을 갖게 된 것인지는 분명하지 않습니다. 어쨌든 시를 쓰는 꿈, 시인이 되고 싶은 꿈을 가지고 있었습니다. 읽다 보니, 읽는 사람들을 만나고, 쓰는 사람들을 만나게 되었나 봅니다. 어느 시인 선생님을 인생 스승 삼아 시 쓰는 멘토 삼아 지금껏 교제하며 지내고 계십니다. 하지만 수학 전공의 아버지는 시에 대해 아무것도 몰랐다고 합니다. 시를 쓰면서도 꽤 힘드셨나 봅니다. 스승님을 찾아가 배우기도 하고, 읽고, 쓰는 시간을 매일 가졌습니다. 아버지의 방학은 그렇게 독서와 시 쓰기와 여행으로 채워졌습니다.

아버지의 그 선택 덕에 저와 동생은 부모님과 방학마다 여행을 다녔습니다. 아마 시를 짓기 위해 일상에서 벗어나는 경험이 아버지께 필요했나 봅니다. 그런 아버지는 새벽에 책을 읽고 글을 쓰거나 시를 지었습니다. 새벽에 잠에서 깨면 늘 거실 불이 환했습니다. 아버지가 글을 적고 있는 모습을 늘 보았습니다. 전날 약주를 많이 드셨든 아니든 늘 그 시간에 뭔가를 쓰고 계셨습니다. 가끔은 그 환한 불빛 때문에 잠을 설쳤습니다. 지금 생각해 보면 사십 대를 살던 아버지는 매일 글을 읽고 시를 적는, 그 새벽의 시간을 당신의 삶에서 가장 중요한 시간으로 삼으셨던 것 같습니다. 시를 짓는 것이 아버지 삶의 도피처이자 버팀목

이자 즐거움과 희망이었나 봅니다. 아무도 방해받지 않는 조용한 시간과 하얀 종이 위의 공간. 조용한 아버지만의 세계에서 아버지는 마음껏 당신의 세계로 만들고 계셨나 봅니다.

아버지가 유년 시절을 보냈던 1950년대에 어렵지 않은 가정이 얼마나 될까요. 아버지도 어려운 가정에서 태어나셨지요. 위로 고모님 세 분 모두 초등학교 교육을 받지 못하고 돈 벌러 다녀야 하는 형편이었습니다. 하지만 아들이었던 아버지만 집안에서 대학 교육을 받았고 그래서 위 세 누님께 늘 미안한 마음을 가지고 있었습니다. 형편이 어려우니 해보고 싶던 것도 특별히 없었을 것이고, 하고 싶은 것이 있다고 해도 해볼 수 없는 가정 형편이라 삶이 즐겁지만은 않았겠죠. 아버지는 헌책방에서 굴러 나온 시집 한두 권 얻어 보면서, 들로 산으로 다니며 고달픔과 외로움을 달래는 청소년기를 보냈습니다. 가장 돈 안 드는 최고의 놀이가 책 읽는 것이었겠습니다. 집안의 경제적 현실을 감당해야 했던 아버지는 사범대를 나와 교사가 되고 직장 생활을 시작하였습니다. 직장 생활을 시작하고 결혼해 아이들 낳고 키우며 훌쩍 시간이 지난 게 아버지도 마흔쯤이 아니었을까.

미주알고주알 당신의 이야기를 들려주시지는 않습니다. 아버지의 생각과 상황은 아버지 서재의 많은 책 사이에 손수 적어 놓은 글귀, 발간한 문집에 썼던 글들, 아버지가 쓴 시들을 통해 저 나름의 짜깁기로 완성해 놓은 것입니다.

2019년 여름. 아버지가 춘천에서 나주에 다니러 오셨다가 책 한 권을 두고 갔습니다. 류시화의 『새는 날아가면서 뒤돌아보지 않는다』였습니다. 책으로 이야기하는 아버지의 대화법에 저도 익숙해져 있었나 봅니다. 또 무엇을 이야기하고 싶으신 걸까.

책 앞머리를 펼칩니다. 퀘렌시아라는 말이 눈에 들어옵니다. 회복의 장소이자 세상으로부터 자신이 안전하다고 느끼는 곳, 힘들고 지쳤을 때 기운을 얻으며, 본연의 자기 자신과 가장 가까워지는 곳. 아버지가 내게 묻는 듯합니다.

'너는 너의 퀘렌시아를 가지고 있니? 아무도 방해받지 않는 너의 공간, 너의 시간, 너의 삶을 살고 있니?'

'아버지는 가지고 계셨지요? 당신만의 퀘렌시아를요. 혼자 읽고 쓰던 그 새벽, 그 노트가 당신의 퀘렌시아였죠? 내색하지 않으며 묵묵히 앉아 있던 바로 그 시간, 그 종이 위가 아버지의 퀘렌시아였던 거죠? 그래서 제게도 읽고 쓰는 삶을 살라고 하신 거죠? 그래야 그 회복의 장소로, 본연의 나와 가장 가까이 있는 곳을 스스로 찾아갈 수 있게 될 테니까요.'

삶에서 진정한 '나'를 만나는 평화로운 그곳, 인간 내면의 성스러운 장소로 가는 방법은 읽고 쓰는 길이었습니다. 이 책이 저에게 그 이야기를 하고 있습니다.

마흔의 아버지도 치열하게 시를 읽고 쓰며, 당신만의 퀘렌시아를 만났을 겁니다. 세상과 분리된 당신의 장소, 스스로 회복할 수 있는 아버지만의 시간에 있으셨습니다.

류시화 님의 책 한 권을 받아 들고 앞장을 펼쳐 놓으며 멍하니 생각에 잠겼습니다.

아버지 덕에 저도 이제 책 읽고 생각합니다. 마흔도 별거 아닙니다.

인도에서 다시 태어나다

최인영

　40대에 독서를 시작한 후 여러 자기계발 서적을 읽어왔다. 세계적인 베스트셀러 책들을 주로 읽었다. 변하고 싶었다. 나의 현실을 바꾸고 싶었다. 경쟁적인 세상의 시스템 속에서도 흔들리지 않고, 내가 원하는 방향으로 삶을 이끌고 싶었다. 구체적인 방법은 모르겠으나 책을 읽어야지 변할 수 있다고 믿었다. 좋은 자기계발 서적을 읽으면 문장 하나하나에 자극받는다. 나의 현재 모습을 돌아보고, 앞으로 살아가야 할 방향을 생각하게 만든다. 책을 읽는 동안 긍정의 에너지가 마음속에 채워지고, 밝은 미래에 대한 희망을 품게 된다. 반대로 책을 손에서 놓으면 부정적인 생각이 들어오고, 내가 싫어하는 습관들이 나타난다. 언제부터인가 매일 조금씩이라도 책을 읽는 것을 중요하게 여기며 살고 있다.

　하지만 수많은 자기계발 서적을 읽어도 내 삶은 별로 달라지는 게 없는 것 같았다. 스스로 생각해 봐도 내가 인격적 또는 재정적으로 성장했다고 말하기는 어려웠다. 돈과 시간에 쫓기는 '다람쥐 쳇바퀴' 같은 나날의 연속이었다. 조금만 힘든 상황이 생기면 부정적인 생각과 말들을 마구 쏟아내곤 했다. 나 자신이 한심하고 초라하게 느껴졌다.

이리저리 헤매던 중 세계적 조직심리학자, 벤저민 하디가 지은 『최고의 변화는 어디서 시작하는가』를 만났다. 이 책을 통해 내가 좀처럼 변화하지 않는 이유에 대한 실마리를 찾았다. 저자는 다음과 같이 말한다. "사람이 의지만으로 변하기는 힘들고, 최고의 변화가 나타나기 위해서는 반드시 나의 환경을 바꿔야 한다. 사람이 실질적으로 변화하려면 끊임없는 실행이 필요한데, 실행을 위해서는 목표를 강화해 주는 환경을 조성하는 것이 먼저다." 변화를 원했지만, 정작 나는 현실에 안주했던 것 같다. 나의 환경을 과감하게 바꾸려는 용기와 노력이 부족했다.

지난 인생을 돌아보면, 나도 살면서 극적으로 변화한 시기가 있었다. 19년 회사 생활 중 가장 기억에 남고, 삶의 큰 전환점이 되었던 계기가 있었다. 바로 인도사업에 참여한 것이었다. 2013년 5월, 회사 선배의 전화 한 통을 받았다. 그리고 일주일 뒤 나는 인도로 가는 비행기에 몸을 실었다. 그때 내 나이 32살이었다. 당시 나는 해외와 별 인연이 없는 사람이었다. 그 나이 먹도록 신혼여행 빼고는 해외를 가본 적이 없었다. 선배가 상당히 난처한 상황인 것 같았고, 3개월만 파견을 가면 된다고 하여 참여하기로 했다. 하지만 약속된 3개월이 3년이 될 거란 걸 그때는 미처 알지 못했다. 나중에 알고 보니 사람을 못 구해서 선배가 거짓말을 한 것이었다. 복잡하고 불안한 마음을 누르고 인도로 떠났다. 꼬박 이틀을 이동해서 인도의 중부지역(마드야 프라데시)에 있는 사업장에 도착하였다.

내가 상상했던 것보다 훨씬 더 열악한 환경이었다. 전기, 수도 공급이 불안정했다. 매일 밤 내 방에 사는 수백 마리의 모기로 잠들기 어려웠다. 갈 만한 음식점도 몇 개 없었다. 잘은 모르겠으나 우리나라의 50년대와 비슷한 모습이지 않을까 싶었다. 프로젝트 진행상황도 절망적이었다. 내가 도착했을 때 프로젝트의 준공기한이 이미 지났으며, 준공률도 5%가 채 되지 않았다. '프로젝트를 끝낼 수나 있을까?' 두려움이 스며들었다. 당장이라도 집에 가고 싶었다. 잘못된 선택을 한 나 자신이 원망스러웠다. 한국에 두고 온 아내와 세 살짜리 딸 생각에 많이 울었다.

인도에서의 삶은 치열했다. 현지에 적응하기 위해 매일 도전과 시련의 연속이었다.

우선 의사소통 문제부터 해결해야 했다. 발주처 관계자, 현지직원들과 영어로 대화하고, 문서를 작성해야 했다. 막막했다. 당시 나의 영어 실력은 형편없었다. 중학교부터 영어에 투자한 시간과 비용이 막대한데 영어를 한마디도 못하는 내가 한심했다. 우리나라 주입식 영어교육의 한계를 뼈저리게 느꼈다.

생존의 위기를 느끼고 처음 두 달 동안 매일 영어 공부를 했다. 교재도 딱히 없어서 한국에서 가져간 영어문법책 한 권을 계속 쓰면서 달달 외웠다. 그런데 신기한 것이 평생 공부해도 그렇게 안 되던 영어가 목숨을 걸고 하니까 되기 시작했다. 영어로 말하고, 쓰는 것이 자연스러워졌다. 나중에는 힌두어까지 조금 익히니 인도인들과 편하게 농담도 주고받을 정도가 되었다.

나의 내면도 바꿔야 했다. 내성적이고 혼자 있기 좋아하는 나의 성격으로는 사업을 수행할 수 없었다. 외향적이고, 적극적인 사람이 되어야만 했다. 현지에서 나는 건설회사를 운영하는 CEO와 다름이 없었다. 시공관리, 인력관리, 구매, 재무회계 등 회사의 운영에 필요한 모든 일을 처리했다. 그중에서도 구매 업무가 상당히 힘들었다. 값싸고, 품질좋은 기자재 납품하는 제조사를 찾기 위해 혼자 인도 방방곡곡을 돌아다녔다. 주로 기차로 이동했는데, 평균 이동시간이 20시간 이상일 정도로 긴 여정이었다.

게다가 다양한 위기상황에 현명하게 대처해야만 했다. 매일 전쟁을 치르는 기분이었다. 발주처는 금품요구 등 지속적 횡포를 부렸다. 자금사정으로 월급을 제때 못 줘 현지직원들과 갈등이 깊어졌다. 현장에 설치한 자재를 도난당하는 사례가 잦았다. 우리가 건설한 설비로 인한 현지주민의 사망사고도 발생했다. 이런 문제들이 생길 때마다 가슴이 무너졌다. 다 포기하고 싶었다. 하지만 인내심을 가지고 하나하나 해결해 나갔다. 위기를 극복할 때마다 점점 자신감이 붙었다.

2016년 2월, 결국 나는 프로젝트를 완료했다.

돌이켜보면 인도사업에서 얻은 것이 많다.

인도사업을 하며 얻은 영어실력이 해외업무에 대한 자신감이 키웠다. 이후 필리핀, 페루사업까지 추가로 수행하면서 견문과 국제적 감각을 계속 넓혀나갔다. 더 중요한 것은 어떠한 나라에 가도 살 수 있을 것 같은 '자기확신'이 생겼다. 인도사업에 참여하기 전의 나로서는 상상할 수 없던 일이다.

우리 가족에게도 긍정적인 변화가 나타났다. 내가 외국인과 의사소통, 해외생활 등을 편하게 생각하니, 가족들도 해외를 친숙하게 느꼈다. 가족 모두 '해외여행 광(狂)'이 되었다. 가족들과 미국, 스웨덴, 중국, 괌, 핀란드 등 다양한 국가를 여행했다. 특히, 다섯 살 딸, 두 살 아들을 데리고 2개월 동안 다녀온 미국여행은 우리 가족에게 잊지 못할 추억이자, 삶의 원동력이 되고 있다.

평생을 함께하고 싶은 인도 친구도 얻었다. 이름은 '로이(Roy)'이고, 나보다 두 살이 어린 친구이다. 로이는 인도사업의 회계업무를 담당했다. 위기의 순간마다 함께 험난한 고비를 넘기며 우정을 쌓아갔다. 로이와 인도에서 고생한 사건들을 기록하면 책 몇 권은 나올 것 같다. 프로젝트를 마무리하고 한국으로 떠나던 날, 나와 로이는 언젠가 인도에서 같이 사업을 하자고 약속했다. 이후에도 나는 로이의 결혼식에 참석하기 위해 기꺼이 인도로 달려갔다. 십 년이 지난 지금까지도 계속 연락하며 지내고 있다.

30대 초반, 우연히 찾아온 인도라는 환경이 나를 많이 변화시켰다. 스스로 생각해도 인도사업에 참여하기 전과 후의 나는 다른 사람이다. 당시 나는 어떤 일이 떨어져도 능히 해낼 수 있다는 자신감이 있었던 것 같다. 해외사업을 사랑했고, 해외에서 나만의 회사를 운영하고 싶은 꿈도 키워나갔다. 이후 국내사업 부서로 자리를 옮기면서 나의 꿈에서 멀어졌다. 지금은 인도를 좋은 추억으로 간직하고 살고 있다. 하지만 나는 꿈을 포기하고 싶지는 않다. '미래는 도전하는 자의 것'이라는 말처럼, 계속 도전하며 살 것이다. 40대, 적지 않은 나이지만 나를 변화시켜 줄 환경을 계속 찾고 싶다.

도전에 나이는 중요하지 않은 것 같다. 중요한 것은 환경을 바꿀 기회가 왔을 때, 그것을 택하는 용기라고 생각한다.『사소한 디테일이 초격차 만든다』의 저자, 일성그룹 장세일 회장도 45세에 나이에 공기업을 퇴직하고, 창업하여 세계적인 기업을 일궈냈다.

나의 뒷모습을 보면서 살아갈 자녀들을 위해서도 용기를 내고 싶다. 환경을 바꿔가며 한걸음 씩 나아가다 보면 로이와 한 약속을 지킬 날이 올 것이라고 믿는다.

오늘따라 인도에서 나를 기다리고 있을 로이가 그립다.

3장

어떻게 살아야 하는가

내가 바로 산 증인

김리원

　며칠 후면 오래전부터 내 버킷리스트(이후 꿈 목록)의 중요한 부분을 차지하고 있던 상담센터를 개소한다. 상담사가 된 후 6년 정도를 제외하고는 프리랜서로 다양한 기관과 상담센터에서 단기 계약을 하고 상담사로 활동했다. 프리랜서라는 고급진 단어를 사용하지만, 실상은 아르바이트와 단기 계약 사이 그 어디쯤이다. 기관이 원하지 않거나 기관의 사업이 종료되거나 기관의 담당자나 기관장이 바뀌게 되어 나와 인연이 없을 때는 언제든 밥줄이 끊기는 것이 프리랜서니까. 처음 프리랜서가 되겠다고 다니던 기관을 퇴사했을 때는 당장 무언가 될 듯한 기분이었으나 곧 현실이라는 크나큰 벽에 부딪히는 일들이 생겼다. 말 그대로 현타(현실 자각 타임: 자신이 처한 실제 현실을 깨닫게 되는 시간)로 인한 극심한 후회가 밀려왔다. 한 달 수입은 겨우 공과금과 보험금을 낼 정도였고, 나를 응원했던 사람들은 말 그대로 응원만 했다. 내가 프리랜서의 길을 가겠다고 결심하고 나왔기에 어디에도 호소할 곳조차 없었다. 그나마 시간이 지나면서 조금씩 나아지고 있었지만 가장 아쉽고 마음의 상처를 받았던 것은 정식 직원이 아니기에 늘 눈치를 보며 기관이나 센터를 머물다 떠나야만 했던 점이다. 물론 따뜻하게 대해주시는 분들도 있었지만, 나를 '을 중의 을'로 보는 분도 많았기에 인사를 해도 받지 않거나 여러 번 봤음에도 모른 척하는 경우도 종종 있었다.

2016년, 정신적으로나 경제적으로 더는 버티기 힘들다고 느낄 때쯤, 지인으로부터 진로 특강을 해보지 않겠냐는 강의 제안을 받았다. 너무 감사하고 좋아 무조건 하겠다고 했다. 떨리는 마음으로 강의를 준비하면서 무엇을 강의해야 할지 고민하게 되었고 여기저기 자료를 찾아보는 차에 존 고다드의 버킷리스트에 대한 영상과 이야기를 알게 되었다. 존 고다드는 어린 시절부터 이루고 싶은 꿈을 목록으로 만들어 127개의 목표를 세웠고 111개를 이루었다고 한다. 그가 작성한 꿈 목록을 처음 봤을 때의 황당함은 이루 말할 수 없었다. 에베레스트 등반, 오지 탐험과 어려운 전문기술 배우기, 그리고 대학 강의 등, 내가 그의 지인이라면 나는 분명히 그를 비웃으며 허무맹랑한 꿈을 꾸고 있다고 생각했을 것들이 적혀 있었기 때문이다. 하지만 그는 목록에 있는 꿈을 하나씩 이루기 위해 행동하였고 이후 꿈 목록을 더 작성하여 무려 500개의 꿈을 더 이루어 냈다고 한다. 나는 그날로 수첩을 하나 구매해 2개의 꿈 목록을 작성했다. 이 진로 특강이 잘 되어서 사람들이 찾는 강사가 되겠다는 것과 전문 상담사가 되겠다는 목표를 적었다. 그리고 한쪽 편에 작은 글씨로 '기억되는 강사가 되자.'라고 적어 놓았다. 이렇게 시작된 꿈 목록에 강의가 끝난 후 일주일에 강의 1개 이상, 하루에 상담 3건 이상하기를 적어 넣었고 이듬해에는 청소년상담사 자격증 취득, 사회복지사 자격증 취득, 대학교에서 강의하기 등 전문상담사가 되기 위한 구체적인 목표들을 작성했다.

2017년 나는 꿈 목록에 상담센터 개소와 함께 가족에 대한 목표, 책읽기, 주변 사람들과 함께하고 싶은 것들을 적어 넣었다. 그리고 그해부터는 나의 목표를 지인들에게 말하기 시작했다. 나를 좀 더 행동하는 사람으로 만들기 위해서였다. 물론 가족에게도 이야기했다. 2023년 봄, 나는 지인으로부터 자신의 비전과 목표 그리고 시간 관리를 전문적으로 할 수 있도록 도움을 주는 강의가 있다는 것을 듣게 되었고 강의에 참여하여 내가 정말 이루고 싶은 것과 나의 가치관 신념 등을 되돌아보는 시간을 운 좋게 가지게 되었다. 7월에는 그동안 이루었던 것을 제외하고 새로운 꿈 목록을 만들었다. 그 목록에는 하고 싶은 것, 되고 싶은 것, 그리고 내가 바라는 이상 등을 적어 놓았고 그것들을 이루기 위해 실천할 수 있는 것들을 적어 넣었다. 나는 힘들고 지칠 때마다 꿈 목록을 들여다본다. 그러면 어느 순간 이루어 온 결과물들이 "너 참 잘해왔어. 앞으로도 잘할 거야."라고 칭찬하는 것 같아 나를 미소 짓게 한다. 마치 새로운 꿈을 향해 다시 시작하라고 등을 두들겨 주는 것 같아 힘을 내게 된다.

2023년 겨울쯤 중3과 고3 청소년 두 명을 상담하게 되었는데, 진로에 관한 이야기를 꽤 많이 나누었다. 둘은 성적이 좋지는 않았지만, 상급학교 진학에 대한 강한 의지가 있었다. 문제는 작심 3일이라고, 어떤 것이든 어떤 계획이든 3일 이상은 가지 못한다는 점이었다. 그래서 나는 무엇을 어떻게 해야 할지 모르겠다는 청소년들과 이야기를 나누며 막연한 이야기나 이론보다는 '내가 경험한 것들을 나누면 어떨까?'라고 생각했다. 그렇게 우리는 원하는 삶에 대한 구체적인 계획을 세웠고 실천할 과제 목록을 작성했다. 다행히도 모두 만족하는 결과를 얻었고 상급학교로 진학하면서 나에게 감사하다는 말을 전해 왔다. 나는 두 청소년을 보며 자신의 비전을 갖고 실천해 나가는 것의 중요함을 다시금 깨닫게 되었다.

2023년의 끝이 다가왔을 때, 나는 버킷리스트와 비슷하지만, 색다른 만다라트에 대한 이야기를 듣게 되었다. 일본의 야구선수 오타니 쇼헤이 덕분에 유명해진 방법으로, 쇼헤이가 고등학교 때 만다라트를 통해 "8개 구단 지명 1순위"라는 목표를 세우고 목표를 이루기 위해 꼭 가져야 할 '기본 요소'와 '행동 목표'를 쓰고 그것을 성취해 나가는 내용이었다. 호기심에 검색을 통해 알아보다 하라다 다카시와 시바야마 겐타로가 쓴『쓰면 반드시 이뤄지는 기적의 만다라트』를 읽게 되었다. 만다라트는 꿈 목록과는 조금 다르게 자신의 꿈이 일상의 다양한 실천 행동과 연결되게 한눈에 보이도록 시각화하는 것이다. 2024년 1월 1일, 나와 둘째 딸은 만다라트를 조금 변형시켜 꿈 목록의 일부를 적고 벽에 붙여 실천하기 시작했다. 오늘 만다라트의 한 칸을 지우며 불현듯 그런 생각이 들었다. '만약 내가 존 고다드의 꿈 목록을 만나지 못했다면 지금의 내가 이렇게까지 올 수 있었을까?'라는 생각 말이다. 비전과 목표를 가지는 것도 중요하지만 '가장 중요한 것은 목표에 맞는 작은 실천'이라고 강조했던 지인의 말도 생각난다. 수백 장의 비전과 목표를 적어도 수백 권의 책을 읽으며 감명 받아도 삶은 변하지 않는다. 그것이 작은 행동 으로 옮겨졌을 때가 되어야, 마침내 삶이 변하기 시작한다.

　내가 진로상담이나 진로교육을 하면 아이들에게 꼭 묻는 말이 있다. 바로 "넌 앞으로 어떻게 살고 싶어?"다. 어떤 아이들은 "모르겠는데요." 라고 말하거나 "돈 많은 백수요.", "그냥 행복하게 살고 싶어요." 또는 "일 하지 않고 게임만 하며 살고 싶은데요."라고 말한다. 그럼 나는 "그래, 그럼 그것을 비전으로, 목표로 정하자."라고 말한다. 아이들은 내 말이 웃기는지 살짝 미소를 지으며 활동지에 그대로 적는다. 나는 다시 말한 다. "그렇다면 지금 무엇을 해야 할까?", "네가 말하는 대로 행복하기 위 해서 무엇이 필요할까?", "부자가 되기 위해서는 무엇이 필요할 것 같 아?", "네가 좋아하는 게임만 하려면 무엇이 필요하지?"라고 말이다. 그 러고는 네게 필요한 것을 어떻게 얻을 것인지 생각하고 말해보라고 한 다. "돈으로 사면 돼요.", "저는 부모님이 돈이 많아요. 그 돈을 받을 거 예요.", "부모님이 하시는 가업을 물려받을 거라 공부는 신경 쓰지 않아 요." 등 다양한 대답이 들려온다. 그렇게 시작된 이야기는 조금씩 자기 미래의 삶과 현재 내가 가장 잘할 수 있는 것, 내가 하면 그렇게 될 수 있는 것들을 목록화 하는 과정까지 간다. 그리고 수업의 마지막에는 궁 금해 한다. 정말 그렇게 해서 꿈을 이룬 사람이 있는지. 나는 그럴 때마 다 누군가의 꿈 목록을 보여주며 미소를 짓는다. 그리고 말한다. "내가 바로 산 증인"이라고.

그냥 걷는다는 것

김명희

가족 모두 함께 같은 산을 오른 지 벌써 다섯 번째입니다. 다른 산도 함께 가보고 싶어서 다른 곳을 제안해도 두 딸은 매번 대룡산을 고집합니다. 2024년 2월 겨울, 눈이 수북하게 쌓인 대룡산을 함께 오르자고 친구에게서 제안을 받았던 것이 첫 번째 계기였습니다. 갑자기 함께 산행하자는 30년 지기 친구의 제안에 그러자고 바로 답했습니다. 눈이 많이 쌓인 산길을 5~6시간 걸어야 하는 만만치 않은 산행이라 아이들에게 물어도 안 가려고 할 거라며 남편과 이야기를 나누었는데, 아이들은 제 생각과는 다르게 뜻밖에도 흔쾌히 동행하겠노라 대답했습니다.

눈 쌓인 산은 정말 오랜만입니다. 아이젠, 등산 스틱을 챙기고, 따뜻한 옷을 여러 겹 입고, 출발합니다. 대룡산은 저에게 처음은 아니지만, 너무 오래전의 일이라 산행의 강도나 거리 정도가 기억나지 않았습니다. 2월 겨울의 새벽 5시는 밤처럼 깜깜합니다. 산행도 몇 년 만이고, 가족 산행도 참 오랜만입니다. 역시나 체력 좋은 아이들은 저보다 먼저 앞서 올랐고 산 정상에서 여유롭게 다른 등산객들과 이야기를 주고받으며 저희를 기다리고 있었습니다. 어린아이들이 산에 따라 오는 것이

기특하다며 간식도 주고, 칭찬도 해주셨다고 합니다. 이런 응원 분위기 덕에 아이들은 그 다음 산행에서도 뿌듯하고 신나게 산행을 했습니다. 그렇게 같은 산을 오른 지 오늘이 다섯 번째 날입니다.

대학 시절 저는 산악부 동아리 활동을 했습니다. 주중에는 강의가 없는 시간 틈틈이 작은 인공 암벽이 있는 대학 운동장 한 켠에 짐을 풀고 암벽 연습을 하거나 동아리방에 모여 주말 산행을 계획하며 장을 보고, 짐을 꾸렸습니다. "산에 가면 어디서 자나요? 화장실은요? 비가 와도 가나요?" 신입생 때 동아리에 가입하고 나서 첫 산행을 앞두고 저는 선배에게 이런 질문을 했었습니다. 그 선배에게는 참 어이없는 질문이었겠지요. 그럼에도 그 선배는 그냥 가보면 안다고, 다 해결된다며 제게 답해주었습니다. 신입생으로 첫 2박 3일의 등산과 비박을 하며, 앞선 제 질문들이 얼마나 어이없었는지와 그에 대한 답도 스스로 알게 되었습니다. 당일 산행이라면 산을 오르기 전, 오른 후의 공공화장실 위치를 잘 파악해서 이용하면 되겠지만, 산에서 비박하는 경우는 화장실이란 그저 사람이 오가는 데 불편을 주지 않고, 사람의 눈에 잘 띄지 않고, 비박하는 곳과 적당한 거리를 두고 있는 곳이 곧 화장실입니다. 그리고 몸을 누일 수 있는 곳, 텐트를 칠 수 있는 곳이면 거기가 곧 잠자리였고, 거기에 비까지 와주면 그야말로 금상첨화, 환상적인 소리와 산중 분위기를 경험할 수 있습니다. 선배의 말처럼 산에 가면 그냥 다 해결되었습니다. 물론 비 온 뒤 모든 장비와 텐트를 말리고 정돈하는 것이 좀 고되긴 하지만, 텐트 위로 떨어지는 빗소리와 추중 산속의 분위기는 그 고생과 맞바꿀 만합니다. 그렇게 산에서 먹고 자고, 걷고 오르고 하면서 주말을 보내고 나면, 일상으로 돌아온 월요일부터는 나의 몸이 반응합니다. 계단을 오르고 내릴 때 다리는 땡기고 무겁고, 가끔 어느 발가락 한두 군데쯤에는 물집이 잡혀있기도 했습니다. 그렇게 하루이틀 정도를 보내면 괜찮아지고, 괜찮아질 무렵이면 금요일이 되어, 저는 다시 동아리방에서 주말 산행을 준비했습니다. 밤 9시 정도부터 산을 올라 자정 즈음 한밤중에 산에 도착해서 텐트를 치고, 새벽을 맞이하는 야간 산행, 비가 오는 날, 비를 맞으며 걷고 산을 오르는 우중 산행. 이런 신세계를 경험하며 저는 참 신나고 신기했습니다.

이런 제 대학 시절을 생각하며, 큰아이에게 물었습니다. 산에 가는 것이 왜 좋으냐고, 그리고 왜 매번 대룡산만 가려 하느냐고. 산꼭대기 한편의 우리 아지트에서 아래를 내려다보며 컵라면을 먹으면 기분이 정말 좋다고 합니다. 정상에 올라가 앉아 아래를 내려다보는 그 순간이 이루 말할 수 없이 좋다고 대답합니다. 우문에 현답입니다. 산을 좋아하는 사람에게 왜 산이 좋냐고 물으면, 그 답은 뻔하지요. 다만 중학교 여학생이 등산을 좋아하는 게 엄마인 저로서는 신기하기도 하고 기특하기도 하여 한 질문이었습니다.

자벌레 하나가 눈에 띕니다. 잠시 쉬면서 내려놓은 제 등산 가방에 어느새 올라타 그 위에서 그 녀석 나름의 등산을 하고 있었습니다. 접었다 폈다, 접었다 폈다를 반복하며 기막힌 박자와 간격으로 리듬감 있게 움찔움찔하며 앞으로 나아갑니다. 생각해 보니 이 녀석은 뒤로 가는 일, 다시 뒤돌아가는 일이 없다 싶습니다. 시간이 더 걸려 돌아갈지 언정, 왔던 길을 뒷걸음쳐 가지는 않습니다. 제가 감탄했던 반칠환 시인의 시가 문득 생각났습니다.

평생 걸음의 간격을 흩트리지 않았다고 한다… 저이가 재고 간 것은 제가 이륙할 열 뼘 생애였는지도 모른다…

자벌레. inchworm, 우리말 이름도 영어 이름도 너무나 꼭 맞춤입니다. 제자리걸음을 하더라도 걷고, 앞서나가지 않더라도 걷고, 때로는 남들보다 느린 것 같아도 걷고, 그렇게 일상을 묵묵히 걸어가는 일이, 그렇게 크고 숭고한 일이라 생각합니다. 잠시 다른 곳을 돌아볼 때도 있고 풀이 죽어 걷고 싶지 않을 때도 있습니다. 그럼에도 묵묵히 걷겠다고 스스로를 다독이고 격려하는 일은 결코 쉽지 않은 일입니다.

산행하다 보면 내가 걷는 것인지 아니면 다리를 끌고 오르는 건지 모를 정도로 순간에 중간에 힘들어서 그만 돌아갈까 하는 유혹이 있을 때도 있습니다. 그래도 다시 한 걸음 더 내딛게 하는 건, 그 정상에서의 바람, 탁 트인 시야, 그리고 내가 그간 골몰했던 것들, 걱정하는 것들이 얼마나 작은 먼지와 같은 것인가를 시각적으로 깨우치게 해주는 순간이 있기 때문입니다. 산은 제게 말없이 그런 순간들을 줍니다.

등산하면서 순간적으로 힘에 부치고, 숨이 턱까지 차올라, 그만 돌아갈까 하는 유혹이 생기는 순간들이 있습니다. 다행히도 그런 유혹에 빠지지 않고 그냥 걷고 또 걷다 보면, 쉼터가 보이고, 간식을 먹고, 물을 마시며 유혹을 다스리고, 그냥 또 걷고 또 걷습니다. 그러다 보면 유혹에 머무르지 않고, 어느새 정상이 가까워지고, 정상에 조금씩 가까워지면 그곳에서의 경치와 시원한 바람을 기대하며 조금만 더 가보자 하며 또 걷고 또 걷습니다. 살다 보면, 논리적이고 이성적인 근거 있는 설득보다 함께 걷는 이의 발걸음에, 또는 그냥 묵묵히 가고 있는 누군가의 모습을 보며, 나 또한 힘을 내야겠다는 마음가짐이 생기곤 합니다. 나뿐만 아니라 소리 없이 어딘가에서 묵묵히 자신의 길을 걸어가고 있는 사람이 있음이, 감사하고 감사한 순간이 있습니다. 그렇게 산은 저에게 '걷다'의 의미를 가르쳐 줍니다. 그리고 우리 가족 모두, 각자의 걸음은 각자에게 소리 없이 묵직한 가르침을 줍니다. 그냥 그렇게 내 속도대로 가도 된다고⋯ 방향이 서 있는 한, 그 방향대로 한 걸음 한 걸음, 제 속도대로 가도 된다고 가르쳐줍니다.

인생의 숙제를 푸는 시간, A.M 6:30

김미연

첫 직장생활은 서른에 시작되었다. 첫 아이를 낳은 지 1년 정도 지난 시기였다. 결혼하고 나서 다시 시작한 공부 덕에 교사가 된 것이다. 그 때는 몰랐지만 돌아보면 결혼이 큰 행운이었다. 서울 여자가 춘천 남자를 만나 춘천이라는 아름다운 도시에서 살게 된 것도, 평생직장을 얻은 것도…. 더군다나 20여 년 넘게 한 학교에 근무할 수 있다니, 이 얼마나 운이 좋단 말인가. 맞다. 난 행운아다.

근무지 이동이 없는 것은 여러 가지 면에서 좋은 점이 많았다. 가족이 항상 같이 있으니 안정되었고, 가정경제에도 많은 보탬이 되었다. 처음은 누구에게나 설렘일 텐데, 나에겐 2001년이 유독 그랬다. 첫 출근을 해서 교무실에서 대기할 때 느꼈던 긴장감이 지금도 가끔 떠오른다. 걱정, 두려움, 설렘이 가득했던 첫 사회생활은 바쁘게 반복되는 일상에 조금씩 적응되어 갔다. 그러면서 강하게 밀려드는 생각이 있었다. 늦게 시작한 만큼 교사로 더 빨리 많이 발전하고 앞서 나가고 싶은 마음이 점점 나를 압도했다.

2009년 늦은 가을의 어느 날, 밤 10시. 첫 근무지인 고등학교다. 야간 자율학습을 마친 아이들이 우르르 교실을 빠져나가고 교실을 정리하면 10시 30분. 감독을 마친 선생님들이 삼삼오오 함께 1층으로 내려온다. 이때 사용하던 교실은 1층 북쪽이었는데, 학교를 나가는 선생님들이 불이 켜진 교실에 들러 함께 나가자고 한다. 나는 먼저 가라고 하고 한두 시간 정도 더 있다가 12시경이 되어서야 자리에서 일어난다. 혼자 학교를 나가기는 무섭고 춥고 그랬을 텐데 그런 기억은 없다. 아마 일에 심하게 빠져 있어서 그랬던 것 같다. 이때 주로 했던 일은 바뀐 입시를 공부하고 찾아보는 일, 그리고 학생대회 준비였다. 이런 날이 한 주에 세 번 정도 있었고, 나머지 날은 대학원 수업을 듣기 위해 저녁도 거른 채 바삐 움직여야 했다. 주말은 주말대로 바빴다. 학교에 나가거나 대학원 세미나로 먼 곳까지 움직이는 날이 대부분이었다. 방학도 각종 연수로 집에 있을 틈이 없었다. 내가 기억하는 30대 나의 모습이다. 돌아보면 아찔하다. 일중독에 제대로 빠진 모습이 아닌가. 진지하고 굳은 표정으로 쫓기듯 움직이고 있다. 무엇을 위해 이렇게 바삐 살았던 걸까.

40대라고 크게 달라지진 않았다. 불혹이 되면 뭔가 편안함이 있을 줄 알았는데, 나는 여전히 바쁘고 마음이 안정되지 않았다. 그러는 사이 우리 가족에게 변화가 왔다. 아이는 취업과 동시에 독립했고, 남편은 다니던 직장을 퇴직했다. 남편은 평소에도 음식 만드는 것을 좋아하는 사람으로 본격적으로 주방을 책임지게 되었다. 갑자기 한가함이 몰려왔다. 팽팽하게 부풀어 오른 풍선에 바람이 빠져버린 듯 축 늘어져 있는 날이 많아졌다. 새벽부터 나가서 일을 하던 내가 일하기 싫어졌으니 참 이상한 일이었다. 마흔 후반의 일이다. 별다른 취미나 특기가 없고 친구도 별로 없던 나는 퇴근 후 TV나 넷플릭스 영화를 주로 보면서 시간을 보냈다.

　2021년. 새해가 시작되고 며칠 지나지 않은 어느 1월 오전이었다. J선생님으로부터 문자 한 통이 날라왔다. 어디로 입장을 하라는 줌 링크였다. J선생님이 이끄는 독서 모임에 참여하게 된 것이다. 내성적이고 낯을 가리는 편이어서 모르는 사람들과 모임을 한다는 것이 부담스러웠다. 이 나이에 무슨 독서 모임, 하면서도 어떤 힘에 이끌리듯 생각과는 다르게 링크를 클릭하고 있었다. 그리고 1시간 이상이 어떻게 흘렀는지 모를 정도로 몰입했다. 놀랐다. 좀 아니 많이. 좀 전에 쭈뼛거리며 망설이던 모습은 어디 갔나 싶을 정도로 이렇게 말을 편안하게 할 수 있다는 것에 말이다. 즐겼던 것일까.
　지금까지 살면서 이런 경험은 처음이었다. 어릴 때는 있었을 것이다. 누구의 시선과 평가를 의식하지 않고 그대로의 나를 표현하고 행복했던 때가. 그때의 천진난만함과 거름망 없이 그대로를 표현하는 솔직함을 느꼈던 것 같다. 이렇게 얼떨결에 참여한 독서 모임으로 자기계발서를 읽게 되었다. 그런데 책을 읽어가면서 점점 힘들어졌다. '왜? 왜 그러는 건데? 왜 이렇게 살아야 하는데? 왜? 왜? 왜?' 자꾸 나에게 질문을 했다. 그때 한 권의 책에서 읽은 문장은 나를 멈칫하게 했다. 그저 단순한 문장이었다. '부자가 되고 싶고 행복해지고 싶은가?' 내 대답 '예스.' 그리고 이어지는 다음 문장 '그렇다면 다음의 교훈을 잘 배워야 한다.

그것은 일보다 자기 자신을 더 열심히 연구하는 것이다. 정답은 가치에 있다. 가치가 차이를 만들어 내는 것이다. 시간은 더 많이 만들어 낼 수 없지만 당신은 가치 있는 사람으로 거듭날 수 있다.' 세계적으로 유명한 동기유발가 짐 론의 대표적 저서인 『드림리스트』다. 이 책의 한 귀퉁이에 놓여 있는 조그마한 글씨에서 눈을 뗄 수 없었고, 갑자기 눈물 한 방울이 주르륵 흘렀다.

20년 전 30대의 힘겨웠던 모습이 떠올랐다. 그리고 해답을 얻었다. 그때 왜 그랬는지. 그 당시 나는 기가 좀 눌려 있었다. 타지에서 왔고 나이가 서른이 지난 데다가 동기나 선후배도 없었다. 조직 안에 잘 융화되고 싶은 마음과는 다르게 점점 말이 없어지고 밥을 먹으러 갈 때도 혼자 가는 일이 잦았다. 아! 보인다, 인싸가 되고 싶은 욕망이. 그랬다. 나는 말과 행동과는 다르게 중심이 되고 싶었다. 누군가가 알아주고 인정해 주고 무시당하지 않는 그런 사람이 되고 싶었다. 그러려면 뭔가를 보여줘야 한다. 이런 것도 저런 것도 잘 해내는 능력이 많은 사람이라는 걸 증명하기 위해 바쁘게 움직이고 찾아다닌 거였다.

40대는 어떤가. 사립학교여서 직장을 옮기지 않아도 되는 좋은 환경이었음에도 그것을 소중한 곳에 사용할 줄은 몰랐다. 겉으로 보기에는 별 탈 없는 중견 직장인의 모습을 하고 있었지만 안은 허했고, 결국 시간을 허비했다.

나의 진짜 모습이 보이면서 그동안 내 안에서 외치던 목소리의 정체도 확인했다. 난 경력이 많은데 왜 더 많이 성장하지 못하는지 이유를 모르겠다고! 나는 오랜 시간의 경력을 쌓은 게 아니었다. 그저 1년의 경험을 되풀이했을 뿐. 쳇바퀴 돌 듯 그렇게 사는 삶이 전부인 줄 알았다. 내가 놓친 것이 명백해졌다. 바로 나 자신이었다. 이 세상에 우뚝 홀로서기 위해서 아직 해야 할 일이 많음을 알았다. 이 세상에는 분명히 행복하고 기쁘게 할 수 있는 나만의 가치가 있고, 그 가치의 차이가 나를 성공과 행복으로 이끌 것이다. 성공과 행복은 추구하고 좇는다고 나에게 오는 것이 아니었다. 그저 실패하더라도 다시 시작하고 다지는 과정에서 얻을 수 있는, 계발해야 할 가치였다. 이 과정에서 나는 가치 있는 사람으로 거듭나게 된다.

나를 안다는 것은 쉬운 것 같으면서도 어렵다. 인생의 숙제이려나. 나 찾기 프로젝트가 여전히 진행 중인 50대 '셀프성장러(블로그 아이디)'는 한 달에 두 번 나를 만나러 간다. 진정한 나와 만나는 시간이자 나를 역행해서 본성을 찾고 삶을 되찾는 회복의 시간. 토요일 오전 6시 30분. 독서 모임 대표님들과 만나서 책을 도구로 삶을 나눈다. 한 기수가 운영되는 두 달간 총 여섯 권의 책을 읽는다. 이번에 6기를 마쳤으니 그동안 읽은 책도 꽤 쌓였다. 독서 모임 회원들은 20대부터 50대까지 다양한 연령대이고 남녀노소 구분도 없다. 하는 일도 제각각 다르다. 뭐 하나 접점을 찾기가 어렵다. 신입회원들이 들어올 때마다 의아하긴 했다. 어떻게 알고 여기까지 찾아왔을까. 무엇을 위해 온 걸까. 이 궁금증은 곧 풀렸다. 풀리지 않는 인생 숙제로 씨름하다가 더 나은 삶을 살고 싶은 바람으로 모인 것이다. 나처럼. 해답은 내 안에 이미 있다. 우리는 그저 서로를 힘차게 응원할 뿐이다. 오늘 새벽에도 울려 퍼진다. "대표님, 대표님 힘!"

선물 받은 하루

김숙영

밤 10시 30분 그가 집에 왔다. 그는 무표정한 얼굴을 하고 있다. 화가
난 것 같다. "식탁에 이게 뭐야?" 무심하게 뱉은 말은 내 잘못을 지적하
는 것 같다. 한숨은 항상 나를 못마땅하게 여기는 것 같다. 그의 걸음
은 나를 향해 분노하며 걸어오는 것 같다. 그의 문 닫는 소리는 나에겐
유난히 크게 들린다. 그의 행동 하나하나가 나를 긴장하게 한다. 나는
남편이 어렵다. 내가 예민한 걸까?

아이캔에서 같이 공부하는 Y를 만났다. 처음 만났지만 서로 자신의
성장과 변화 얘기로 잘 통했다. 이야기는 자연스럽게 자신의 잘 안 되
는 부분으로 흘러갔다. 나는 용기 내 그에 대한 어려움을 얘기했다. 내
이야기에 공감하며 기억나는 두려움의 상황을 얘기해 보라 했다. 하지
만 나는 상황 생각이 잘 나지 않고 무서운 감정만 남아있었다. Y는 기
억 못 하는 나를 이해하며 이러한 얘기를 했다. "그 두려운 마음은 딸
에게도 전염된다. 딸이 나같이 크지 않길 바란다면 용기를 내라" 그리
고 김주환 교수님의 내면 소통책을 추천해 주었다. 연세대학교 심리학

과 학생이라 생각하고 A+를 받겠다는 심정으로 최선을 다해 읽어 보라 했다. 책에 줄이 안 쳐진 곳 없이 정말 열심히 읽었다.

카페에서 책을 읽는 데 전화가 온다. 남편이다. 카페라는 말에 말투가 싸늘해진다. 나는 기분이 상한다. 일이 끝나고 카페에 올 수도 있는데 왜 기분이 나쁜지 모르겠다. 내가 카페에 쓰는 돈이 아깝다는 투로 들린다. 뭐라 할지 두려워 물어보지는 못한다. 애써 태연한 척 조금 이따 집에 들어간다고 대답 후 전화를 끊는다. 책이 읽히지 않는다. 불안하다. 심지어 억울한 생각까지 든다. '그럼 나는 매일 집에만 있으라는 건가?' 남편이 나를 구속하는 것 같았다.

'커뮤니케이션 불안증은 실제 커뮤니케이션이 일어나기도 전에 그 상황을 머릿속으로 그려보면서 혼자서 일종의 부정적 상상 소통을 한다는 것이다.'

'나의 감정이나 내 생각 자체가 나의 핵심적인 정체성이라는 생각 역시 일종의 환상이다.'

『내면 소통』의 글이다. 지금까지 나는 남편을 두려워했다. 내 행동을 뭐라할 것 같은 생각에서였다. 나는 부정적 상상 소통이 습관되어 있었다. 그리고 그게 나의 핵심 정체성으로 자리 잡혔다. 그런데 그게 망상과 환상이라니⋯. 충격이었다. 이는 남편뿐 아니라 타인, 심지어 나 자신까지 환상으로 바라보고 착각하고 있었다. 남편이 나를 주시하고 있다가 잘못을 짚어낼 것 같은 생각, 나 자신이 내 의견은 별거 아니라는 생각, 나는 잘 모르니까 뭐든 잘 못하는 사람이라는 망상 속에 살았다. 나 자신이 이런 불안과 허무하고 두려운 망상 속에 자신을 가두고 무시했다. 모든 것이 망상이란 걸 알아차린 후 나 자신이 자꾸 숙여 갈 때마다 나의 내면 상태를 알아차리려 애썼다. 알아채고 수용하면 변할 수 있다. 원인을 찾고 최후를 생각할 때 별것 아니라는 생각과 함께 변화할 수 있다는 믿음이 생겼다. 알아차림으로써 나는 기쁘고 긍정적으로 되어 갔다.

남편이 들어왔다, 무표정한 얼굴이다. 말을 붙이면 화낼 것 같다는 부정적 스토리텔링이 망상이란 걸 알아챘다. 그 사람에게 잘 보이려는 욕심을 버린 후 새로운 기운으로 귀가 인사를 한다. "수고했어. 고생했네. 얼른 쉬어" 말이 나온다. 여태 상대가 어떤 기분인가에 의해 내가 좌지우지되었던 것이 조금은 나의 긍정 페이스로 끌고 가는 힘이 생긴 것 같았다. 온갖 부정만을 상상하며 나 자신을 무너뜨렸던 내가 알아차림으로 조금씩 세워져 가고 있었다.

독서 모임에서 발표할 때다. 사람들이 내가 발표할 때 지적할 것 같은 느낌이 들었다. 망상이다. 타인에게 말을 걸면 친하지도 않은데 왜 나에게 말 시키는지 나를 이상하게 생각할 것 같다. 망상이다. 나는 이 망상이라는 알아차림만으로도 성장을 느꼈다. 그러나 이런 부정적인 사고방식이 망상이란 걸 알았지만 바로 나아지진 않았다. 여전히 남한테 잘 보이려 하고 날 싫어할지 걱정했다. 내 어릴 적 거부당한 경험은 알아차림만으로는 쉽게 잊히지 않았다. 나는 상담으로 내면 아이를 만났다.

내면 아이에게 깊은 위로와 사랑을 주었다. 내가 바로 서는 결정적 계기였다. 그런 다음에야 나를 더 알아차리고 부정적 소통 습관을 빠르게 극복해 나갈 수 있었다.

홀가분했다. 진짜 자기계발을 하고 싶었다. 특히 나와 같이 타인을 두려워하는 사람들을 위해서 성장하고 싶었다. 상담 중 자존감 회복이란 단어가 나왔다. 나는 눈이 번쩍이고 귀가 열렸다. 가슴이 두근대고 숨이 가빴다. 내 사명이었다. 나를 그토록 고통스럽게 했던 것이 낮은 자존감 때문이었단 걸 진심으로 깨달았다. 『내 삶의 의미는 무엇인가』의 체험 가치 질문이었다.

'당신이 만나고 있는 사람들, 가족, 동료, 연인, 친구…. 이들과의 관계에는 어떤 가치가 있을까요? 그것은 누구에게 어떤 도움이 되고 있나요? 당신이 그를 위해 할 수 있는 일은 무엇인가요?'

이 질문으로 나의 사명이 굳어졌다. 나는 자존감이 낮아진 가족, 친구, 동료 관계에서 자존감을 회복시켜 주는 것이 맞았다. 자존감이 저 밑바닥까지 떨어졌던 내가 그들의 생각, 마음을 알고 공감하고 위로해 줄 수 있을 거라 생각됐다. 이런 생각을 하나 해내니 다른 생각도 떠올랐다. 아름다움을 전달하는 사람으로 나 자신을 명했다. 이제 나는 아름다움을 보면 즐겁게 전달하는 전도사가 된 것이다. 내가 전달하는 아름다움을 받고 좋아하는 사람들이 그려진다. 즐거웠다. 나는 사진을 더 찍었다. '세상이 이렇게 아름다웠나?' 찍는 내가 더 감동이 밀려온다. 저 멀리 반짝인다. 윤슬이다. 풀잎에 맺힌 이슬이 아름답고 바람에 흩날리는 나뭇잎들도 너무 예쁘다. 감사하다. 내가 이 세상을 아름답게 느끼고 이곳에 살아가고 있음에 가슴이 벅차다. 반짝이는 윤슬을 볼 수 있고, 졸졸 흐르는 냇물 소리를 들을 수 있고, 숨 쉬며, 그것을 느낄 수 있음이 얼마나 다행인지 모른다. 나는 다시 새롭게 태어났다.

뭐든 새로웠다. 자연과 사람들, 물건들까지 경이롭게 보였다. 아는 사람을 보면 진심으로 반갑다. 목소리를 높여 인사한다. '내가 원래 이런 명랑한 아이였나?' 나 스스로 놀란다. 들뜬다. 유쾌하다. 매번 그런 건 아니지만 이런 나 자신이 좋았다. 이렇게 살고 싶었다. 이렇게 살아도 아무 문제 없었다. 앞으로 유쾌하게 살아갈 날들이 기대된다. 나는 사람들을 마구 환대하고 싶어진다. 아직 내 마음속 저 밑에서 잘 보이고 싶은 마음이 꿈틀대지만 말이다. 그렇지만 그 마음보다 더 큰 마음이 있었다. 나는 원래 유쾌한 사람이란 것이다. 그랬다. 나는 정말 긍정적인 사람이었다. 이런 생각들이 나의 진정한 성장을 느끼게 했다.

책을 읽었다. 줄줄 읽힌다. 내용이 나와 연결되어 이해가 잘된다. 하루 계획은 보통날과 변함없다. 그러나 조바심이 없다. 다 못해도 잠이 오면 잠을 잔다. 자책하지 않는다. 평온한 아침을 맞이한다. 눈뜨고 아침을 맞이할 수 있어 감사하다. 오늘은 또 어떤 행복이 나를 기다릴까 기대된다. 하루를 살아감에 그저 감사하다. 감사한 하루가 주어졌는데 무엇이 두렵고 무엇을 망설일까. 나를 알아차리고 오늘 하루에 감사하며 산다면 기쁨의 날들을 보내는 날들이 많아질 것이다.

김지수의 『나태주의 행복 수업』 구절로 마무리한다.

"오늘 잘 죽어서 잘 살았습니다.! 내일도 잊지 말고 깨워주세요!"

공교육에 없는 돈 공부

김영숙

나는 세상이 아름다웠고, 그 행복이 영원히 지속될 것이라 생각했다.

중학교 때 바다가 보이는 38평 신축 아파트에서 살았다. 1층이었지만 아래는 상가가 있어 높이는 3층 높이였다. 베란다를 나가면 상가 크기의 옥상 테라스가 있다. 텐트를 치고 여름밤에는 오징어 배의 불빛을 보며 밤을 즐겼다. 눈이 오면 눈사람도 만들고 겨울 캠핑을 하고, 사람들이 놀러 오면 고기 구워 먹으며 전원주택 부럽지 않은 공간에서 행복하게 살았다.

그런데 IMF 외환위기를 아시는가? 당시 아버지는 크레인 사업을 하고 계셨다. 경영을 잘못해서 그랬던 것이 아니라, 경제가 안 좋아지면서 받기로 한 약속어음이 연쇄 부도가 나기 시작했다. 그때부터 우리 집안에 엄청난 폭풍이 일기 시작했다. 집에 빨간딱지는 물론이고, 그 집에서 당장 옷가지만 챙겨 나와야 했다. 하루아침에 우리 네 식구는 작은 방 두 개가 있는 2층 월세방으로 이사를 하게 되었다. 1층은 세탁소. 창문에 세탁소 연기가 자욱한 그런 곳으로 말이다. 나는 고등학교 입학하면서부터 상황 파악이 되었다. 등록금 낼 돈이 없어 교무실에 자주 들락거렸다. 지금 생각해 보면, 학생에게 독촉한들 아무 소용이 없는데 말이다. 친구들과 주말에 만나고 싶어도 정말 버스비가 없어서 못 만났다. 집에 그냥 있어야 했다. 집에만 있다 보니 점점 자존감은 떨어질 수밖에 없었다. 고등학교를 졸업하고 사회에 나왔을 때도 마찬가지였다. 너는 앞으로 어떤 분야에 도전해 보고 싶은지, 꿈이 무엇인지, 어떤 삶을 살고 싶은지…지금 생각해 보면 그런 사치적 질문은 듣지 못했었다.

열심히 직장생활하고 차곡차곡 저축하다 보면 부자가 되는 줄 알았다. 나는 야간대학을 다니면서 일을 했다. 집에 생활비를 보태고 남은 돈은 저축했다. 저축액은 아주 적었다. 몇 년이 지나고 저축 통장을 보며 이런 생각을 했다. '열심히 일한 보람이 과연 이런 것인가?' 누구보다 열심히 일을 했었지만, 내 생활에는 아무런 변화가 없었다. 그리고 돈을 벌기만 했었다. 음식도 먹어 본 사람이 먹을 줄 안다고 했던가? 써 본 경험이 없는 나는 쓰는 방법을 몰랐다. 결혼할 때도 혼수는 당연히 해야 하는 것인 줄 알고 모은 돈을 혼수에 다 쓰고 정작 집은 전세로 들어갔다. 가전은 내 것이고 집은 내 것이 아니었다. 나는 아이를 낳고 육아용품은 '국민'이라고 적혀 있는 용품은 다 사야 하는 것인 줄 알고 사들였다. 돈에 대한 이해도, 공부도 없이 말이다.

학교는 왜 돈에 대해 알려 주지 않는 걸까? 세상에 대한 오해가 지속

될 무렵 김승호 회장의 『돈의 속성』이라는 책을 읽게 되었다. 내가 사회 초년생 때 듣고 싶었던 이야기만 수집된 책이었다. 자본주의에 대한 이해, 돈을 바라보는 마음 그리고 진심 어린 조언 등 돈에 대해 궁금했던 것을 자세하게 알려 주는 책이었다. 책에서 돈은 '인격체'라고 한다. 내가 돈을 오늘부터 존중해 준다면, 돈은 모든 것을 잊고 다시 나를 존중해 준다고 한다. 가만히 생각해 보니, 나는 돈을 벌면서 '조금밖에 못 버는데…'라며 내가 버는 돈을 무시했었고, '어차피 빚 갚을 돈인데…'라며 내가 쓸 돈이 아니라서 애틋함이 없었다. 나는 돈을 인격체로 생각하지 않은 것이다. 그래서 돈도 나를 존중해 주지 않았을지도 모른다.

요즘 나는 내가 버는 돈이 적든 많든 간에 무조건 감사하게 생각하며 돈이 주는 가치에 대해 존중하며 살고 있다. 월급이 내 통장에 잠깐 찍혀 잉크만 묻히고 다시 나갈지라도 나는 그 숫자를 보고 내게 잠깐이라도 와 주어서 감사하다고 말하고 있다.

앨런 그린스펀(Alan Greenspan)은 "글을 모르는 문맹은 생활을 불편하게 하지만 금융문맹은 생존을 불가능하게 만들기 때문에 더 무섭다"라고 말했다. 나는 금융에 대해 배운 적이 있는가? 은행에서 통장을 개설할 때 은행원의 권유로 적금이나 펀드를 3분 이내 설명 들었던 것이 배운 것이라고 해야 할지 모르겠다. 채권이나 주식은 뉴스에서 떠드는 소리일 뿐이고 나와는 상관없는 것인 줄 알았다. 하지만 책을 읽어 보니 밀접하게 연관이 있었다. 경제의 흐름을 파악해야 미리 대비라는 것을 할 수 있다고 한다. 더불어 내가 살고 있는 이곳은 '자본주의 사회'라는 것을 확실하게 인지시켜 주었다.

내가 늦었지만 이렇게 돈 공부를 하려는 가장 큰 이유는 가난을 겪어 봤기 때문이다. 나의 아버지가 사업을 잘못해서 실패한 것이 아닌, 사회 전반적인 경제 상황으로도 충분히 가능한 일이 될 수 있음을 직간접적으로 경험하였다. 『돈의 속성』에서 가난을 설명하는 글이다. '마음의 가난은 명상과 독서로 보충할 수 있지만 경제적 가난은 모든 선한 의지를 거두어가고 마지막 한 방울 남은 자존감마저 앗아간다. 빈곤은 예의도 품위도 없다.' 나는 예의도 품위도 없는 가난을 경험하면서 어쩔 수 없이 받아들이며 살아왔었다. 그리고 결혼하고 아이를 키우면서 나의 시선은 아이들에게 향하고 있었다. 내 자식들에게는 이 가난을 물려주고 싶지 않다고 말이다. 고등학교 시절 가난은 나에게 물건을 고르는 선택권을 주지 않았고, 답답한 마음을 풀 수 있는 공간도 주지 않았다. 친구들과 소통이 중요했던 그 시절 만남 또한 허락하지 않았다. 이러한 것은 돈이 없어 그럴 수 있다고 치자. 그로 인한 자존감이 사라지는 경험과 열심히 일을 해도 변하지 않는 삶에 대한 실망감은 아이들에게 물려주고 싶지 않았다.

누구나 어떤 것을 깨닫게 되었을 때, 늦었다고 먼저 생각하게 된다. 나도 마찬가지였다. 마흔이 넘어서 할 수 있는 일인가? 걱정은 걱정만 키울 뿐이다. 분명 성공한 사람들은 늦지 않았다고 말한다. 나는 성공한 사람들의 말을 믿는다. 물론 될 수도 있고, 안될 수도 있다. 하지만 '안 된다'라고 생각하면 이것이야말로 절대로 안 되는 일이 되어 버린다.

나는 '지금 할 수 있는 것'에 집중해 보았다. 현재 네 가지를 노력하고 있다.

첫 번째는 내가 먼저 공부하고 알려 주는 것이다. 이것은 공교육에 없는 돈 공부이다. 공교육에 없다 보니 체계적인 커리큘럼이 없다. 그래서 내가 이해할 수 있는 서적을 찾기 시작했다. 바로 어린이 경제 관련 도서이다. 그림으로 쉽게 나와 있고, 아이들에게 설명하기도 쉽다. 내가 경험한 것과 책을 통해 배운 것을 바탕으로 아이들에게 돈에 대해 알려 주고 있다. 원래 '가르치면서 배운다.'라고 해서 시작했다. 요즘은 아이들이 질문도 한다. 내가 더 철저하게 공부해야 하는 원동력이 되어서 좋다. 두 번째는 목표를 정확하게 갖는다. 『나는 나의 스무 살을 가장 존중한다』의 저자 이하영 원장의 말이 생각난다. "돈이 많은 사람은 그냥 '돈자'라고 한다." 나는 '돈자'가 되고 싶은 것이 아니라, 마음이 풍요로운 '부자'가 되는 것이 목표이다. 세 번째는 절약이다. 두말하면 잔소리다. 사업이나 투자를 해도 돈이 필요하다. 절약 없이는 아무것도 할 수 없음을 배웠다. 마지막으로 책을 통한 공부이다. 스스로 책을 읽는다는 것이 쉽지 않았다. 그래서 독서 모임이라는 환경 속으로 나를 밀어 넣었다. 모임을 통해 깨닫고 실천하는 중이다.

인생은 방향성과 확률이라 생각한다. 책을 통해 방향을 잡았다면, 그 확률을 높이는 노력은 오로지 '나의 몫'이라 생각한다.

애국자가 되기로 했다

남궁수경

난 이미 애국자다.

외출만 하면 하루 2번 이상 들을 수 있다. 듣기만 하는 것이 아니다. 가끔은 내 두 손을 돌하르방의 코인 양 덥석 잡기도 한다. 이렇게 애국자가 될 줄은 꿈에도 몰랐는데 상상도 못 할 상황에서 애국자가 되었다. 내가 좋아하는 애국자는 '유관순' 열사나 '이순신' 장군처럼 크고 당당히 자신의 소리를 내어 나라를 위해 자신을 희생하는 굳은 신념을 가진 사람이다. 나와는 굉장히 멀고도 먼 그런 모습 말이다. 그래서 나는 애국자를 진심으로 존경한다. 내가 하지 못하는 것을 대신하지 않았는가. 목소리도 작고 제대로 된 신념도 없고 희생이라는 고귀한 단어를 감히 '나 까짓것'한테 쓰다니 가당키나 한 말인가? 자신의 일을 묵묵히 해내며 책임감을 가지고 최선을 다하는 사람도 애국자라고 생각했다. 그러나 나는 이런 분야의 사람도 아니다. 그런데도 불구하고 나는 애국자가 되었다.

우리나라 합계 출산율이 0.778명이란다. 어떤 신문에서는 출산율이

0.6이라는 것도 봤다. 이러다가 한국이라는 나라가 소멸되고 외국인으로만 채워진 다민족 국가가 되는 것은 아닌가 하는 걱정도 된다. 이제 예상했듯이 이러한 시국에 아이를 세 명이나 출산한 나는 애국자가 맞다. 사실 삼 남매 엄마의 주변에는 애국자가 참 많다. 삼 남매뿐이랴. 내 어린 시절에도 보기 힘들었던 사 남매 가족, 오 남매 가족도 종종 볼 수 있다. 이 시대의 부모들은 보육과 교육에 온 신경을 다하며 자녀를 예의 바르고 올바른 인성을 가진 성실한 성인으로 자립시키려 힘을 쓰고 있다. 물론 예전부터 쭉 그래 왔겠지만 지금 당장 내가 살고 있는 이 시대가 유독 더한 것 같이 느껴진다. 참 힘들다. 아이를 키우는 것은 보통 일이 아니다. 그런데 힘들다 힘들다 하면 더 힘드니 '즐겁다 즐겁다' 한다. 정신 승리로 무장한 채 하루하루 재미있고 의미 있는 삶을 살아간다. 내가 택한 삶은 바로 이런 삶이다. 애가 있어서 힘들다는 둥, 살기 힘들다는 둥 어차피 힘든 삶! 긍정적인 마인드로 정신 승리라도 해볼란다. 음, 이렇게 생각을 하다가 더 나아가 조금 더 성장하기로 했다. 조금 더 진지해지기로 했다. 과연 내가 자식들 없이 이렇게 성장할 수 있었을까? 솔직히 이렇게 진지해지지 않았을 것 같다. 삶을 진지하게 마주하는 성찰의 시간은 모두 아이들 덕분에 하게 되었다. 그리고 그 과정에 도움을 주는 것이 독서다. 특히나 손웅정 님의 『모든 것은 기본에서 시작한다』는 인생 책이 되었을 정도이다. 실력도 기술도 사람 됨됨이도 기본을 지켜야 한다. 기본을 지키는 것이 참 어려운 삶이라 생각했는데 그래도 기본을 지키며 소신껏 사는 삶이 너무나 멋져 보였다. 이 책을 읽은 이후로 '기본'이라는 본질을 생각하며 삶을 대하게 되었

다. 육아와 내 인생에 줄기가 세워졌다.

　나는 주부이다.

　사업자를 낸 자영업자이기도 하지만 1년에 100만 원도 되지 않는 이익이므로 지금 역할은 전업주부라 하겠다. 이상하게 전업주부에 대한 거부감이 들끓어 첫째를 낳고도 일을 하려고 고민했고 여러 일을 찾아보았다. 학창 시절부터 '마음을 들끓게 하는', '열정을 불태울 수 있는' 그런 일을 찾아서 행복한 삶을 살라는 교육을 받아서 그런가. 전업주부는 도저히 열정을 불태워 일을 할 수 있는 그런 일의 축에도 끼지 못했다. 한동안은 우리 가정의 현실을 탓하며 일하는 남편을 너무나 부러워하고 샘이 나서 마음이 좋지 않았다. 마음이 언제나 그늘져 있었다. 나는 책임감만으로 육아한다고 생각했다. 그런데 어느 날 모든 것의 기본은 '가정'이라는 것을 깨닫게 되었다. 우리 부부가 기본이 되어 행복한 가정을 이루고, 아이들을 키우고, 미소 짓는 친절한 이웃이 되고, 건강한 사회를 만들어 간다는 것을 깨닫게 되었다. 본질적인 것을 까맣게 놓치고 있다가 알게 되었다. 그랬더니 마음가짐이 달라진다. 물론 이렇게 생각이 변했다고 해서 일하고 싶은 마음이 완전히 사라진 것은 아니다. 하지만 오늘 하루 내 삶의 감정이 더 많은 행복으로 차올랐다. 지금 당장 내가 할 수 있는 것을 할 것이다. 내가 할 수 있는 일에 책임을 다하고 제대로 된 사람으로 키워내고자 노력하고 기회를 기다리기로 했다. 이렇게 생각하니 남편이 정말 고맙고, 이쁜 아이들이 더욱 사랑스러워졌다. 화가 많이 줄어들었다. 기본으로 돌아가니 진짜 애국자가 된 것 같았다. 나라의 일원으로서 진짜 애국자가 되기로 했다. 지금 현재 위치에서 최선을 다할 것이다.

애국자가 되기로 한 나는 현재 자기계발에 박차를 가하고 있다. 자연스레 커가는 아이들을 바라보며 나 자신 또한 성장하는 모습을 보여주고 싶다. 꾸준히 조금씩. 칼날을 벼리듯 나 자신도 다듬어 가고 있다. 그래서 제일 먼저 아픈 몸을 보살피고 있다. 아이들을 등원시키고 달리기를 시작한다. 하루 만보 걷기도 벅찼던 체력은 10㎞ 달리기에 도전할 수 있는 체력으로 변해가고 있다. 흐물거리는 뱃살은 여전하지만 요실금과 불면증을 유발했던 허리 통증은 사라졌다. 몸이 좋아지는 것이 서서히 느껴진다. 집안을 열정적으로 정리한다. 내 성정이 정리와 영 거리가 멀어서 아직도 정리해야 하지만 이것도 언젠가 잘하게 될 것으로 생각하며 오늘도 방바닥을 닦는다. 아이들 영어를 가르친다면서 정작 나는 일본어를 배우고 있지만 이 또한 방법을 찾을 것이라 기대한다. 체력을 키우고 자녀에 대한 욕심을 내려놓으니 하루하루가 즐거움으로 가득 찬다. 즐거움을 기본으로 성장한다.

체력을 키우니 마음을 다스릴 수 있게 되었고, 방법을 찾게 되었다. 지금 당장 해결법을 찾지 못해도 결국엔 방법을 찾게 된다. 인생에서 기본은 아주 중요한 것이다.

애국자가 되어가는 나는 진정으로 나라를 사랑하게 되었다. 이 소속감이 주는 만족감은 더욱더 큰 책임감으로 나의 삶을 대하게 되었다. 그래서 모든 것은 기본에서 시작하는 우리는 '더욱 괜찮은 사람'이 될 것이라고 기대한다.

빨간 약을 삼켜 버렸다

박정희

　몇 년 전까지 나는 자기계발 도서가 꽂힌 서가 쪽은 기웃거리지도 않던 사람이었다. 책을 읽고 변화된 인생을 맛봤다며 아무리 광고해도 내가 잘 살고 있는데 '무슨 자기계발?','충고 따윈 필요 없다고.' 하면서 본 척도 하지 않았다. 그러다 지인이 하는 독서 모임에서 만난 첫 책이 『청소부 밥』이라는 자기계발 도서였다. 표지는 어린이 동화 느낌에 제목부터가 훌륭한 성인(聖人)의 이야기 느낌이 나서 거부감만 들었다. 하지만 독서 모임에 참석은 해야 해서 어쩔 수 없이 읽기는 읽어야 했다. 하지만 연말이라 한창 일도 바쁜 시기여서 시간을 낼 수가 없었다. 그래서 그냥 반신욕 하는 시간에 책도 읽어 버리자며 심드렁한 상태로 책을 읽기 시작했다. 그런데 뜨거운 물에 몸을 담그고 읽기 시작한 책 읽기는 얼마나 몰입했는지 물이 식고 몸이 덜덜 떨리는 걸 느끼고서야 내가 물속에 오래 있었다는 걸 알 수 있을 정도였다. 욕실 밖으로 나와 가운을 걸치고 거실 소파에 앉아 한 권을 모두 다 읽었다. 말리지 않은 머리 때문에 콧물까지 흘렸지만, 그 책을 읽기 이전의 나와 읽은 후의 나는 다른 사람이 되어 있었다.

자기계발 서적을 가치 없는 것으로 생각하던 교만함은 어느새 겸손함으로 변해 있었다. 일견 유치해 보이던 책 표지와는 달리 인생의 방향성에 대해 처음으로 알게 해준 최초의 책이었다.

독서 모임에서 책을 읽고 난 후에 생각을 나누었는데 그때 이런 말을 했다.

"『청소부 밥』을 읽기 전까지 내 삶은 마치 급류에 휘말려 빠져 죽지 않으려고 허우적대느라 정작 나는 어디로 흘러가는지도 모르고 살고 있었다."

가만히 멈춰서 내가 어디로 가고 있는지 지금 어디에 있는지 생각조차 하지 못했다. 그런데 『청소부 밥』을 읽고 나서 처음으로 '나는 어디로 가고 싶은 거지?'와 같은 삶의 방향성에 대해 생각하게 되었다. 그리고 처음으로 죽을 때 어떤 마침표를 찍으면 좋을까 하는 고민도 했다. 언젠가 죽는다는 것은 알았지만 정작 어떤 마침표를 찍을지는 한 번도 생각해 보지 않았다. 나도 『청소부 밥』의 밥 아저씨처럼 충만한 인생을 살고 만족하면서 죽을 수 있을까 하는 걱정도 들었다.

그런데 분명한 건, '지금처럼 살면 나라는 사람은 남의 인생을 대신 살아주느라 정작 제대로 된 내 인생조차 없는 사람이 되겠구나.' 하는 생각이 들었다. 그러자 정신이 번쩍 들었다.

물론 이런 생각이 오래도록 유지되는 건 아니다. 매일매일 치러야 할 삶의 과제들을 해결해 나가다 보면 다시 그 자체에 매몰된다. 그리고 삶의 방향성에 대한 감각은 무뎌진다. 하지만 인지하고 있는 것과 아닌 것은 매우 큰 차이가 있었다.

마치 영화 매트릭스의 빨간약을 삼킨 것과 같았다. 영화 〈매트릭스〉에는 빨간 약과 파란 약이 나온다. 빨간 약을 먹으면 인공지능에 의해 지배된 세계에서 인간은 그저 그들의 연료일 뿐이라는 진실을 알게 된다. 그리고 파란 약을 먹으면 인공지능이 만들어 낸 가상 현실 속 꾸며진 인간의 삶에 만족하며 살아갈 수 있다. 나는 영화 매트릭스를 보면서 나라면 파란 약을 선택했을 거로 생각했다. 진실은 묻어둔 채 사람답지는 못하지만 내가 그런 상태라는 사실도 자각하지 못하고 싶었다. 그저 인공지능이 제공하는 가상 현실을 진짜라 믿으며 관에서 생명력을 빨리다 죽는 게 오히려 더 낫다고 생각했다.

하지만 나에게는 영화주인공 네오처럼 선택의 기회는 없었다. 그냥 책을 읽었는데 그게 빨간약이었다. 그전까지의 나는 그런대로 행복했다. 내 삶은 익숙하고 편안했다. 하지만 빨간약을 먹고 난 뒤에 방향성을 고민하고 그 방향성을 위해 익숙하던 내 삶의 방식들과 결별해야 했다. 그것은 매우 두렵고 불편했다. 내가 살아왔던 방식이 아니기 때문에 몸도 고되고 그래서 아프기까지 했다. 그리고 왜 이렇게 힘들게 살아야 하나 싶은 순간들도 있었다. 하지만 빨간 약, 『청소부 밥』 덕분에 알게 된 진실은 그저 급류에 휘말려 손 쓸 틈 없이 죽음이라는 운명의 구렁텅이를 향해 가고 있다는 것뿐이다. 그런데 내 삶이 이게 끝이라면 얼마나 허망할까? 한 번뿐인 내 인생, 내가 가고 싶은 방향으로 흘러가고 싶었다. 내가 주도하는 삶을 살고 싶었다. 그래서 그 뒤로 독서 모임의 자기계발 도서와 씨앗 도서에서 파생된 도서들을 열심히 읽기 시작했다. 그렇게 마흔이 넘은 나이에 내가 하고 싶은 것을 다시 고민하는 사람이 되었다. 사명과 비전을 적어보고 인생의 목표를 써보기도 했다. 처음부터 잘 써지지는 않았다. 특히 꿈 리스트라는 것을 처음 작성했을 때는 두세 개 적는 게 고작이었다. 그때는 내가 참 욕심이 없는 사람이라 그런 줄 알았다. 하지만 욕심이 없어서가 아니라 내가 나를 잘 돌보지 못했기 때문이었다.

대학을 졸업하고 한 번도 일을 쉬어본 적도 없었고 결혼 후에는 아이들 키우랴 직장 다니랴 매일 분주하게 살았다. 그러다 보니 나라는 사람은 없어지고 그 자리에 다른 사람을 위해 있는 나만 남게 되었다. 그러니 내가 뭘 좋아하는지 내가 뭘 하고 싶은지 정작 관심을 가지지 못했다. 어쩌면 우리는 살면서 자신을 가장 소홀하게 대하고 있을지도 모른다. 이런 것을 깨닫게 된 후 가족뿐만 아니라 나 자신도 돌보기로 결심했다. 그런데 그러려면 나에게 집중하는 시간이 필요했다. 항상 시간이 없다는 말을 달고 사는 나에게 필요한 건 시간이었다. 마침 그때 지인의 도움으로 시간 관리법을 배우게 되었다. 그러자 신기하게도 없던 시간이 생겨났다. 나만의 시간이 확보되고 책을 읽고 글을 쓰고 나를 들여다볼 수 있게 되었다. 그러자 꿈 리스트의 목록에 하고 싶은 것들도 점차 늘어나기 시작했다.

다른 사람을 위한 시간도 중요하지만, 나를 위한 시간도 너무 중요하다. 하지만 우리는 매일 내가 필요한 가족들과 나 아니면 안 될 것 같은 업무에 파묻혀서 점점 투명 인간이 되어간다. 하지만 하루 10분만이라도 나를 보살펴야 한다. 그리고 내가 좋아하는 것이 무엇인지, 하고 싶은 것이 무엇인지 스스로 끊임없이 물어야 한다. 나이가 아무리 많아도 좋아하는 것과 하고 싶은 것이 없을 수 없다.

그리고 이런 시간이 있었던 덕분에 지금은 하고 싶은 게 너무 많아졌다.

내가 만약에 『청소부 밥』이라는 빨간 약을 만나지 못했다면 가족 혹은 타인을 돌보느라 '나'를 살필 여유가 없었을 것이다. 그리고 그렇게 정신없이 살다가 퇴직하고 난 후에 허둥지둥 내가 뭘 좋아했더라? 내가 뭘 잘하지? 하며 그제야 잊고 지내던 나를 찾았을 것이다.

강물이 흘러 바다에 당도하듯이 인간은 누구나 죽음으로 향한다. 이왕 흘러가는 거 내가 원하는 방향으로 흘러가면 더 인간답지 않을까? 물살에 쓸려가듯이 그렇게 정신없이 흘러 바다로 가는 것보다는 아름다운 풍경도 구경하고 편안한 정박지에서 쉬기도 하면서 그렇게 즐기면서 죽음으로 향하고 싶다.

모든 사람이 같은 책을 읽고 같은 생각을 하지는 않는다. 각자에게 그 시기에 맞는 책이 있고 내가 읽고 크게 영향을 받았다고 해서 모든 사람이 그렇지는 않다는 것을 알고 있다. 각자에게는 각자에게 맞는 책이 있다. 내가 필요로 하는 것을 던져주는 그 책을 만나게 되면 삶의 방향은 바뀌게 된다.

목표 없는 삶에서 목표 있는 삶으로, 하고 싶은 것이 없던 삶에서 하고 싶은 것이 많은 삶으로 말이다.

이런 책을 인생 책이라고 부른다. 그게 어떤 책이 될지는 아무도 모른다. 그러니까 지금 당장 읽어야 한다. 인간답게 살고 싶은가? 그렇다면 빨간약을 삼켜야 한다.

시간부자, 타임릭(TimeRic)

유승훈

"아내, 나 휴직할래" 아내에게 뜬금없이 휴직하겠다고 선포했다. 물론 지나가는 말로 휴직 얘기를 한 적이 있지만, 아내는 먼 나라 얘기로 들었을 것이다. 2018년, 지금으로부터 6년 전 나는 휴직을 통해 처음으로 내 인생을 돌아보는 계기를 마련하였다. 인생의 절반쯤 지나고 있는 내 나이 마흔이었다.

군 제대 후 복학하지 않고 경찰 시험을 준비하여 스물네 살에 발령받았다. 계급 조직이다 보니 무엇보다 진급이 중요하다고 생각했고, 진급하기 위해 열심히 달렸다. 그것이 인생의 전부이고, 진급하지 못하는 사람은 낙오자라고 생각했다. 진급을 위해 초임지 강원도 정선에서 고향 영월을 거쳐 상급 기관이 있는 춘천까지 오게 되었다. 그사이 아내를 만나 아이를 셋이나 두었고, 아내와 아이들은 아무 연고도 없는 이곳 춘천에 터 잡았다.

그렇게 진급을 위해 앞만 보고 달리던 신랑이 회사가 힘들다고, 쉬고 싶다며, 다른 공부를 해보고 싶다며 푸념을 하더니, 어느 날 갑자기 휴직하겠다고 한 것이다. 이런 신랑을 보고 아내는 어떤 생각을 했을까?

직장생활 중에는 아침에 출근하고 저녁에 퇴근하는 일, 주어진 업무를 열심히 하는 것이 전부였다. 업무에 최선을 다해 성과를 내고, 칭찬받는 일이 내 삶의 최우선이었다. 일 때문에 주말에 출근하는 것은 당연한 것이고, 아이 셋의 육아는 아내 몫이었다. 나는 그렇게 직장을 위해 눈 양옆을 가리고 앞만 보고 달리는 경주마 같은 삶을 살고 있었다. 끝이 없는 트랙을 돌고 있는 경주마 같은 인생을….

휴직하고 지금껏 40년 생을 돌아보니 가슴이 답답했다. 할 줄 아는 것이 출근해 일하는 것밖에 없었다. 주위를 둘러보니 나와 별반 다르지 않았다. 다들 경주마 안경을 착용하고 열심히 달리고 있었다.

개그맨 고명환의『나는 어떻게 삶의 해답을 찾는가』에 엘리트 코스를 밟은 대기업 다니는 50대 친구 얘기가 나온다. 임원 승진에 밀리고 퇴사를 앞둔 친구는 인생 돌아보니 퇴직 후 할 수 있는 게 아무것도 없는 것을 알고는 저자에게 말한다. "어쩌다 내 인생이 이렇게 됐지?"

저자는 '질문의 세상'을 살아야 한다고 한다. '대답의 세상'은 끌려가는 세상이고, 질문의 세상은 내가 끌고 가는 세상이라며, 친구는 '대답의 세상'에서만 잘 살았던 것 같다고….

사람들은 대부분 '대답의 세상'에 사는 것 같다. 사회가 정해 놓은 정답 같은 인생. 학교에서는 열심히 공부해 우수한 성적을 받는 것, 취직은 남들이 부러워하는 대기업이나 공기업에 취직하고, 입사한 회사에는 뼈를 갈아 넣듯 최선을 다해 일하는 것. 이 삶을 부정하는 것은 아니다. 이런 삶이 대부분 사람들이 부러워하는 로망인 것도 사실이니까. 하지만 같은 삶을 살더라도 항상 내게 질문을 해보면 어떨까? 나 또한 지금껏 '대답의 세상'에 충실히 살았다면, 휴직하며 내게 물었다. '어떻게 하면 보람되고 행복한 삶을 살 수 있을까? 그러려면 어떻게 살아야 하지? 지금 해야 할 것은?' 첫번째 질문부터 답을 할 수 없어 답답했다.

내 닉네임은 '타임릭(TimeRic)'이다. 2023년, '챗GPT'가 처음 나와 한창 세상을 떠들썩할 때 나는 '챗'에게 질문을 던졌다. '시간 부자로 살고 싶다. 시간에 얽매여 출퇴근하지 않는 삶을 살고 싶다. 급여를 받기 위해 어쩔 수 없이 출근하는 그런 삶 말고, 시간을 마음대로 쓸 수 있는 그런 삶을 살고 싶다. 이런 삶을 살고 싶은 내게 어울리는 이름을 지어줘~' 질문이 대략 이랬던 것 같다.

'챗'은 명성에 걸맞게 열심히 생각하는 것 같더니 10개의 닉네임을 내놓았다. 그중에 내 눈에 쏙 들어오는 마음에 드는 닉네임이 '타임릭'이었다. 시간부자, Time Rich 에서 h를 제외한 닉네임이다. 인터넷에 검색해 보니 아직 사용되지 않는 닉네임이었다. 야호!

'무서운 건 악이 아니오, 시간이지, 아무도 그걸 이길 수가 없거든.' 김영하의 『살인자의 기억법』에 나오는 말이다. 오랫동안 내 머릿속을 맴돈 문장이었다.

그래 나는 시간 부자로 살고 싶었다. 내가 원하는 것을 하고 싶을 때 언제든 할 수 있는 시간 부자. 그런데 시간 부자로 살려면 돈으로부터 자유로워야 했다. 돈! 돈으로부터는 어떻게 자유로워질 수 있을까? 질문이 이어졌다.

휴직 기간 중 이제 막 초등학교에 입학해 보살핌이 필요한 막내를 돌보는 시간을 제외하고 대부분 시간은 재테크 공부에 매진했다. 부동산,

경매, 주식 등 근로 소득 외 자본소득을 만드는 방법을 찾아 나를 불살랐다. 시골 부모님으로부터 적지 않은 돈을 빌리고, 친한 형으로부터 투자받은 돈으로 건물도 사고 땅도 샀다. 금방 돈과 시간 부자가 되는 줄 알았다. 그때는 그랬다. 쌀이 맛있는 밥이 되기 위해 뜸 들이는 시간이 필요하듯, 시간 부자가 되는 것도 그에 상응하는 시간과 노력이 필요한 것을 그때는 몰랐다. 세상 이치가 그러하지 않음을 그때는 몰랐다.

첫 번째 휴직을 마치고 복직하였지만, 시간 부자가 되는 미련이 나를 가만두지 않았다. 복직 후 2년 남짓 회사에 다니다 2022년 또다시 휴직했다. 인간은 적응의 동물이라고 했던가? 두 번째 휴직에 아내는 무덤덤했던 것 같다. 두 번째 휴직 기간에는 막내 학교와 학원을 데려다주고 데려오는 시간을 제외한 대부분 시간을 도서관에서 보냈다. 1년간 책과 친해지며, 책의 소중함을 알게 된 시간이었고, 틈틈이 재테크도 진행하였다. 하지만 책은 나에게 시간 부자가 되기 위해서는 아직 많은 시간과 노력이 필요하다고 말하고 있었다.

출퇴근의 의무에서 면제된 채 시간 부자로 산다는 것은 아직은 불가능에 가까운 일이라는 것을 알고 있다. 바다 위 항공모함이 방향을 바꾸기 위해 방향을 튼다고 해도 바로 방향이 바뀌지 않는다. 큰 배이기 때문에 회전하려면 천천히 넓게 돌아야 한다. 인생의 방향 전환도 이와 같다고 할 것이다. 목적지 없이 항해하던 항공모함의 방향을 시간 부자의 방향으로 바꾸기 위해, 불가능을 가능으로 바꾸기 위해, 하루 24시간 중 오롯이 나를 위한 3시간을 마련하기 위해 노력 중이다. 매일 독서와 운동, 그리고 재테크 공부를 이어가고 있다. 매일 1°씩만 틀면 된다. 단 1°!

선택과 용기

조소연

서른네 살에 둘째 윤보를 출산하면서 2015년부터 육아 휴직을 시작했습니다. 남편은 인도에 파견 근무를 가 있어 혼자 두 아이를 키우며 직장 생활할 엄두가 나지 않았기 때문입니다. 남편이 금방 귀국하긴 했지만, 다시 전남 나주로 발령이 났습니다. 강원도 춘천에 사는 우리 가족에게 주말 부부 생활이라도 전라도는 먼 곳이었습니다. 나주로 가서 살아 보자. 그렇게 네 살 윤경이와 4개월 된 윤보를 데리고 나주로 갔습니다.

주위의 도움 없이 아이를 키우는 일은 생각보다 힘들었습니다. 직장 다닌다고 친정어머니가 아이 양육을 도와주며 살았는데, 밥하고 빨래하는 일이 만만치 않은 일이었습니다. 직장 다니고 대학원도 다니고 했던 것은 순전히 어머니의 도움 덕이었음을 깨달았습니다. 전업 엄마로 살아 보니 그동안 내가 반쪽 엄마로 살았다는 생각이 들었습니다. 첫째 윤경이를 키울 때 알아차리지 못했던 아이에 관한 것들이 이해되기 시작했습니다. 같은 또래 아이를 키우는 엄마들의 모습이 보였습니다. 중

고등학생들의 모습 속에서 이해되지 않던 부분들이 어린 내 아이들을 보면서 이해되기 시작했습니다. 전업 엄마 생활을 하는 동안 직장 다닌 다고 소홀히 했던 밥 짓기, 빨래와 청소하기 등의 집안일이 내 가족에게 매우 중요한 일이라는 것도 깨닫게 되었습니다. 하찮아 보이는 그 매일의 일상은 온 가족의 식습관, 생활 습관과 연결이 되어 있었습니다. 먹고 자는 것이 가장 중요한 습관이었습니다.

2016년 여름, 남편의 회사 연수로 미국 시애틀에 가게 되었습니다. 다섯 살 윤경이와 18개월 된 윤보와 함께였습니다. 시애틀에서 한 달을 머물렀습니다. 오전에 남편이 나가면 간식을 싸서 아이 둘을 유모차에 태우고 인근 도서관이나 공원에 갔습니다. 공원에는 아이들이 기어오르거나 뛰고 매달리면서 활동할 수 있는 여러 놀이기구가 있었습니다.

그날도 공원 놀이터에 가 두 아이를 놀게 하고 멀찍이 앉아 아이들을 지켜보고 있었습니다. 두 살 된 윤보가 미끄럼틀 계단을 기어오르고 있었습니다. 윤보의 뒤에는 대여섯 살로 보이는 남자아이가 윤보를 따라 계단을 오르고 있었습니다. 윤보가 계단을 오르는 것이 더디니 윤보 뒤에서 올라오는 아이들이 밀리기 시작했습니다. 줄이 길어지는 것을 보고 저는 자리에서 일어나 윤보를 데리러 미끄럼틀 앞으로 갔습니다. 윤보가 가로막고 있어서 뒤에 오는 아이들이 불편할까 봐 걱정됐습니다. 마침 윤보 뒤에서 계단을 올라오던 어느 아이의 목소리가 들렸습니다.

"엄마, 앞의 아이가 빨리 가지 않아요."

"빌, 그 아이는 지금 열심히 올라가고 있잖아. 자기 속도대로 올라가고 있는 거란다. 같이 격려해 주자."

말이 떨어지기 무섭게 뒤에 있던 금발의 빌은 기저귀 찬 윤보를 응원하기 시작했습니다.

"너 잘 가고 있어. 거의 다 왔어. 조금만 힘내."

기저귀 찬 윤보는 그 말에 힘을 얻었는지 엉금엉금 계단을 다 올랐고, 뒤에서 계단을 오르던 빌은 윤보에게 잘했다고 손뼉을 쳐 주었습니다. 윤보를 데리고 오려고 일어섰다가 빌과 빌의 어머니 대화를 듣고 그들의 행동을 보며 여러 생각이 들었습니다. 기다려 주는 여유와 배려의 미덕에 대해 생각해 보게 되었습니다.

시애틀에서 한 달을 보낸 후 미국 서부까지 여행하고 두 달 만에 춘천으로 돌아왔습니다. 두 달 동안 이었지만 개성을 존중하고 각자의 속도에 대해 배려하는 미국인들의 모습이 인상 깊었습니다. 저도 남을 의식하며 경쟁하듯 살아왔던 것은 아닐까 하는 생각이 들었습니다. 춘천에 와서도 미국에서 생활하던 것처럼 아침을 먹고 간식을 싸서 아파트 놀이터에 나가 앉아 있었습니다. 아파트 놀이터에 돗자리 펴고 저는 책을 읽고 두 아이는 놉니다. 그러다 배가 고프면 간식을 먹습니다. 오전에 사람이 아무도 없는 아파트 놀이터에서 아이들이 노는 것은 낯선 장면입니다. 아이들은 보통 어린이집이든 유치원이든 가 있겠죠. 오후가 되면 아이들이 조금씩 나옵니다. 놀이터가 금방 차고, 윤보는 좋아하는 미끄럼틀을 타러 또 기저귀 찬 엉덩이를 움씰거리며 엉금엉금 계단을 오릅니다. 한번은 미끄럼틀을 오르는 아이들이 윤보 뒤로 한참 줄을 서게 되었습니다. 다른 아이들을 불편하게 하는 것 같아 윤보를 데려 오려는 찰나에, 뒤에 있던 일고여덟 살 되어 보이는 아이들이 윤보를 옆으로 제치며 계단을 앞질러 올라가는 게 보입니다. 한 달 전 시애틀의 놀이터와 지금 우리 집 놀이터가 겹쳐 보입니다. 아이들은 줄을 서고 한 목적지를 향해 올라갑니다. 계단을 올라 미끄럼틀을 타고 내려옵니다. 미끄럼틀을 순서대로 올라가고 순서대로 내려옵니다. 하지만 우리는 차례차례 올라가면 되는 그 순서 안에서 조금 더 빨리 올라가려고 애를 씁니다. 옆에 누가 있는지 돌아보지 못하고 서두르기만 하는 건 아닌가 생각해 보게 되었습니다. 내 아이들도, 학교의 학생들도, 또 나 같은 어른들도 앞만 보느라 옆 사람의 상황은 못 보고 사는 건 아닌가. 각자의 속도가 있는데, 조금 느리다고 무시하며 사는 것은 아닌가. 빠른 게 좋다고 빨리 뭔가를 이루려고 무리하며 사는 것은 아닌가. 살던 대로 사는 관성은 내 주위를 돌아보지 못하고 앞으로만 내달리게 몰아가고 있었습니다. 방향이 바르면 나의 형편대로 나의 속도대로 가는 것이 최선이라는 생각이 들었습니다.

나를 앞으로 나아가게 만드는 것은 나여야 합니다. 뒤에서 누가 보챈다고 떠밀려 올라가서도 안 되고 앞에서 어서 올라오라고 잡아끌어서도 안 됩니다. 내 속도대로 가야 하며 완급은 내가 조절해야 합니다. 떠밀려 올라가더라도 올라가겠다고 마음먹는 것은 내 자신이어야 합니다. 내가 내 삶의 주도권을 쥐어야 합니다. 삶의 주도권을 갖기 위해 여러 상황을 고려해야 합니다. 선택해야 할 것도 있습니다. 선택할 때 기준이 있어야 하고 기준을 정하는 나만의 주관이 있어야 합니다. 선택하는 순간에는 용기도 필요합니다.

이나모리 가즈오의 『인생을 바라보는 안목』에 이런 구절이 있습니다. 용기는 상대를 배려하는 마음에서 나온다고요. 자신은 어떻게 되어도 좋다고 생각하며, 자신을 버릴 수 있는 마음을 가지고 상대를 위해 진심으로 애쓸 때, 진짜 용기가 솟아나는 것이라 합니다. 사랑하고 있는 것들이 있나요? 어떤 삶의 목적이 있나요? 그것들을 위해 진심으로 마음 쓸 수 있었으면 합니다. 40대는 용기 있게 살아 보고 싶습니다. 나에게 조금 더 소중한 것을 생각하면서 나의 방향과 속도대로 살아 보고 싶습니다. 한 번에 목적지까지 바로 갈 수는 없을지라도 방법과 속도는 조정해 가면서 말입니다.

40대 월급쟁이도 경제적 자유를 달성할 수 있는가

최인영

    대학 시 절, 동아리 행사에 참여한 40대 OB선배들은 다른 세상의 사람처럼 느껴졌다. 나이 차이가 커서 그런지 경제적으로 윤택해 보이고, 인격적으로도 성숙하게 느껴졌다. 시간이 흘러 나도 어느새 마흔 중반, 중년의 아저씨가 되었다. 그 시절에는 내가 40대쯤 되면 큰 부와 명예를 누릴 줄 알았다. 하지만 현실은 가족을 굶기지 않을 정도로만 사는 것 같다. 아마도 나의 재정 수준은 중산층과 하류층 사이의 어딘가에 위치할 것이다. 회사를 20년 가까이 다녔지만, 나는 여전히 돈을 아끼며 살고 있다. 매월 예상치 못한 경조사비, 집안 행사비, 병원비 등을 걱정해야 하는 처지이다.

    나름대로 인생을 성실하게 살았다고 생각한다. 유년기에는 부모님 말씀을 잘 들었고, 학창 시절에는 학교의 규율을 잘 지키고 공부도 열심히 했다. 학교 성적도 상위권이었다. 남들이 부러워하는 고등학교, 대학교에 어려움 없이 입학했다. 대학교를 졸업하기도 전에 부모님이 원하는 공기업에 합격했다. 회사에서도 동기들보다 빠르게 초급간부로 승진하였다. 내 인생은 컨베이어 벨트에서 조립되는 가공 제품처럼 시기적절하게 타인의 기대를 충족시키며 살아왔다. 그런데도 내가 친구들보다 경제적으로 힘들다는 사실은 받아들이기 어려웠다. 그리고 나를 더 힘들게 하는 것은 나에 대한 '철저한 무지'였다. 내가 누구인지, 무엇을 원하는지 도무지 알 수가 없었다. 나에 대해 모르니까, 미래를 계획하기도 어려웠다. 뭐 한번 제대로 해보지도 못하고, 인생이 끝나버릴 것 같아서 불안했다.

회사 생활을 더 열심히 한다고 하여 삶이 달라질 것 같지 않았다. 한 번 승진이 되면 다음 승진에 욕심이 나는 것이 사람의 마음이다. 승진하려면 남보다 더 많이 일해야 한다. 나를 위해 쓸 시간이 점점 없어질 것이 명확해 보였다. 회사 선배들을 바라보면 마음이 더 답답했다. 퇴직이 얼마 남지 않은 선배들은 퇴직 후 3~5년 자신을 더 고용해 줄 직장을 찾는 데 혈안이 되어 있다. 평생 회사에서 일하고도, 퇴직 후에도 다시 일자리를 찾아야 하는 것이 직장인의 운명인가 하는 생각이 든다.

게다가 회사는 개인의 미래를 준비할 시간을 주지 않는다. 특히, 공공기관은 임직원의 겸직 활동을 엄격하게 금하고 있다. 영리 목적이든 비영리 목적이든 무언가 회사 이외의 업무면 소속 기관의 장에게 승인받아야 한다. 한마디로 하지 말라는 얘기이다. 회사업무에만 집중하라는 것이다. 나의 시간과 노동력을 제공하고 받는 월급의 무게는 가볍지 않다고 느낀다.

일부 성공한 사람들은 자기 사업을 해야 돈을 많이 벌고, 행복할 수 있다고 말한다. 하지만 처자식이 있는데 당장 회사를 그만두고 사업할 수도 없는 노릇이다. 용기도 나질 않고, 준비가 되어 있지도 않다.

현실의 고민을 해결해 보려고 수많은 경제·재테크 분야의 책들을 읽었다. 그중 내게 한 줄기 빛 같은 책이 있었다. 이 책은 내가 회사에 다니면서도 현실의 문제를 해결할 수 있다는 희망을 주었다. 바로 세계적 베스트셀러, 로버트 기요사키의 『부자 아빠 가난한 아빠』이다.

책의 서두에 있는 한 문장에 나는 강하게 매료되었다. '돈을 위해 일하지 말고, 돈이 나를 위해 일하게 하라.' 저자는 돈이 나를 위해 일하는 방법을 알기 위해서 금융 지식을 배워야 한다고 말한다. 바로 그거였다. 나는 금융 지식이 없어서 미래가 잘 그려지지 않았던 것이었다. 학교와 회사를 열심히 다녔으나 경제와 금융 분야에서 나는 '문맹아'였다. 이 나이 되도록 높은 수익률을 가져다주는 좋은 자산을 구매해 본 적이 없었다. 과거 인터넷 광고, 다른 사람의 말만 믿고 여기저기 손을 댔다가 손해도 많이 봤다.

그 후로 『부자 아빠 가난한 아빠』를 10번 이상 읽었다. 지금도 로버트 기요사키가 저술한 책들은 반복해서 읽으려고 노력하고 있다. 금융 지식은 의외로 간단했다. 가장 중요한 것은 자산과 부채의 차이를 이해하고, 좋은 자산을 계속 사서 모으면 되는 것이었다. 좋은 자산을 일찍부터 사서 모으면 복리의 효과에 의해 어느 시점부터는 기하급수적으로 돈이 불어나게 된다. 이것을 '스노우볼 효과'라고 한다. 저자의 책을 읽을수록 하루빨리 좋은 자산이 만들어 내는 현금흐름을 경험하고 싶어졌다. 그 경험이 경제적 자유로 가는 시작점이 될 것이라는 믿음이 생겼다.

돈은 나에게 중요한 가치이다. '돈이 인생의 전부는 아니지만, 돈이 없으면 돈이 인생의 전부가 된다.'라는 말에 깊이 공감한다. 누군가는 내가 돈을 밝힌다고 생각할 수도 있다. 하지만 자본주의 세상에서 돈 문제가 해결되지 않고서는 결코 자유로울 수가 없다. 그리고 돈 문제가 해결되어야 내 정체성을 찾고, 원하는 것에 도전할 시간을 확보할 수 있다고 생각한다. 나는 중학교에 입학하는 순간부터 인생의 핸들을 세상에 내어줬다고 느낀다. 중학교, 고등학교, 대학교, 회사라는 시스템이 톱니바퀴처럼 맞물려 있다. 톱니바퀴에 몸을 맡긴 채 정신없이 살다 보면 자아(自我)는 없어지고, 생계의 문제만 남는다.

나는 '부자 아빠'가 되기로 결심했다. 남은 인생 로버트 기요사키의 가르침을 따라 살아 보려 한다.

2024년, 올해를 '경제적 자유로 가는 출발점'이라고 나 자신에게 선포했다. 그리고 나의 퇴직 시기에 맞춰 '2040년 경제적 자유 달성'이라는 목표도 세웠다. 목표를 달성하기 위한 네 가지 원칙을 세우고 매일 조금씩 실천해 보고 있다.

첫 번째, 나의 재무 상태를 정확히 파악하고, 지출을 줄인다. 지출이 줄어야 경제적 자유의 달성이 쉬워진다. 올해 내가 한 실천 사항을 나열해 본다. 연초에 보유한 두 대의 자동차를 한 대로 줄였다. 식비를 줄이기 위해 외식을 자제하고, 육식 위주의 식단을 점진적으로 채식으로 바꾸는 중이다. 매달 꾸준히 은행 대출을 상환하기 시작했다. 불필요한 보험이 없나 살펴보고, 특약 사항을 조정하여 보험금도 줄여보려 한다.

두 번째, 매월 현금흐름을 만들 수 있는 자산을 산다. 『부자아빠 가난한 아빠』를 읽고 내가 찾은 금융상품은 '월 배당 ETF'였다. 손실 위험이 낮고, 월 1% 가까이 배당을 주는 상품이다. 올해부터 여유자금으로 조금씩 샀던 것이 매월 10만 원의 현금흐름을 만들고 있다. 아이들에게도 현금흐름을 가르치기 위해 개인 증권계좌를 만들어줬다. 그리고 아이들 용돈이 생길 때마다 ETF 주식을 사주고 있다. 매월 입금되는 배당을 아이들과 함께 확인하면서 자연스럽게 현금흐름을 교육하고 있다.

세 번째, 경제와 재테크를 계속 공부한다. 매월 한 권 이상의 양질의 도서를 찾아서 읽고 있다. 주말에 도서관에 가서 좋은 책을 찾는 시간은 정말 행복하다. 또한, 매일 경제신문을 보려고 노력하고 있다. 물론, 회사업무가 바빠 제목만 보고 넘어가는 경우도 많으나 신문을 읽으면 경제의 흐름에 대한 감각을 유지할 수 있어 좋다. 내가 공부하고 경험한 내용에 대해 계속 기록을 남기고 있다. 추후 내가 기록한 글들을 엮어 전자책을 출판하는 날이 오기를 바라본다.

네 번째, 자녀들이 올바른 경제적 관념을 가지도록 금융교육을 한다. 주말 저녁에 15분 정도 아이들과 경제 용어와 개념을 같이 공부하고 있다. 처음에는 지루해하더니 이제는 아이들이 먼저 하자고 찾는다. 그리고 올해, '캐시플로우' 보드게임을 정식으로 배웠다. 이 게임을 해보면 로버트 기요사키가 자산과 부채의 차이, 현금흐름을 만드는 방법을 쉽게 이해시키려고 정말 고심해서 만들었다는 생각이 든다. 매월 한두 번 아이들과 게임을 하며 즐겁게 금융 지식을 쌓아가고 있다.

『부자 아빠 가난한 아빠』 책을 읽을수록 마음 한편에 아쉬움이 밀려온다. 내가 입사할 때부터 이 책을 읽고, 올바른 방향으로 투자했다면 지금쯤 상당한 현금흐름을 가졌을 것이다. 젊은 시절 책을 멀리한 대가는 상당히 크다고 느낀다. 중학생 딸아이를 보면 안쓰럽다. 세상을 배울 시간이 없다. 학교 숙제, 시험 공부 등을 하느라 잠잘 시간도 부족하다. 이대로 두면 내 아이도 나의 전철을 밟을 것 같아 마음이 좋지 않다. 하지만 나는 '늦었다고 생각할 때가 가장 빠르다.'라는 말을 믿는다. 40대 직장인도 천천히 나아가면 경제적 자유를 달성할 수 있다는 것을 증명하고 싶다. 내가 세운 네 가지 원칙을 끈기를 지켜낼 것이다. 그리고 나의 도전이 아이들에게 좋은 금융교육이 되기를 바란다. 이것이 남은 인생에서 내가 걸어가야 할 길이다. 경제적 자유로 가는 나의 행복한 여행에 사랑하는 가족과 이웃들을 초대한다.

4장

그럼에도 잘 살았다는
생각이 든다

내 무대의 주인공은 나!

김리원

누가 내게 살면서 가장 힘들고 슬플 때가 언제였는지 묻는다면 바로 생각나는 때가 있다. 슬프기도 하고, 화나기도 하고, 수치심을 느끼기도 하고, 나의 못남에 자괴감을 느끼기도 했던 그때가 말이다. 지인으로부터 내가 찾고 있던 일자리가 공지되었다는 말을 들었다. 얼른 서류를 내고 면접을 보러 오라는 연락에 일하고 있던 직장에 반차를 내고, 면접을 보고 오면서 '합격'이라는 문자를 받고 신이 났다. 새로 취업한 직장은 팀장을 중심으로 2명의 직원과 함께 새로운 복지지원 사업을 하는 곳으로 학교 밖 학생들을 대상으로 다양한 활동과 프로그램을 제공하는 일이었다.

새로운 사업이라 출발이 순조롭지는 않았지만 그래도 나름 열심히 일하고 노력하면 되리라 생각해 무엇이든 하려고 했다. 그런 노력이 윗사람에게는 잘 전달되지 못했는지, 어느 날부터는 팀장인 내 업무를 다른 사람이 하도록 지시하였고 실수가 잦다는 지적들이 나타나기 시작했다. 나는 이런 분위기에 점점 위축되었고 열심히 해도 인정받지 못했다. 그나마 청소년을 만나는 일을 좋아했기에 참고 또 참으며 일을 해 나갔다. 열심히 하면 언젠가는 나의 노력과 의도를 알아주리라 생각하면서 말이다. 그러던 어느 날 우려했던 사건이 터졌다. 저녁에 함께 일할 담당자를 뽑는 과정에서 담당자가 당장 일해야 함에도 나오지 않겠다는 메시지를 보낸 것이다. 나는 빨리 그 사람의 빈자리를 채우고 다른 사람을 구해야 한다는 생각으로 윗사람이 포함된 단체 대화방에 사정을 올려놓았는데, 내가 생각했던 의도와는 상관없이 윗사람은 일 처리를 잘못했다며 시말서까지 써오라고 했다. 이후 나에 대한 압력은 점점 거세어져 갔다. 나는 이전보다 점점 더 위축되었고 윗사람의 말에 촉을 세우며 눈치를 보는 사람이 되었다. 지칠 대로 지쳐 더는 일도 제대로 할 수 없었다.

야간 근무로 오후 출근을 해야 했던 어느 날, 윗사람이 찾는다는 말을 전달받은 이후 나를 호출하는 윗사람의 전화를 받았고 다소 불안한 마음으로 윗사람의 사무실로 들어갔다. 그는 인쇄된 종이 한 장을 나에게 내밀면서 무엇을 하며 돌아다니는지 물었다. 나의 상담과 강의 이력이 적힌 종이였다. 나는 그 인쇄물 내용에 대해 설명하였으나 윗사람은 지금 근무하고 있는 기관의 이름을 당장 빼라고 명령했다. 너무나 황당하고 어이가 없어 잘못 알고 계신 것이라고 해명했지만 윗사람은 내 말을 들으려고 하지 않았고, 앞으로 밖에서 일하면 그 돈을 모두 기관에 내놓으라는 말을 하며 당장 소속기관의 이름을 지우라고만 반복하여 명령했다. 내게 일어난 일이 무엇인지 그리고 이게 뭔 말인지 알

수가 없었다. 소속 기관 이름은 지우라면서, 근무 시간 외에 번 돈을 기관에 입금하라니, 도대체 이게 무슨 말인가. 그렇게 살얼음판을 걷는 듯한 직장 생활 속에서, 불안과 우울로 남몰래 눈물을 흘리는 날들이 점점 늘어갔다.

  일을 시작하면서 아이들과 제대로 된 여행 한번 가보지 못했기에 올해는 아이들과 약속한 여행을 가고자 휴가서를 제출했다. 휴가 전날이라 나는 늦게까지 남아서 일을 하였는데, 일하던 나를 윗사람이 보더니 따라오라고 했다. 그는 앞서서 계단을 올라갔고 사무실 의자에 앉을 때까지 콧노래를 흥얼거렸다. 내가 앉자 그는 내게 "재계약은 못 할 것 같다."고 말했다. 일은 잘하는데 자신의 의도에 맞추지 못해서 안 된다는 것이었다. 순간 번개에 머리를 맞은 듯 멍해졌지만 나는 좀 더 명확히 이유를 알고 싶었다. 하지만 그는 머리가 아프다며 손을 내젓더니 내게 나가라고 했다. 마지막으로 대화를 시도하였지만, 그마저도 거절당했다. 나는 더는 말을 잇지 못하고 나오며 오열했다. 당장 사라지고 싶다는 생각과 더불어 왜 사람들이 순간 자살을 결심하는지 알게 되었다. 내가 생각했던 윗사람은 아랫사람에 대한 배려와 일을 할 수 있도록 격려하고 방향성을 제시하는 사람이고 아랫사람을 따뜻하게 품을 줄 아는 사람이라고 생각했는데, 그 모든 생각이 산산조각 나는 순간이었다. 분명 윗사람은 내가 다음 날부터 휴가라는 것을 알았다. 팀장이라 직접 서류에 사인을 받았기 때문이다. 휴가 가는 날에, 열심히 일했으니 잘 다녀오라는 말을 하진 못할망정 해고 통보라니. 다음날 나는 눈을 뜰 수 없을 정도로 퉁퉁 부어 있는 눈에도 눈물이 나올 수 있다는 것을 알게 되었다. 종일 울었고 아이들은 그런 엄마를 보고는 여행이야기도 하지 못하고 마음 앓이를 하였다. 부풀어 올랐던 기대감으로 가득 찼던 여행은 저 멀리 사라졌다. 그렇게 절망감과 우울감 그리고 죄책감으로 휴가를 보내고 온 나는 일을 정리하기 시작했고 팀원들과 정들었던 아이들에게도 이별을 알렸다. 마지막에는 회의에 참여도 못하게 했기에 나는 너무나도 초라하게 그곳을 떠날 수밖에 없었다.

　살면서 굴곡이 없었을 것 같다는 사람들에게 삶에 대해 이야기하는 순간이면 늘 떠오르는 기억이다. 많은 결심을 하게 되었던 일이라 힘들고 지칠 때면 영락없이 떠올라 슬프게 하는 기억이기도 하다. 그리고 이 일로 윗사람에 대한 트라우마가 생겼다. 그곳을 나온 후 그 어느 곳에도 일할 곳이 없을 것 같았으나, 이전부터 존경하고 있던 교수님의 연구원으로 일할 기회가 생겼다. 정말 멋진 윗사람인 교수님의 지지와 격려로 나는 그 악몽에서 서서히 깨어날 수 있었고, 너덜너덜했던 마음은 조금씩 아물어져 갔다. 사람이 준 상처는 사람이 낫게 할 수 있다는 말은 맞는 말이었다. 나는 조금씩 내가 하고 싶고 바랐던 일들을 시작했고, 이전보다 힘들고 아픈 마음을 더 많이 공감할 수 있게 되었으며, 학문적으로도 더 나아졌다. 이후의 노력으로 나는 당당하게 프리랜서로 활동하게 되었고 가족들과의 사이도 좋아졌다. 이 일이 오히려 내 인생에 있어서 전환점이 된 것이다.

얼마 전, 좋아하는 지인으로부터 받은 작가 보도 섀퍼의 『멘탈의 연금술』에서 너무나도 당연하지만 잠시 잊고 있었던 말을 보게 되었다. 그는 '버티는 자가 이긴다.'고 하면서 자신을 포기하고 무대 뒤로 사라진다면 다시는 무대에 설 기회를 얻을 수 없다고 했다. 작가의 말처럼 내 무대에서 내가 사라진다는 것은 있을 수 없는 일이지만, 우리는 안타깝게도 때때로 스스로 그 자리에서 물러나기도 한다. 내가 윗사람에게 무대를 내준 것처럼 말이다. 오랜 시간이 걸렸지만, 포기하지 않았기에 나는 무대에 다시 설 수 있었다고 생각한다. 우리는 자신의 무대서 싫어하는 사람에게 "내 무대에서 나가줄래."라고 단호하게 말할 수 있어야 한다. "여기에는 꽃을 놓고, 저기에는 멋진 성을 짓고, 이쪽에 길을 트고 조명은 밝게. 내가 앉아 있는 곳은 샤랄랄라 햇살을 보내 주인공인 나를 더 빛나게 만들어줘."라며 자신의 무대를 만들어 가는 것 또한 필요하며, "살다 보니 살아지더라."가 아닌, 나의 무대를 좀 더 화려하게, 좀 더 멋지게 꾸며 나가야 한다. 왜냐하면 내 무대의 주인공은 바로 '나'이기 때문이다.

오디 속 세계

김명희

　오디 철입니다. 밭에 오디가 제법 열렸다며, 아이들하고 따먹으러 오라고 얼마 전 엄마가 연락하셨습니다. 소일거리로 밭일을 즐기시는 엄마의 연락입니다. 그리고 우리 집 식물 집사라 불리는 큰아이 HY는 그 제안에 반가워하며, "점심 먹고 데려다 주세요." 합니다. 할머니와 손녀, 그 둘 사이에는 공통점이 있습니다. 요리를 좋아한다는 것과 농사를 즐긴다는 것이지요.

　거창하게 유기농이나 자연식을 추구하시는 것은 아니지만, 엄마의 음식들은 대부분, 요리하는 주방에서부터 만들어지는 것이 아니라 땅에서부터 시작됩니다. 김장할 때도 매년 무, 배추부터 심으시고, 그 무와 배추 심기를 시작으로 김장철에 김치를 담그십니다. 깻잎, 장아찌, 도라지 새순, 인삼 새순 등 이런 것도 먹는 건가 싶을 정도로 열 손가락으로 세어도 모자를 갖가지 나물과 각종 채소가 엄마의 밭에서 시작됩니다. 봄, 여름, 가을, 심지어 겨울까지 계절마다 밭과 산을 다니시며 땅을 만지시는 이유가 있으십니다. 가을에는 절정에 달합니다. 나무에서 떨어진 밤송이를 발로 밟고 펴서, 손으로 겉껍질과 속껍질을 까서, 생밤을 좋아하는 저를 위해 봉지에 넣어 싸주십니다. 그냥 주시면 알아서 까먹는다고 그러지 마시라 말씀드려도 소용없습니다. 그 하얀 속살을 드러낸 밤을 건네받을 때마다 너무 호사스러워서 눈물이 왈칵 납니다. 이만큼을 다 까려면 하나하나 일일이 손힘으로 까셨을 텐데, 어깨도 아프고 손아귀도 아픈데, 그 시간과 품이 이 밤알 하나하나에, 아니 그 이상의 것들이, 엄마의 그 마음이 담겨 있어, 이걸 어떻게 먹나 먹먹해 집니다. 또 가을이면 근처 산과 근처 시골을 다 뒤져서 손으로 도토리 알을 하나하나 모으십니다. 그렇게 엄마의 손을 거쳐 하나씩 모아진 도토리 알들은, 부모님 댁 옥상 매트 위에 펼쳐지고 햇볕에 말리는 과정에서 속 알맹이가 딱딱한 껍질을 열고 나옵니다. 바짝 말려진 알맹이들은 분쇄소로 가져가 고운 도토리 가루가 됩니다. 그 도토리 가루를 일 년 동안 보관하며, 먹고 싶을 때마다 엄마표 도토리묵으로 완성됩니다. 직접 묵을 쑤어 도토리 묵사발, 도토리 묵무침 요리로 완성됩니다. 밥상에 올라오는 엄마표 나물무침, 도토리묵, 김치는 그렇게 짧게는 몇 달, 길게는 몇 년 동안 시간과 품을 들여 만들어지는 음식들입니다. 큰아이는 이런 할머니 음식을 너무나도 좋아합니다. 겨울에는 김장철에 할머니를 따라가서 동네 분들 모여 품앗이로 하는 대대적인 김장 팀의 일원이 되어, 제대로 한몫을 해냅니다. 아이는 절인 배추 잎 사이에 꼼꼼하게 양념된 속을 넣는 것이 너무 재미있다 합니다. 매년 거기 따라가는 것을 즐기고, 어른 한 사람 몫은 충분히 해내는 꼬마로 많은 칭찬을 받았습니다. 일곱 살부터 따라다녔으니, 큰아이의 김장경력은 벌써 9년 차입니다. 아이에게는 재미를 주고 워킹맘인 나에게는 보육 기회를 주는 자리, 맡길 곳이 없어 할머니 보육 기회로 따라갔던 할머니와의 김장 품앗이 시간이 이제는 연례행사가 되었습니다. 이어 봄이 오면 모내기 행사가 있지요. 저는 모내기를 잘 모릅니다. 아쉬운 일이지만 순서도 방법도 모르고 한 번도 제대로 그 과정을 해본 적이 없습니다. 모내기 작업에는 아이가 저보다 많은 것들을 경험했기에 으쓱하며 이것저것 아는 체하며 이야기 해줍니다. 일곱 살이었던 당시 HY는 할머니를 따라가서 제 몫을 했다고 하셨습니다. 모내기 줄에 맞춰 정렬하여 심는 작업에 얼마나 야무지게 하는지, 거기 동네 어른들이 얼마나 칭찬하는지 모른다며, 손녀를 내심 기특해하시는 것 같았습니다. 어리지만 야무지다는 주변 어른들의 칭찬을 들으신 모양입니다. 그렇게 대체 보육으로 시작된 모내기도 아이에게는 정말 신나는 체험 활동이 되었고 평일에 모내기 일정이 잡히면 학교에 체험 활동 보고서를 내고 모내기에 참여했습니다.

모내기가 왜 재미있느냐 아이에게 물었더니 맨발로 밟히는 땅속 진흙의 쫀득쫀득한 느낌이 좋고, 줄 맞추어 서서 그 진흙 속으로 새싹을 쏙쏙 집어넣는 것이 재미있다고 합니다. 이 작은 싹이 큰 벼가 되는 것을 상상해보면 정말 신기하다며 신나는 표정으로 재잘재잘 답을 합니다. 그렇게 요리와 농사, 이 두 가지는 할머니와 손녀를 이어주는 매개체이자 그녀들이 공유하는 관심사입니다.

몇 년 전에 할머니 밭에는 오디와 매실나무가 추가되었습니다. 과실나무를 더 심으셨다고 자랑하셨는데, 그 오디나무가 벌써 이렇게 자라 열매를 맺은 것입니다. 그 오디를 따러 아이들, 남편, 그리고 나, 이렇게 네 식구가 총출동했습니다. 처음엔 나무 겉을 탐색하며 따먹다가, 나무 안쪽 속속들이 오디가 정말 실하게 열려있음을 확인하며, 점점 깊숙이 오디나무 속으로 몸을 이리 저리 움직이며 오디를 따먹습니다. 나뭇잎 사이, 가지 앞, 뒤, 옆으로 열매가 꽉 채워 달려 있어 까치발을 했다가 허리를 뒤로 젖히기도 하고, 왼손으로는 가지를 의지해 붙들고, 오른손 으로는 다른 가지에 맺힌 열매를 따다 보면, 손톱, 손가락, 옷이 온통 오디 색으로 물들여집니다. 오디나무 속에서 빙글빙글 돌며 오디를 따 먹습니다. 손에 든 그릇에는 오디가 차곡차곡 쌓이지 않습니다. 각자 입으로 들어가는 게 더 많습니다. 따면서 바로 먹는 오디 맛은 정말 짜 릿합니다. 별로 새콤하지도 달콤하지도 않은 밋밋한 그 맛은, 자연 속에 서 해와 바람과 비를 맞으며 나무에서 자라서 익은 오디 하나에 꽉 차 게 담긴 자연의 담백한 맛, 완벽한 맛입니다.

오디나무는 그렇게 우리 가족에게 귀한 시간과 귀한 열매를 주었습 니다. 이 작은 나무 한 그루도 자신을 믿고 온통 그 안에 빠져 있으면, 그렇게 그의 세계에 나를 허락하고, 온몸으로 맺은 열매를 줍니다. 생 각하면 생각할수록 참 감사한 일입니다. 그리고 저를 겸손하게 합니다. 자연을 만날 때마다 그리고 자연 속에 있을 때마다 한없이 겸손함을 배 웁니다. 비가 오면 비가 오는 대로 그대로 비를 맞고, 바람 불면 바람 부는 대로 몸을 맡겨 흔들리고, 따가운 햇볕에도 소리치지 않고 묵묵히 서 있는 나무 한 그루, 그 나무가 맺어낸 오디 열매를 먹으며 온 우주가 담긴 자연의 한 세상을 또 한 번 경험합니다. 부모님이 심으신 인생의 열매 중 하나가 저일 것이고, 제가 심은 인생의 나무 열매 중 하나는 저의 아이들일 것입니다. 자식이 인생 열매의 전부일 수 없을 것이겠지만, 중요한 열매임은 분명합니다. 지금은 한 나무 아래서 함께 시간을 공유하는 시기이지만, 곧 몇 년 후면 아이들도 각자의 가지를 뻗어 자기 세상으로 나아가겠지요. 세상 속에서 각자 단단한 나무로 존재하여, 존재함 그대로 서로에게 '의미'를 나누며 살아가길 바랍니다.

나의 소박한 꿈은 이것입니다

김미연

　마음을 가다듬고 제대로 책을 읽으려 자리에 앉았다. 시작은 항상 좋다. 조금 읽다가 걸리는 부분이 나온다. 당신이 이렇게 한다면 50이 되었을 땐 이 정도 되어 있을 것이다. 또는 이러다간 50이 되었을 때 이렇게 된다. 이런 부분이 나오면 우선 책을 덮었다. 오늘도 어김없이 내 입에서 나오는 말. '늦었구나.' 확 짜증이 나면서 모두 부질없게 느껴진다. 안다. 늦었다는 거. 난 이미 쉰이니까. 그동안 살아 온 시간이 아깝고 후회된다. 많은 기회가 있었는데 날려버린 것 같아 속이 쓰리다. 그래도 읽어야 하니까 계속 읽긴 하지만 속이 부대끼는 건 어쩔 수 없다. 가장 후회되는 걸 묻는다면 아이에 대한 것이다. 좀 더 일찍 알았더라면…

　책 하나를 집어 들고 서론을 읽는데 멈칫하게 한 문장이 있었다. '시작이 완벽해야 끝도 완벽할 수 있다.' 아이는 20대이고 나는 이미 50을 넘어섰는데, 그럼 이젠 끝이란 말인가. '첫 단추가 옷의 전체적인 모양을 좌우한다! 다시 말해 첫 단추가 아이 삶의 전체 모양을 결정한다! 걱정하지 마. 시작은 조금 어긋났지만, 남은 과정에 전력을 다하면 괜찮을 거야.' 이런 말은 정말 슬픈 자기 위로라니.

　20대 초반의 딸은 다른 지역에서 직장생활을 시작했다. 그게 벌써 2
년 전. 졸업도 하기 전에 독립부터 했다. 코로나가 극성일 때 발령을 받
아서 여러모로 힘든 시기였다. 타지에서 사회 초년생이 적응하기가 쉽
지 않았는지, 처음 한두 달은 주말마다 불렀다. 신경이 온통 아이를 향
해 있었다. 생활을 뒤로하고 딸에게 달려가곤 했다. 겨울 방학 며칠은
딸의 오피스텔에 가 있기도 했고. 그런데 그것도 잠시, 어느 순간 딸은
나를 전혀 찾지 않았다. 살짝 서운해질 정도로 말이다. 동료들도 사귀
고 차츰 적응해 가는 모습을 보면서 안심했다.

　몇 개월 지난 어느 날, 딸의 목소리가 심상치 않다. 직장생활이 힘들
었나 보다. 타지에서 적응하기 낯설고 막막하기도 했겠지. 그런데 이게
웬 말인가. 딸은 대학생이 되고 나서 얼마 되지 않아 갑상샘암 수술을
했었다. 그것이 재발한 것은 아니지만 경과가 좋지 않다는 의사의 말에
놀라서 부리나케 병가를 신청했다. 집에서 요양하면서 또 다른 새로운
일에 도전하고 있다. 다행히 건강도 회복되고 있다.

　대학을 졸업하고 직장에 들어가면서 이젠 끝인가 했는데 아니었다.
아이가 고민하는 것을 지켜보는 건 어렸을 때나 지금이나 힘든 일이다.
아이가 크니 고민의 사이즈가 커지고 역할도 깊어진다. 이렇게 말해 주
는 게 맞나? 나 잘하고 있는 걸까? 그러면서 자꾸 스무 살의 나를 소환
한다. 나와 대화한다. 딸 나이를 살던 나 자신과 말이다. 20대 초반의

나보다 훨씬 잘하고 있다는 건 확실하다. 이때 아까 그 책을 다시 집어들었다. 아이의 첫 단추. 이제는 그 모양을 확인하고 다음 단계로 넘어가는 시기인가 본데. 어쩌지. 좀 더 일찍 이런 책을 만났더라면.

완벽한 사람이 없는 것처럼 완벽한 부모도 없을 것이다. 아이를 키우면서 매번 후회와 아쉬움이 남는 건 어쩔 수 없다. 나를 멈칫하게 했던 그 문장의 주인공은 김종원의 『부모 인문학 수업』이다. 발간된 지 몇 년 안 된 책이라 이십몇 년 전, 딸의 시작을 중요하게 생각해서 이 책을 찾았어도 읽지는 못했으리라.

이 책이 지금 나에게 온 이유는 뭘까? 내 속을 뒤집기 위한 이유로 온 건 아닐 텐데. 아마도 지금 나의 수준이 이 책을 받아들일 수 있는 적기이기 때문일 것 같다. 성인이 된 딸은 독서를 좋아하지 않는다. 사색보다는 영상과 자극적인 것에 더 시간을 쓴다. 내가 그랬던 것처럼. 지금 딸의 모습은 내가 아이에게 보여줬던 모습의 결과일 것이다. 그럼 나는 늦은 걸까?

아니다. 늦지 않았다. 엄마의 그릇을 먼저 키워야 하는 것은 아이의 어느 시기나 똑같은 정답이 아닐까. 아이는 나의 이런 모습을 20대의 눈으로 여전히 지켜보고 있다. 나는 딸이 더 훌륭하고 멋진 사람이 되었으면 좋겠다. 그렇다면 내가 먼저 훌륭하고 멋진 사람이 되면 된다. 아이는 더 성장해야 하고 잠재력을 더 많이 발휘해야 한다. 어느 때보다 할 수 있다는 자신감이 필요하고 관점과 시야를 넓혀야 할 시기이다. 이런 생각을 하는데 훅하고 들어온 문장이 있다. '부모와 아이는 영원히 늙지 않는다. 서로를 깊이 사랑하면 늙지 않기 때문이다. 영원히 서로에게서 새롭게 태어나기 때문이다.' 첫 단추가 옷 전체의 모양을 좌우하듯 아이 인생의 전체 모양도 결정한다. 그렇기에 잘못 채워졌거나 어긋난 단추는 언제든 바로잡아야 한다. 늦은 때란 우리에게 없다. 알았을 때 바로 다시 시작할 수 있느냐가 중요하다. 뒤틀리던 배가 가라앉으며 마음의 평안을 얻는다. 내가 먼저 출발하겠다. 나의 자신감과 다양하고 넓은 시야는 여전히 딸에게 큰 영향을 미칠 테니까. 그래야 함께 나눌 기회도 올 테니까.

우리 가족은 요즘 새로운 시도를 자주 한다. 딸에게 '온 세대 북 엔스테이'에 같이 참여하자고 했을 때 시큰둥한 반응이었다. 물론 예상한 바다. 나는 전략을 짰다. 서서히 스며들게 하는 게 가장 효과적인 교육 방법이지 않던가. 다들 알다시피 끈질긴 인내가 요구된다는 점이 가장 큰 단점이긴 하다. 아무튼 딸은 나의 전략에 넘어왔고 이번에는 캐시플로우 게임에도 파트너로 참여했다. 그리고 소감을 남겼다. "다음번에는 남자친구와 함께 참여하고 싶은데, 언제 또 해?" 와우! 성공이닷.

남편은 생전 처음으로 모닝 독서 모임 2주 코스에 도전했다. 무언가를 배운다는 것에 익숙하지 않은 사람이기에 이 도전이 더 소중하다. 남편은 나보다 훨씬 더 내성적이고 사람들과 어울리는 게 어려운 극 I 성향이다. 그럼에도 자신을 드러내야 할 수 있는 에니어그램 모임에 부부 동반으로 참여했다. "카페에 왜 가."라며 선을 확실히 긋던 사람이 책을 들고 카페에 가는 게 스스럼이 없어진 게 정말 신기하다. 누군가에게 당연한 것이 나에겐 참 대단한 일이 된다. 우리 가족의 변화가 그렇다. 딸도 딸이지만 남편의 변화는 너무 놀랍다. 그 전에 나의 변화가 좀 더 대단한 일이긴 하지만.

나는 요즘 행복하다. 나의 꿈은 우리 부부와 딸의 가족과 함께 가족 독서 모임을 하는 것이다. 꿈 한번 참 소박하다고? 맞다. 그게 몇 년 뒤 가장 이루고 싶은 모습이다. 앞으로 또 다른 우주를 품어 누군가를 성장시킬 딸 부부와 부모의 교육철학에 대해 논하는 모습을 상상한다. 그런 날을 꿈꾸며 오늘도 조용히 책을 펼친다.

보리 한 톨

김숙영

알람 소리에 힘겹게 눈을 뜬다. 물 한 잔 마시고 다이어리에 오늘의 계획을 적는다. 왜 이렇게 할 일이 많은지? 성장 욕구가 커질수록 내 마음은 뒤죽박죽이 된다. 이것도 저것도 모두 나에게 필요해 보인다. 블로그 1일 1포스팅하고 필요한 강의를 듣는다. 출근하는 길엔 영어 공부하는 것도 놓지 않는다. 일주일에 몇 개의 줌 미팅이 있고, 여러 개의 오픈채팅방에는 몇십 개의 글이 올라온다. 좋은 정보들을 놓칠까 전전긍긍 보고 있다. 그러나 나에게 남는 건 별로 없다. 그러다 자연스럽게 쇼츠로 넘어간다. 그렇게 한 시간이 흐른다. 그런 나에게 실망하고 자책한다. 할 일이 많은데 쓸데없는 짓을 한 나를 구박한다. 다른 사람들처럼 모든 것을 잘하는 사람이 되고 싶었다. 그러나 한계가 있다. 역부족이다. 나는 점점 지쳐갔다. 자기계발 지옥에 온 것 같았다.

어느 날 남편이 묻는다. "도대체 뭐 하는 거야? 집에 오면 편해야 하는데 컴퓨터 앞에 앉아 있는 당신을 보면 일하고 있는 것 같아 마음이 불편해. 나도 쉬고 싶어." 마음 한구석이 무거워진다. 보이는 성과는 없고 그저 내 마음이 성장한 것뿐이다. 변화된 마음 표현이 부족했나 보다. 남편이 별 느낌이 없다고 하니 말이다. 그러나 남편이 뭐라 한다고 그만둘 수 없었다. 이미 불타오른 나의 성장 욕구는 끝낼 수 없었다. 나는 말하지 않는 것을 선택했다. 높은 성과를 내야 할 것 같은 압박감에 조이기 싫었다. 또 이유를 말해도 들어주지 않을 것 같았다. 남을 쫓아가면서 또 남편에게 당당하지 못한 자기계발은 숨이 막혔다. 내가 정말 원하는 게 무엇인지도 모른 채 남들이 좋다는 것을 마구 따라 했던 나는 나 자신을 갉아먹고 있었다.

"숙영 씨, 안쓰러워 보여요" 아이캔에서 같이 공부하는 C 멘토였다. 끝을 모르는 자기계발, 그리고 그것을 숨기며 하는 게 안쓰러워 보인다고 했다. 그렇게 C 멘토와 상담을 시작했다. 시작 첫날 나는 내면 아이를 만났다.

어린 시절 방학이 되면 매번 고모 집에 놀러 갔다. 그날도 고모 집에서 사촌 오빠들과 놀 때였다. 사촌 언니들도 있었고 같은 동네 친구들도 있었다. 방에서 종이 딱지놀이를 할 때였다. 할머니가 방문을 열고 소리쳤다. "야! 김숙영! 너 속옷이 왜 이렇게 더럽냐?" 순간 나는 얼었다. 숨고 싶었다. 무슨 말을 할지 몰랐다. 너무 창피했고 수치스러웠다. 숨고 싶던 아이는 자라 뭐든 숨기고 싶은 어른이 됐다. 대화할 때 최대한 보통 사람들이 하는 생각으로 말하려 했다. 나의 말에서 진짜 마음이 나올까 조마조마했다. 진짜 말이 나오면 남이 나를 이상하게 생각할 것 같았다. 진짜 마음으로는 사람들이 나를 떠날 것 같았다. 나는 항상 무엇이 평범할까, 어떤 말을 하는 게 미움을 덜 받고 남들 핑계를 댈 수 있을까를 생각하며 속마음을 감췄다. 내 진짜 마음을 책임질 수 없었다. 내 인생은 가식이었다.

속상했고 숨고 싶던 내면 아이는 성장을 방해했다. '너는 못해도 잘해도 야단맞고 미움만 받는데 왜 공부하냐?'라며 성장을 거부하고 있었다. 숨기냐고 힘들었을 내면 아이에게 말했다. "그동안 힘들었지? 정말 속상했겠다. 이렇게 된 건 네 잘못이 아니야. 너를 진심으로 사랑해." 가슴이 울렁울렁, 덜컹덜컹 요동쳤다. 내 속 깊은 곳에서 뜨거움이 폭발했다. "흐~앙~" 멈추기 싫었다. 그 감정에 몰입했다. 여러 번 통곡했다. 그리고 더 듣고 싶었다. 너는 사랑스러운 아이란 걸.

샤워하며 머리를 헹구고 있을 때였다. 갑자기 '잘하네~!'목소리가 들렸다. 마음의 목소리였다. 자녀에게 해줬던 말을 나에게 해주고 있었다. 직접 소리를 내어 말을 해줬다. 드라이할 때, 옷 입을 때, 로션 바를 때 내 행동 모두 칭찬했다. 나는 아기로 돌아갔다. 부모님이 누워있는 아기인 나를 보며 웃는 상상이 그려진다. 그런 나는 내가 태어나고 존재함에 가치를 느낀다. 있는 그대로의 내가 소중하게 느껴졌다.

책 『복수 당하는 부모들』에서 어릴 적 부모의 관심과 돌봄을 받지 못하고 통제만 받는 아이는 커서 누구에게도 받아들여질 수 없는 두려움에 사는 아이로 자란다고 했다. 누구에게 농담해 본 적이 없다. 무례한 적 없다. 항상 착하다는 말을 듣고 자랐다. 나 스스로 숨기고 가식적인 삶을 살았다. 나는 책에서 표현한 정신적 장애를 앓고 있었다.

그러나 이제 나는 안다. 내면 소통책에서 말한 것처럼 받아들여질 수 없다는 건 나의 착각이고 망상이란 것을 말이다. 특히 남편에게 보였던 두려운 마음 모두 망상이란 걸 깨달았다. 남편은 내게 항상 말했다. "왜 숨기고 말을 안 하냐고…" 단번에 OK를 하지 않았지만 그런 걸로 두려움의 망상까지 가질 필요는 없었다. 진실한 대화를 하면 되는 것이었다. 나는 이제 두려움을 없애고 마음을 조금씩 털어놓는다. 미움받을 용기를 내고 자유롭게 말하려고 한다. 소통하지 않고 내 멋대로 생각하는 습관을 없애려고 노력 중이다. 남편에게도 나의 어릴 적 힘듦을 조금씩 말하고 표현한다. 약간 충돌이 발생하지만 슬기롭게 헤쳐 나가는 중이다. 이제 남편이 나를 많이 이해해 준다. 힘이 났다.

나는 거부당하던 내면 아이와 살고 있었다. 거기서 나름대로 애쓰며 지금의 내가 만들어졌다. 애쓰는 과정에서 만난 사람들은 나를 변화시켰다. 내면 아이를 만났고 그 아이가 이제는 나를 응원하고 지지하고 있음이 느껴졌다. 평화롭다.

책 『내 삶의 의미는 무엇인가』에 나온 보리 한 톨 이야기다. 실험실에서 30센티 나무통에 보리 한 톨을 심었고 겨우 보리 몇 알이 열렸다. 형편없는 수확이었다. 나무통을 깨고 뿌리 길이를 쟀다. 그 거리는 11,200킬로미터였고, 서울과 부산을 왕복 열네 번이나 오가는 거리였다. 그저 주어진 여건에서 자신의 존재와 생명을 유지하기 위해 최선을 다한 것이다. 그런데 그 보리를 보고 '야, 너는 왜 이렇게 형편없냐?'라는 소리를 할 수 있냐는 이야기다.

아픔은 필연이다. 나를 성장시키고 열매를 맺게 하는 보물이다. 그리고 누구에게나 아픔은 있다. 나에겐 두려움의 아팠던 경험이 그런 것으로 힘든 사람들에게 진한 위로와 공감을 해 줄 힘이 생긴 것이다. 내가 살아

온 날들은 헛되지 않았다. 아무도 그 누구도 내 삶을 평가할 수 없다.

요즘도 매일 바쁘다. 아침 루틴, 아르바이트, 가족 챙김, 줌 수업 참여 등 하루가 정신없이 지나간다. 그러나 아무리 바빠도 빠지지 않고 하는 것이 있다. 바로 자기 사랑 선언이다. C 멘토가 알려주었다. 매일의 나를 위한 소망, 희망, 다짐 등을 쓰고 볼 때마다 복창한다. 그리고 나는 더 많이 변화되었다.

"안녕하세요?" 먼저 인사한다. 눈을 마주친다. 상대의 달라진 점을 말한다. 상대가 궁금하다. 온통 나에게만 신경 쓰던 내가 남들이 보이기 시작했다. 신기했다. 내면 아이를 사랑해 주고 매일 자기 선언으로 나를 사랑해 주니 오히려 남들이 보였다. 사랑하는 마음 듬뿍 담아 가족, 친구들, 소중한 사람들에게 짤막한 편지를 쓰기 시작했다. 나는 나를 소중히 하고 나의 본성으로 받아들여지고 있음을 매일 실감했다. 진짜 행복이다.

나는 빛나고 소중한 사람이다. 그 누구도 나를 대신할 수 없다. 나의 사랑을 평가할 수 없다. 당신도 그렇다. 당신도 빛나는 사람, 그 누구도 대신할 수 없는 소중한 사람이다. 여태까지 삶이 현재 자신의 마음에 들지 않을 수 있다. 그러나 그런 삶도 언젠가 당신이 발견할 소중한 당신만의 가치의 토대가 된다. 시간은 계속 흐른다. 그 어떤 시간도 헛된 시간은 없다. 어디서 무엇을 하든 우린 잘 살아내고 있는 것이고 나만의 가치가 쌓이고 있는 것이란 걸 잊지 말아야 할 것이다.

책을 통해 알게 된 나

김영숙

지인은 화가 나 있고, 나는 눈물을 흘리고 있다.

"말이 되니? 맞벌이도 아니고 외벌이야. 애 둘은 유치원비만 해도 월 오십 만원이 훌쩍 넘어. 첫째는 피아노, 둘째는 태권도 학원 다니고 싶다는데. 합치면 월 백이야. 백! 근데 시댁에서는 나라에서 지원도 받는다면서, 뭐 살 때마다 전화해. 진짜 너무 한 거 아니야?" 나는 그녀가 왜 화를 내는지 알고 있다. 아이 둘 다 실제로 학원을 보내지 못하고 있는 그녀의 속사정을 알고 있기 때문이다. 그녀는 화를 내면서 속상함을 덮고 싶었던 거다. 그래서 그녀는 화를 내고, 나는 눈물이 났다. "넌 참 신기하다. 네가 왜 우니?"라고 말하면서, 그녀의 눈가도 촉촉해진다. 그리고 넘치려는 눈물을 휴지 한 장을 뽑아 눈가에 갖다 댄다.

엄마들 모임에서 이런 이야기를 하면, 보통 시댁 이야기에 불을 지핀다. 그래서 그런 모임이나 사람들이 많은 곳에서는 공통된 관심의 말만 나오면 그 이야기만 하다가 끝이 난다. 어떤 위로도 힐링도 없다. 왜 만나는가 생각해 보면, 정보공유 차원에서 만나는 거 같다. 그래서 나는 이런 모임을 줄이기 시작했다. 사람들과 만나야 한다면 일대일로 만났다. 그것이 편했다. 만남은 항상 진솔해야 한다고 생각했기 때문이다. 가끔 마음 맞는 사람을 만나 이야기를 하다 보면 나는 이렇게 주책을 떤다. 어떨 때는 민망할 때도 있어서 스스로 왜 이러는지 진지하게 고민도 많이 해봤다. '낮은 자존감의 문제인가? 우울증 초기 증세인가? 학창 시절 갑작스러운 가난의 충격 때문인가? 아니, 아직도 옛날 일에 빠져서 헤어 나오지 못하고 있다는 것인가? 눈물이 나는 이유를 알 수 있는 병원이 있을까?'

2년 전, 어느 날 아이들에게 만화책을 사주기로 약속하여 서점에 들렀다. 아이들은 신나게 만화책을 고르느라 엄마를 찾지도 않았다. 그날은 나도 책을 한번 골라봐야겠다며 진열되어 있는 책을 살펴보았다. 정혜신 정신과 의사의 『당신이 옳다』. 하얀 바탕에 색을 알 수 없는 사각 홀로그램이 호기심을 자극했다. 그리고 책 제목이 마음에 쏙 들었다. 그래서 주저하지 않고 샀다. 집에 오자마자 읽기 시작했다. 보통 책에 낙서를 하지 않는 편인데 줄을 그어가며 필사도 했다. 그리고 내 마음을 정확히 설명해 주는 부분에서는 눈물을 흘리며 읽고 또 읽었다. 정말이지 이렇게 호들갑을 떨며 읽은 책은 처음이다. 평소 궁금했던 심리나 마음에 대한 부분을 자세하게 설명해 주었다. 마치 정신과 의사에게 단독으로 진료받은 느낌이었다. 책을 덮을 땐 정말 감사하다고 책을 안았다. 어쩜 그리도 마음에 약침을 놔주었는지 묵은 체증이 시원하게 내려갔다.

나의 이야기를 받아줄 친구가 없다는 것을 알게 되었을 때부터 같다. 나는 학창 시절 학비며 문제집 살 돈이 없어도 아무렇지 않은 척 친구들과 지냈다. 아무 일 없었던 것처럼 말이다. 그 이후 누구에게도 내 이야기를 하지 않았다. 포커페이스 인생이 시작되었다. 주변 지인들에게 가끔 나도 그런 힘든 일이 있었다고 말하면 전혀 그렇게 보이지 않았다고 한다. '성공'이라고 말해야 할지 씁쓸한 마음뿐이다. 내가 왜 포커페이스였는지 지난 시절의 나를 바라보면 마음 한구석이 먹먹했다.

CPR(심폐소생술)은 학교에서 배운 적이 있을 것이다. 갑자기 숨이 멎는 경우, 가슴 정중앙에 두 손을 올려놓고 심장을 자극하여 호흡이 돌아오게 하는 응급처치이다. CPR은 시간을 다투는 중요한 응급처치 중 하나이다. 책에서는 마음에도 이런 응급처치가 필요하다고 말한다.

'나'에 초집중하고 '나'를 자극해서 자신의 이야기를 할 수 있도록 정확하게 자극하는 것이다. 이것을 '나' 소생술 또는 '심리적 CPR'이라고 책에서 이름 붙였다. 이것이 대표적인 질문이다.

"요즘 마음이 어떠세요?"

어떤 사람들은 막힘없이 술술 말할 수 있을 것이다. 하지만 나는 책에서 이 질문을 보고 왜 그리도 먹먹한 느낌이었는지……. 이 먹먹한 기분과 슬프기도 한 마음을 뒤로 한 채, 질문에 최선을 다해 대답하려 노력했다. 나에게 '심리적 CPR'을 실행해 보았다.

"음… 나는 두 아이의 엄마고 직장인이야. 아이들에게 최선을 다하고 있고, 회사에서는 일을 더 잘하려고 노력하고 있어. 그냥 평범한 가족이지. 요즘 마음이 어때? 조금 힘들기도 해. 아이들에게 신경 쓸 일도 많고 회사 일도 그렇고. 힘들지만 다들 그렇게 사는 것이 평범한 일상이야. 요즘 마음이 어때? 내 마음? 잘 모르겠네. 자꾸 물어보니까 마음이 먹먹한데. 왜 먹먹할까? 워킹맘의 마음이 다 이런 게 아닐까? 워킹맘의 마음이 무엇인데? 다 돌봐주는 느낌이야. 혼자 있고 싶고. 왜 혼자 있고 싶지? 쉬고 싶은가? 쉬어도 봤지만, 쉰 것 같지 않아. 영숙아, 요즘 마음이 어때? 자꾸 물어보니 마음이 먹먹한데. 왜 먹먹한지 모르겠어. 그냥 속상하네? 왜 속상할까? 나는 예전에 내가 불쌍한 사람이라고 생각했거든. 왜? 내가 세상에 있어도 되고 없어도 되는 존재라고 생각했던 적이 있었으니까. 지금은? 사랑하는 가족에게 그런 경험은 주고 싶지 않아서 열심히 살아. 열심히 사는 너의 마음은 어때? ……." (울컥)

처음에는 질문에 대답은 하지 않고, 나를 꽁꽁 싸매고 방어하는 대답을 한다. 결국 집요한 질문 끝에 나를 느끼고 만다. 다 쓰지는 못했지만, 이 길고 긴 대답의 끝에 고등학교의 '내'가 등장한다. 나이 마흔이 넘었는데도 어린 여고생의 마음을 안고 살아가고 있었다. 이 책을 읽고 나서, 여고생의 '나'를 만나 얼마나 힘들었었냐고 꼭 안아 주었다. 누구보다 그때 그 시절을 아는 사람은 나밖에 없기 때문이다.

가끔 일은 잘 진행되어 가고 있는데, 뭔가 속상한 마음이 올라오는 경우가 있다. 그때마다 내 진짜 마음을 꺼내어 묻는다. 그 시간이야말로 나만의 시간이다. 그랬었냐고 속상했었겠다고 미안하다며 마음을 충분히 공감해 준다. 나를 찾고 공감하다 보면 마음이 훨씬 가볍고 좋아진다.

혹시 '공감'을 어떻게 생각하는가? 단순히 고개 끄덕이고 이해해 주는 것으로 생각할 수 있다. 책에서 공감에 대하여 극찬한다. '수십 년간 천문학적인 연구비를 투입하여 최첨단 의학, 약학, 뇌과학, 생리학, 유전학, 생물학 등의 연구 방법론을 통해 개발된 어떤 항우울제보다 탁월하다. 동시에 그런 약물과 다르게 부작용이 전혀 없다. 압도적인 효과가 있는데 부작용도 없으니, 비교가 무의미하다.'

사람들과 이야기하다 보면 신기하게도 상대의 마음이 어떤지 정확하게 느껴질 때가 있다. 앞에서도 말했지만, 주책없이 흘러내리는 눈물로 분위기를 바꾸게 한 경우도 있지만 말이다. 놀랍게도 더 가까워지는 계기도 많았다. 나는 친화력이 좋다는 말은 듣곤 한다. 책을 읽고 알게 된 사실이 있다. 나는 친화력이 좋은 것이 아니라, '공감'을 잘하는 사람이었다. 물론 모든 사람을 공감할 수 있는 능력은 아닐 것이다. 그것은 내가 감수성이 예민했던 시절에 느꼈던 서러움이었다. 나는 분명 알고 있었다. 힘들었던 상황, 주변 사람들의 행동 그리고 그때마다 느꼈던 느낌을 말이다. 그저 상처 많은 사람이라고 생각하며 살아왔는데, 나의 어려웠던 경험들이 '상대를 공감할 수 있는 능력'이라는 것을 처음으로 알게 되었다. 다시는 돌아가고 싶지 않던 시절이 감사함으로 바뀌는 전환점이 된 것이다.

좋은 경험, 나쁜 경험 모두 어느 것 하나 버릴 것이 없다. 책은 모든 경험이 나의 자산이라고 알려 주었다.

시커먼 강물을 안주 삼아 소주를 들이켰다

남궁수경

술은 그다지 좋아하지 않는다.

친정아버지가 워낙에 술을 좋아해서 나는 좋아하지 않는다. 술을 핑계로 하는 행동과 언사에 질리도록 스트레스를 받아서 좋아하지 않는다. 대학 신입생 때는 궁금함에 필름이 끊기도록 마셔보긴 했지만 다행히도 부끄러운 행동이나 평소의 모습과 전혀 다른 모습이 나오지는 않았다고 한다. 그리고 음주 후 찾아오는 숙취가 너무 싫었다. 그래서 술은 잘 먹지 않는다.

"야! 이 나쁜 새끼야!"

아무도 없는 늦은 밤. 소주 한 병을 사 들고 강변으로 갔다. 아무도 없으니 욕도 한번 질러본다. 믿었던 사람한테 배신을 당했는데 그 감정을 처리할 줄 몰라서 이렇게 술에 의지한 적이 있었다. 자취방 근처에는 큰 강이 있었는데 매일 밤 강둑에 앉아 어둠에 몸을 숨기고 흐르는 시커먼 강물을 바라보며 소주를 들이켰다. '누구 좋으라고 강물에 빠지냐, 절대 그런 일 없을 거다'라며 속으로 외쳤다. 그러나 또 미움이 들끓어 오르는 날이면 소리를 질러댔다. 와, '나한테도 이런 면이 있구나'에 놀랐다. 소리를 질러대는 내 모습이 부끄러웠고 강물 속에 숨고 싶을 때도 있었다. 이상하게도 시커먼 강물이 위로가 되었다. 시간이 흐르면 아픔이 가신다는데 그것도 아니었다. 그때 알았다. 시간이 약은 아니다. 삶을 열심히 살아야 한다. 흐르는 강물처럼 나도 열심히 흘러가야 한다. 강물 위의 부표처럼 나 자신을 잡고 흘러가야 한다. 짧은 깨달음을 안고 딱 1년 만에 현생으로 돌아왔다.

참 단순하게 살고 있다. 참 생각 없이 살고 있다. 그리고 작은 깨달음을 양분 삼아 그래도 앞으로 나아간다. 나는 인생을 진지하게 대면한다고 생각했는데 시간이 지나고 되돌아보면 바보 같은 모습이 더 많았다. 어둠 속 강변에서 소주를 들이켜는 여자라니, 이불 킥이 오만 번도 부족하다. 그래도 '그런 일이 있었구나. 이젠 그런 일이 있을 땐 운동화 끈 동여매고 멋지게 달려야지' 생각하고 있다.

나이가 들어가면서인지 아이가 있어서인지 요즘의 나는 진정한 아줌마가 되었다. 아이 또래들을 만나면 "안녕?" 하고 인사를 건넨다. 아이들은 주로 부끄러움이 많아 인사를 받지 않는다. 인사를 받든 말든 아이 친구들과 눈을 맞추며 인사를 한다. 아이들이 너무나 귀엽다. 요즘은 우리 아이들에게 심부름 미션을 내고는 조마조마한 마음으로 뒤를 밟는다. 『나는 다정한 관찰자가 되기로 했다』의 이은경 작가님처럼 가끔 욕심에 눈이 돌아버린 엄마가 되기도 하고 소심한 관찰자가 되기도 한다. 그리고 수많은 다정한 관찰자가 나를 관찰하게 하기도 한다. 강둑에서 술 먹고 소리치던 미친 여자가 이제는 아이를 셋이나 낳고 진지한 사람이 되어 애국자가 되려고 한다. 이불 킥을 유발하는 행동들이 줄어들기를 바라며 인생을 즐기고 있다.

'노력'이라는 단어를 좋아한다. 그리고 '노력하는 사람들'을 좋아하고 응원한다. 나 또한 노력하는 사람이 되려고 한다. 노력이라는 단어에는 진지함이 묻어있다. 진지하게 바라보니 즉, 노력하니 인생이 재미있어진다. 노력하다가 실패하면 좌절도 크다고 하는데 그걸 딛고 일어서는 그 희열을, 그 행복을 함께 누렸으면 한다. 시커먼 강물 속에는 뭐가 있을지는 모르지만 그 차가움과 두려움을 느낄 수 있고 그것을 이겨냈을 때는 한 단계 올라선 나를 마주할 수 있다. 그것이 참 재미지다.

나는 이겨내고 있다. 인생을 즐기려고 하고 있다. 시간이 모든 것을 해결 해주지 않는다. 스스로 이겨내려고 노력해야 한다. '노력하지 말고 즐기며 살라'는 시대에 나는 노력해야지만 즐거움이 찾아온다며 '노력'을 강조하고 있다. 매일 걷기와 달리기를 하며 아이들에 대해 생각한다. 남편도 생각했다가 가족에 대해서 생각한다. 친구, 이웃, 사회에 대해서도 생각한다. 어딘가에 소속되어 있지는 않지만 우리 가족에게 가족이라는 소속감을 찐하게 알려주고 있다. 내가 '그럼에도 불구하고 잘 살고 있고 잘 살아가려고 노력하고 있구나'를 알게 된다.

매일 새벽 4시 30분에 감사일기와 어제 일기로 하루를 시작한다. 고요한 새벽이 주는 행복감에 현재가 주는 소중함의 의미를 또다시 생각한다. 힘들지 않은 하루가 어디 있으랴. 그것을 빨리 깨닫고 노력하는 삶으로 얼른 가는 것이 이불 킥을 불러오는 행동들의 횟수를 줄일 수 있을 것 같다는 생각이 든다. 우리 남편도 모르는 부끄러운 과거사를 독서 모임의 '공저 책 프로젝트'를 통해 밝혀본다. 우리 남편은 내가 집에서 뭘 하는지 별 관심이 없다. 그냥 육아에 최선을 다하는 열혈맘으로 알고 있는 것 같다. 그래서 나중에 조금 깜짝 놀라게 해주고 싶다. 아이들 육아에도 최선을 다하지만 나 자신의 삶에도 최선을 다하고 있었다고 말이다. 목표는 '자기야~ 저기 자기랑 똑같은 이름의 작가가 있네?'라는 남편의 소리를 듣는 것이다. 나는 빙긋이 웃으면서 대답할 것이다. '응~ 그거 나야~'라고 말이다. 5년이 될지 10년이 될지는 모르지만 상상만으로도 즐겁다. 이렇게 마음이 평안해질 수 있을까 싶다. 두 발로 모터를 돌리며 살아가는 백조도 좋다. 내 삶이 아무리 빡빡해도 너무나 소중하다. 죽음을 기다리며 오늘을 만족하는 삶이 아니다. 오늘을 살며 내일을 준비하는 희망적인 삶이 나에게 힘을 준다. 현생에 치여 서로를 돌볼 틈이 없는 부부도 미래를 꿈꿀 수 있다. 나의 우울까지 넘겨주긴 싫다. 그냥 함께 미래를 꿈꾼다. 이렇게 보면 새벽 기상이 대단한 건지 감사일기가 대단한 건지 독서가 대단한 건지 모르겠다. 삶에 대한 생각을 약간만 바꿔도 된다. 그러면 미래가 달라짐을 느낀다. 이 정도면 그래도 잘살고 있는 것 아닌가?

꿈꾸는 삶의 시작

박정희

좀이 쑤신다. 작년이었다면 봄에 몇 번이고 캠핑하러 갔을 것이다. 가끔 밖으로 나가 땅의 기운을 받고 맑은 공기를 마시고 몸의 에너지를 잔뜩 충전해야 한다. 그런데 올해는 그동안 하고 싶었던 일들을 하느라 캠핑은 엄두도 내지 못하고 있다. 그래도 하고 싶은 일이 많다는 것은 행복한 일이다.

봄부터 캠핑 계획을 세우지 못했던 가장 큰 이유는 3월에 시작한 독서경영 리더 과정 때문이다. 5월 말에 수료했다. 돈도 돈이지만 서울에 오가고 과제를 제출하고 본업에 살림까지 하며 공부하는 그 시간이 만만치 않았다. 더구나 작년부터 이어서 하는 웹소설 연재와 소설 투고 준비까지 해야 해서 퇴근 후의 시간과 주말은 정말 정신없이 보냈다. 5월 마지막 주 수요일에 서울에서 수료식을 하고 그다음 날 원고 마감을 했다. 그날 오후 10시쯤 원고를 올리자마자 그대로 쓰러지듯 의자 등받이에 몸을 기댔다. 쉼 없이 달려온 3개월의 마라톤이 이제 끝났다는 안도감에 기운이 쭉 빠졌다.

정신없이 달려온 3개월이었다. 그런데 신기한 것이 이 정도로 바쁘고 힘들면 전에는 '뭘 이렇게 힘들게 살아, 그냥 대충 살자' 하고 내 결심을 무너뜨리는 악마의 속삭임이 수없이 들려왔을 것이다. 그런데 이번에는 그런 생각이 전혀 들지 않았다.

왜 이번에는 달랐을까? 그것은 삶의 우선순위를 정하고 나에게 중요한 일을 했기 때문이다. 사람들은 긴급한 일을 먼저 처리하기도 하고 중요한 일을 먼저 하기도 한다. 아이젠하워는 그런 사람들을 관찰하고 긴급도와 중요도에 따라 시간 매트릭스를 만들었다. 그렇게 만들어진 시간 매트릭스의 1사분면은 긴급하고 중요한 일, 2사분면은 긴급하지 않지만 중요한 일, 3사분면은 긴급하지만 중요하지 않은 일, 4사분면은 긴급하지도 중요하지도 않은 일로 본다. 사람들은 대체로 긴급한 일을 먼저 하게 된다. 하지만 중요하지 않은 긴급한 일은 다른 사람에게 맡겨도 된다. 그런 사실을 몰랐던 나는 그동안 삶의 대부분을 긴급한 일에 초점을 맞추면 살아왔었다. 그러다가 책을 읽게 되면서 그동안 잊고 있던, 좋아하던 일과 꿈꾸던 일을 찾게 되었다. 그리고 그것들이 우선순위에 들어오게 되었다. 그래서 긴급하지 않지만 삶에 중요한 2사분면에 집중할 수 있게 되었다. 그러니 이전과 달리 그 바쁨은 기쁨이 될 수 있었다.

물론 이렇게 되기까지 쉬웠던 건 아니다. 변화의 시작은 주간 일정을 계획하고 기록하는 것부터였다. 누구나 한 번쯤 플래너는 써봤을 것이다. 나는 원래가 굉장히 즉흥적인 사람이었고 MBTI로 치면 P 인간이다. 물론 직장에 다니면서 J를 가장해서 살기는 했다. 하지만 그건 일할 때 모습이고 삶 전체의 모습은 여전히 P였다. 즉흥적이고 무계획적인. 그런 내가 시간 관리 강의까지 듣고 플래너를 쓰기 시작했다.

강규형 작가의 『성과를 지배하는 바인더의 힘』이 이런 시작에 많은 도움이 되었다. 나는 처음에 단기목표도 세우기 어려운 사람이었다. 그래서 일단은 주간 단위로 계획을 세우고 매일 하루의 시간을 어떻게 보내는지 기록하는 데 초점을 뒀다. 그러자 내가 어떻게 시간을 쓰는지 알 수 있었다.

우리 인간에게는 공평하게 하루 86,400초라는 시간이 주어지는데, 나는 제일 많은 시간을 직장 일과 집안일에 쓰고 있다는 걸 발견했다. 사명 있는 삶이나 나를 위한 자기계발 같은 건 생각도 하지 못하고 그저 매일 내 구두코만 바라보며 걷는 삶을 살고 있었다. 그래서 의도적으로 주간 목표, 월간 목표를 만들고 계획을 세우기 시작했다. 누구나 해봤겠지만 계획을 세우면 계획대로 모든 일이 흘러가지 않는다. 중간에 여러 일이 끼어든다. 그렇게 일주일이 흐르면, 계획대로 되지 않는데 무슨 의미인가 싶어 대부분 그만두게 된다. 그런데 나는 시간 관리를 시작할 때 한 가지 다짐한 게 있다. 그동안 계획 없이 살았으니 10년은 계획적인 인간으로 살아보자는 거였다. 내가 어떻게 변하는지 보고 싶었다. 그래서 그만둘 수가 없었다. 그래서 시간 관리를 가르쳐 준 J 선생님에게 하소연도 하고 조언도 들으면서 다행히 고비를 넘길 수 있었다.

그러면 우리의 계획은 왜 계획대로 진행되지 않을까? 실천의 문제도 있겠지만 가장 먼저 점검해 봐야 할 것은 우선순위이다. 올바른 우선순위는 내 삶에 급하지 않지만 중요한 일을 먼저 하는 거다. 그런데 내게 중요한 것이 무엇인지 아직 모르거나, 중요한 것 대신 급한 것부터 처리하려는 습성 때문에 계획대로 되지 않는다. 더구나 나처럼 사람 좋아하고 사람들과의 관계를 중요하게 생각하는 사람은 내 우선순위 대신 사람들이 부탁한 일을 우선으로 처리하려고 한다. 그러니 계획이 제대로 실행될 리가 없다. 어차피 계획대로 안 되는 거 뭐 하러 계획은 세우냐고 자조적으로 말하지 말고 우선순위부터 점검해야 한다.

나도 몇 년째 우선순위를 제대로 모르고 있었다. 내 삶의 우선순위가 중요하다고 매일 말로만 했지. 정작 그게 뭔지도 모르고 계속 살고 있었다.

진짜 우선순위는 양보할 수 없어야 한다. 그런데 다른 사람의 부탁으로 또는 별거 아닌 일로도 매번 우선순위라고 부르던 것들을 양보하고 살았다면 그건 진짜 우선순위가 아니다.

그런데 올바른 우선순위를 정하려면 삶의 목표부터 정해야 한다. 어떤 목표를 설정하는지에 따라 우선순위는 달라진다.

나는 무라카미 하루키의 『먼 북소리』를 읽고 그의 삶을 동경했다. 멀리서 들리는 북소리를 듣고 유럽으로 무작정 떠난 것도 멋있었지만 그의 삶이 진정으로 자유롭다고 느꼈다. 이유는 자기 삶을 통제하는 그의 힘 때문이다. 그는 작가들에게 가지고 있는 우리의 편견과 달리, 굉장히 규칙적으로 사는 작가다. 아침 일찍 일어나서 달리기하고 오전 아홉 시면 글을 쓰기 시작해서 오후 여섯 시에 일을 끝낸다. 보통의 작가들은 밤을 새우기도 하고 글이 써지지 않으면 며칠을 그냥 아무것도 하지 않는 경우도 많다고 하는데, 그는 달랐다. 잘 써지든 안 써지든 그는 규칙적으로 글을 썼다. 자신의 삶을 통제하는 선택이었다.

그래서 나도 그런 삶을 살고 싶었다. 무라카미 하루키처럼 자유롭게 이곳저곳 다니며 글을 쓰고 내 삶을 주도하고 싶었다. 그러려면 내 우선 순위에 그런 삶을 살기 위한 준비를 넣어야 한다. 글을 쓰기 위한 공부, 체력 기르기, 외국어 배우기 같은 것들이 우선순위가 되어야 한다.

결국 삶의 목적, 목표를 정해야 우선순위를 정할 수 있게 된다.

하지만 처음부터 삶의 목적과 목표를 정하기는 쉽지 않다. 쉬운 것부터 해보자. 일단 현재 내가 어떻게 시간을 보내고 있는지부터 알아보자. 지금 당장 검색 사이트에 위클리 플래너 양식을 검색해라. 타임테이블이 있는 위클리 플래너 양식을 인쇄해서 2주간 내 하루를 기록해 보자. 인스타나 유튜브를 보는 시간도 모두 빠짐없이 기록하고 나면 삶에 중요하지 않은 것들에 얼마나 많은 시간을 쏟고 있는지를 알게 된다.

그걸 확인했다면 내가 하고 싶은 일의 목록을 작성해 보자. 오늘 하고 싶은 일이든 먼 미래에 하고 싶은 일이든 상관없다. 떠오르는 것을 모두 적어라. 그리고 그중에 정말 가슴이 뛰는 일을 골라라. 그게 진정으로 당신이 하고 싶었던 일이다. 그런 일을 발견했다면, 이제 하루에 내가 하고 싶은 일을 할 나만의 시간을 정하자. 그게 아침이나 새벽이 될 수도 있고 밤이 될 수도 있다. 단 10분이라도 그 시간을 만들자. 그리고 매주 그 시간을 늘려가다 보면 어느새 하루 한 시간 이상은 내가 하고 싶은 일을 할 시간이 생겨난다. 이것은 의도해야 이루어질 수 있다.

'언젠가 하고 싶은 일을 해야지, 언젠가 내가 꿈꾸는 삶을 살아야지.'

막연한 마음으로 생각하는 그 언젠가는 절대 그냥 찾아오지 않는다. 내가 찾아가야 한다. 김승호 작가의 『알면서도 알지 못하는 것들』에 이런 말이 나온다. '꿈은 다리가 없다.' 꿈은 도망칠 수도 없지만, 우리에게 저 혼자 다가오지도 못한다. 우리가 다가가야 한다. 지금 당장 내가 어떤 하루를 보내고 있는지부터 기록해라. 그것이 여러분이 원하는, 꿈꾸는 삶의 시작이다.

오늘도 책장을 넘기며…

유승훈

'지~이잉! 지이잉!' 새벽 5시 발밑에 있는 휴대전화는 열심히 몸을 흔든다. 머리맡에 두면 끄고 계속 잘 것 같아 발밑에 두고 자지만 머리맡이나 발밑이나 한 번에 일어나지 못하는 건 매한가지다. 알람이 울리고 십여 분을 이불속에서 뭉그적거리다 간신히 몸을 일으킨다. 그래도 난 다섯 시를 하루에 두 번 보는 얼마 안 되는 사람 중에 하나라고 자부한다.

주방 식탁에서 물 한 잔을 들이키고, 화장실에서 밤새 아랫배에 모아둔 소변과 이별한 다음 거실 가운데에 자리를 잡는다. 아침 명상 10분이 하루 시작이다. 다섯 가족이 간단히 아침을 먹고, 8시가 되기 전 각자의 위치로 가기 위해 집을 나선다. 가끔 마당에서 키우는 고양이 '나나'가 어슬렁어슬렁 호랑이 걸음으로 다가와 몸을 비비며 배웅하는 날도 있다.

설레는 마음과 사명감으로 우리 회사에 첫 출근 했던 것이 2002년이니 22년 전이다. 벌써 그렇게 됐나? 매일 아침 회사 주차장에 차를 세우고 사무실로 향하며 '감사합니다. 이렇게 출근할 직장이 있어 감사합니다'를 속으로 외치며 출근한다. 오늘 하루도 잘 보내자는 나를 위한 주문 같은 것이다. 사무실에서는 인사해야 할 직원보다 내게 인사하는 직원이 훨씬 많아졌다. 사무실 막내는 큰아이와 몇 살 차이 나지도 않는다. 어느덧 중고참이 되었으니 세월 참 빠르다.

내가 하는 일은 재산범죄 수사. 피해를 본 사람들이 고소나 진정으로 억울함을 호소하면 수사하는 일을 하고 있다. 다들 머리 복잡한 부서라 꺼리지만 여러 사람의 인생을 반면교사로 삼을 수 있고, 야간 근무를 하지 않아도 되는 장점이 많은 부서이기도 하다. 주 고객은 사기꾼이나 사기꾼에게 피해를 본 사람이다. 인터넷이 널리 보급되고 온라인 세상이 되며 사기꾼보다는 사기꾼에게 피해를 본 사람이 월등히 많아졌다. 인터넷이라는 비대면 공간에서는 사람을 속이기 어렵지 않다. 대포폰, 대포통장을 준비한 다음, 해외 서버를 이용하여 유명인 행세를 하거나 돈을 많이 벌 수 있다고 피해자들을 속여 호주머니 돈을 탈탈 털어간다. 돈을 벌 수 있다는 심리를 교묘히 이용하는 것이다.

사기꾼들의 수법도 유행이 있다. 보이스피싱과 중고거래 사기는 책으로 치면 스테디셀러다. 꾸준하다. 예전엔 기획부동산 사기, 다단계 사기가 이 바닥 업계 1위였다면, 최근엔 주식리딩 투자 사기, 로맨스 스캠사기, 코인투자 사기 등 수법도 교묘해지며 발전하고 있다. 피해자 고객을 만나는 일이야 억울함을 들어주며 공감하면 그리 힘들지 않다. 반면 사기꾼 고객은 두 부류가 있다. 한쪽은 자포자기형으로 모두 깨끗하게 인정하며 처벌을 달게 받겠다는 부류와 어떻게 해서든 미꾸라지처럼 요리조리 빠져나갈 궁리하며 모든 것을 자기 위주로 해석하고 남 탓하는 부류다. 후자의 경우 조사 시간도 길어지고 피의자(죄를 범하여 수사기관의 조사를 받는 사람)가 나쁜 기운을 뿜어 그런지 이런 고객을 접하고 나면 힘이 쫙 빠진다. '월급 받으려면 이 정도 일은 해야겠지.'라며 어설픈 긍정으로 마음을 위로해 보지만, 이런 사기꾼을 대할 때마다 드는 생각이 있다. '좋은 에너지를 뿜는 사람과 기분 좋게 지내며 돈 벌 수 있는 게 없을까?' 회사는 늘 떠나고 싶지만, 매일 출근하는 아이러니한 공간이다.

꽃다운 아내를 만나 가정을 꾸린 지는 어언 17년. 남들이 봤을 때 저 집은 싸우지도 않고 잘 살고 있다 평할 수 있지만, 나라고 어찌 풍파가 없었겠는가? 가사와 육아를 아내에게 전담시키고 직장에 올인할 때에는 드러나지 않던 문제들이 휴직하며 가정에서 보내는 시간이 많아지자 하나둘 수면 위로 드러나기 시작했다. 아내와 사흘이 멀다고 말다툼을 하였다. 유튜브를 검색해 보니 법륜 스님의 즉문즉설에 좋은 내용이 많았다. 아내와 다툴 때는 내가 잘못한 것이 없었는데, 스님의 유튜브를 보고 나면 내가 잘못한 것이 되어 있었다. 신기했다. 난 분명 잘못한 게 없었는데 말이다. '아내와 다툼 → 유튜브 시청 → 내 잘못 → 사과' 이 패턴을 반복하다 너무 답답한 나머지 무작정 법륜 스님을 만나러 서울로 갔던 일이 생각난다. 스님은 만날 수 없었지만, 이후 불교라는 종교를 알게 되고 마음공부가 그 어떤 공부보다 중요하다는 사실을 알게 되었다. 마음공부를 하며 아내와 다툼 횟수가 줄기 시작했다. 지금도 가끔 집안 분위기가 시베리아 벌판이 될 때도 있지만 예전과 다르게 금방 좋아진다. 난 지금의 부부 사이가 너무 좋다. 아내도 그런지는 모르지만….

우리 부부의 자녀계획은 4명이었다. 그러나 첫째를 낳고 세 명으로 줄이고, 연년생으로 둘째를 얻으며 이만하면 됐다고 만족하기로 했다. 맞벌이 부부에게 연년생 육아는 결코 쉽지 않았다. 하지만 인간은 망각의 동물이 확실한가 보다. 세월이 흘러 육아의 힘듦이 희석되자, 우리 부부는 더 큰 후회를 하지 말자며 셋째 막둥이를 보았다. 이놈이 올해 벌써 초등학교 3학년인데, 아침 등굣길 차에서 내리기 전 여자아이답게 룸미러를 보며 앞머리를 얼마나 정성껏 만지는지 그 모습이 그저 귀엽기만 하다.

아이들은 각자 자리에서 잘 자라고 있다. 큰아들이 지난 고1 중간고사 수학 시험에 '4점'을 받으며 전교 꼴찌에서 두 번째 성적을 받아 왔지만, 우리 부부는 놀라지 않기로 했다. 놀라지 않았던 것이 아니라 놀라지 않기로 한 것이다. 학교를 빼먹지 않고 잘 다니고 있고, 친구들 때리지 않고 친하게 지내고 있으며, 무엇보다 인성은 전교 꼴찌가 아니라는 걸 알기 때문이다. 그리고 이렇게 공개적으로 성적을 공개한다고 해도 전혀 개의치 않는 배짱도 가지고 있다. 노파심에서 강조하지만 '수학' 과목이다. 다른 과목은 그보다는 조금 낫다. 우리 부부는 아들이 언젠가 반드시 정신 차릴 것을 알고 있다. 둘째, 셋째 딸은 아빠를 닮아서(?) 스스로 알아서 잘한다. 무럭무럭 잘 자라고 있어 걱정이 없다.

마흔 중반 인생을 돌아보면 그동안 잘 살아온 나에게 상을 주고 싶다. 어린 나이에 직장생활 시작해 22년을 탈 없이 잘 보내고 있고, 아내를 만나 아이 셋을 얻었으며, 아이들은 잘 자라고 있다. 서운하거나 화나는 시간보다 행복한 시간이 훨씬 많았으니, 잘 살았다는 방증 아닐까?

요즘 나는 독서에 푹 빠져 있다. 1년의 휴직 기간 100권 읽기 목표를 이루며, 독서의 중요성과 소중함을 깨달았다. 한 달에 두 번 독서 모임에도 참여하며 꾸준히 책을 읽고 있다. 이 즐거움을 조금 일찍 알았더라면 하는 후회의 순간도 있지만, 지금이라도 알게 되어 전생에 나라를 구한 것이 아닌가 싶다.

박경철의 『자기혁명』을 보면, '우리가 일생을 통해 독서를 해나간다는 것은 언젠가 새로운 기회를 만날 씨앗을 뿌리는 행위이며, 나를 준비된 사람으로 만들어 가는 과정이다. 독서는 가능성이다.'라는 구절이 있다.

꾸준히 독서를 이어가는 것은 인생의 열매를 얻기 위해 비옥한 토지에 씨를 뿌리고 풀 뽑고 물 주며 관리하는 것과 같다고 생각한다. 모소 대나무가 4년 동안 겨우 3센티미터 자라다가 5년 차가 되면 하루에 15센티미터씩 자라기 시작하여 6주 만에 15미터나 자라 빽빽한 대나무 숲을 이루듯이 말이다. 독서를 처음 시작하면 한동안은 아무런 변화도 느끼지 못한다. 괜히 시간만 낭비하는 것은 아닌가 염려되기도 한다. 그러나 한 달쯤 매일 책을 읽다 보면 내가 몰랐던 세상이나 사람에 관한 이야기를 접하면서 생각이 열리기 시작한다. 나는 아직 초보 독서가에 불과하다. 이런 말을 하는 것이 조금은 민망하기도 하지만, 어쨌든 꾸준한 독서는 분명 읽는 사람 생각을 변화시키는 힘이 있다. 오늘도 새로운 기회를 만나기 위해, 또 회사를 박차고 나오기 위해 매일 책장을 넘기며 내게 가장 값진 선물을 주고 있다.

어쩌다 북카페 사장

조소연

2024년 2월 29일. 만으로 마흔두 살입니다. 마흔두 살밖에 안 됐는데 약 17년간 웃고 울던 교직 생활을 그만두었습니다. 학교를 그만둔다고 했더니 동료 선생님들은 이게 무슨 일인가 하는 반응들이었습니다. 동료 선생님들뿐만 아닙니다. 가족, 친구들 모두 의아해했죠. 사십 초반인데 직장을 그만두는 사람이 어디 흔한가요? 그것도 월급 꼬박꼬박 나오고 연금 나온다는 아주 멀쩡한 직장을 그만두었다는 사람을 저도 저 말고는 본 적이 없습니다. 이사장님이 매우 아쉬워하시며 말씀하십니다.

"조 선생 원래 좀 5차원적이라 생각했는데, 정말 그렇네요."

"5차원적이라는 건 뭐예요?"

"4차원은 남이 안 하는 생각을 하는 사람이고, 5차원은 그 생각을 행동에 옮기는 사람 아닌가요? 생각만 하는 것을 행동으로 옮기기 쉽지 않죠. 조 선생 매우 아쉬워요."

사실 교직 생활은 저에게 너무나 감사하고 의미 있는 귀한 시간이었습니다. 요즘 부모, 자녀에 관한 짤막한 글을 쓰게 된 토대가 된 곳이 바로 학교입니다. 6년의 육아 휴직 후 복직했던 2021년. 코로나를 지낸 후 학습이 부족한 아이들이 예전보다 많음을 느꼈습니다. 학습 태도가 좋지 않은 아이들도 꽤 있습니다. 성적이 좋은 학생과 그렇지 않은 학생이 극한으로 나뉘는 것 같습니다. 선생님은 매일 아이들을 붙잡고 동기 부여 하며 치열하게 생활합니다. 어려운 시대라고 하지만 그 어려움 속에서 변화하는 아이들이 있고, 꿈을 찾아가는 아이들이 있습니다. 선생님인 것에 감사하고 가슴 뿌듯한 일입니다.

하지만 십 대의 아이들과 지내기는 쉽지 않습니다. 학생과 학생 사이, 학생과 교사 사이에서 서로 상처받는 일이 많습니다. 자기 말만 들어 달라고 하는 자기중심적 태도는 서로 상처를 만듭니다. 선생님은 아이들을 존중하고, 아이들은 선생님을 존경하며 따를 때 가르치고 배우는 관계는 점점 더 두터워질 수 있습니다. 좋은 성적을 내도록 강요하기보다는 노래 잘 부르는 아이 노래 잘 부른다고 하고, 공부 잘하는 아이 더 열심히 하라고 격려합니다. 아이의 재능을 알아봐 주는 것이 어느덧 일과 중 하나가 되었습니다. 시험 점수도 중요하고 진로 진학도 중요하지만, 저는 아이들이 자신의 답답함과 힘든 일상을 털어놓을 때 적절하게 들어주고 기다려 주는 한 어른이 되자고 다짐했습니다. 아이들도 바쁩니다. 집에서 시시콜콜 이야기 나눌 시간도 부족합니다. 학교에서 아이들의 이런저런 일상을 들어주기만 해도 아이들은 기뻐합니다. 들어주고 공감해 주는 사람이 있다는 것이 아이들에게도 마음의 안정을 주는 듯합니다.

동료 선생님들과도 이야기를 많이 나누었습니다. 처음 교사가 되었을 때 학교를 그만두고 싶다는 생각을 꽤 했던 기억이 있습니다. 그 경험이 있어서 사회 초년의 후배 선생님들과 삶의 이야기도 많이 나누었습니다. 또 저처럼 육아도 해야 하고 일도 해야 하는 또래 선생님들에게 책에서 배웠던 것들과 깨달음을 나누기도 하였습니다.

부모님들과도 대화를 많이 했습니다. 사춘기 자녀 대하는 건 부모도 어렵습니다. 학교에서 일어난 일이나 아이가 어려워하는 것을 부모님과 상의하는 날들이 많았습니다. 그렇게 학교에 있는 동안 학생, 동료 선생님, 부모들과 소통하며 지냈습니다. 아이 하나 키우는데 교사도 부모도 모두 노력해야 하니까요. 함께 근무하던 학교 선생님들과 서로 간 소통하는 문화를 만들기 위해 같이 노력했습니다.

5월 15일입니다. 2월에 퇴직하고 나니 스승의 날인 줄도 몰랐는데, 감사한 메시지들이 왔습니다.

"선생님 안녕하세요. 작년 영어 방과 후 수업하던 정희순입니다. 선생님과 영어 신문 읽으며 이야기하던 시간이 저에게는 행복한 시간이었습니다. 제 담임 선생님은 아니셨지만, 저는 선생님 생각이 많이 남습니다. 다른 학교에 가서도 즐겁게 지내세요. 나중에 찾아뵐게요."

"선생님, 안녕하세요. 지혜 엄마입니다. 중3 때 방황하던 지혜는 그때 선생님 덕에 많이 성장하게 되었습니다. 선생님이 읽으라고 하셨던 책 읽고, 시간 관리하라고 바인더 주셨던 것을 지금껏 이야기하고 있어요. 도움이 많이 되었습니다."

그래도 잘 살아왔구나 싶습니다.

지난 4월 말. 어쩌다 북카페 사장이 되었습니다. 리본 묶은 산세비에리아 화분이 들어옵니다. 고등학교 친구들이 보내온 화분입니다. 오전에도 교회 분들이 벤저민을 보내오셨고, 동생 희연이와 병종이도 예쁜 나무를 보냈습니다. 사업 잘해보라는 격려의 메시지입니다. 기쁨과 의욕이 반반입니다. 하지만 약간의 두려움도 있습니다. 책 읽고 사람들과 소통하며 책 읽는 공간을 만들고 싶었던 나의 바람을 현실로 만들었습니다. 거창한 계획을 두고 시작한 일은 아닙니다. 사업의 '사'자도 모릅니다. 그래도 시작했습니다. 무모하다는 사람도 있습니다. 무슨 용기가 있어 그런 선택 하느냐고 물으시죠. 그냥 지금 아니면 언제 하겠냐는 생각이 들었습니다. 매출 3만 원대의 날을 지내고 보면 카페의 모양으로 사업을 시작한 게 잘한 일인지는 모르겠습니다. 어떻게 해야 카페를 운영하면서 돈을 벌 수 있을까요? 내가 가지고 있는 재능과 카페라는 장소를 이용해 어떻게 가치를 창조해 낼 수 있을까요? 책 읽고 이야기하고 생각하며 소통하는 그런 공간을 만들고 싶었습니다. 어른도 읽고 아이도 읽는 공간이었으면 좋겠습니다. 그 속에서 나와 내 가족도 읽고, 나의 이웃들과 그 자녀들도 읽고 소통할 수 있는 공간을 만들고 싶습니다. 책 속에서 나를 발견하고 남을 이해해 가는 시간을 찾았으면 합니다. 이 공간에서 의미 있는 시간을 만들었으면 합니다. 좋은 책과 좋은 사람들과 함께요.

읽으면 생각하게 되고, 생각하면 쓰고 싶어집니다. 생각하고 쓰다 보면 자신이 들여다보입니다. 자신이 들여다보이면 다른 사람도 보입니다. 다른 사람의 어려움도 보이고, 절로 감사한 마음을 갖게 됩니다. 그러면 공감과 이해와 소통이 가능해집니다. 점점 개인이 도드라지는 세상이 되어가요. 그럴수록 개인은 외로워집니다. 개인이 강화되는 시대이지만 정작 '나'에 대해 알기는 쉽지 않습니다. 어른들이 나답게 살아야 자녀도 그답게 살아갈 수 있습니다. 아이들은 부모의 말, 행동, 태도를 통해 자신들의 가치관을 만들어 갈 것이기 때문이죠. 자신의 가치를 스스로 발견해 내고 키워가는 것이 진짜 삶을 사는 길입니다. 읽고 생각하고 쓰면서 어른들도 아이들도 자신의 역량을 최대로 발휘했으면 합니다. 함께 사는 따뜻한 사회를 만들어 갔으면 합니다. 그 시작을 '읽기'에서 시작해 보면 어떨까요? 혼자 독서하기가 힘듭니다. 요즘 책보는 사람 많지 않습니다. 같이 책 읽고 이야기하다 보면 다른 사람들도 비슷한 고민을 하고 비슷한 어려움을 가지고 살고 있다는 것을 느낍니다. 마음도 열리고 다른 이들을 배려하고 공감할 수 있습니다.

수년간 같이 책 읽자고 이야기하면서 살아왔습니다. 책읽고 실천하면서 운동도 하게 되고, 가계부도 씁니다. 블로그도 쓰고 글도 쓰게 됩니다. 그래서인지 모임 하러 오시는 분들도 점점 많아지고 있습니다. 같이 읽고 나누며 성장하는 기쁨이 배가 됨을 느낍니다. 서로서로 도움이 되며 긍정적 에너지를 얻는 공간이 이 북카페였으면 합니다.

『실행이 답이다』에 이런 말이 있습니다. 생각은 실현해야 현실이 된다고요. 해보고 싶은 게 있으면 한번 실행에 옮겨 보라고요. 내가 사는 삶인데, 내 마음대로도 못 하면 억울합니다. 그래서 조금씩 실행하면서 살고 있습니다. 아마 오늘도 내일도 계속 그러할 것 같습니다. 지금의 도전은 나의 삶이 되고 그 삶에서 다시 새로운 도전을 하겠지요. 지금의 어려움은 꼭 어려움이 아닐 수 있습니다. 나를 알아가는 즐거움입니다. 성숙해 가는 과정입니다. 아이들도 그런 엄마의 삶을 지켜보고 있으니, 오늘도 어제보다 내 삶에 충실하기로 다짐해 봅니다. 나는 내 삶의 최고 경영자입니다.

후회스러운 과거를 성공의 연료로 전환하기

최인영

드라마 『미생』에서 '순간의 선택이 모여 삶이 되고, 인생이 된다.'라는 명대사가 있다. 현재의 내 모습은 과거 나의 선택과 행동의 결과이다. 여러 선택 중에서도 대학교 전공, 회사 및 직군, 거주지 등은 정말 신중하게 정했어야 했다고 생각한다. 하지만 그 당시 나는 깊은 고민 없이, 거의 찍다시피 중요한 선택을 한 것 같아 후회된다. 그때로 돌아간다면 모든 선택을 되돌리고 싶은 심정이다.

이러면 안 된다는 것은 알지만 자꾸 대학 친구들과 내 처지를 비교하게 된다. 친구들은 대학 졸업 후 대부분 대기업, 글로벌 기업에 취업했고, 서울 등 수도권에 자리를 잡았다. 반면, 나는 공기업에 취업했고, 강원도, 전라도 등 주로 지방을 전전하며 살았다. 이십여 년이 흐른 지금 다른 선택의 결과는 뼈아프다. 경제적 측면에서 나는 친구들보다 급여도 적고, 그동안 모은 재산도 변변치 않다. 근무 여건도 상당히 대조적이라고 느낀다. 친구들의 이야기를 들어보면 주 52시간을 잘 지키며 회사 생활을 하는 것 같다. 하지만 나는 본사에서 근무한 후로는 주 120시간 이상 일하는 것이 다반사다. 또한, '상명하복' 중심의 보수적 조직

문화 속에서 가족보다 회사의 일을 먼저 챙겼다.

30대 후반부터는 건강상의 문제도 생겼다. 류머티즘 관절염과 역류성 식도염으로 인해 삶의 질이 급격히 저하되었다. 비만에 가까운 과체중, 심한 거북목과 앞으로 말린 어깨(Round Shoulder)로 인하여 또래보다 훨씬 더 나이가 들어 보였다. 나는 철저하게 'Loser(패배자)'였다.

그래도 내 삶을 긍정하고, 응원하기로 했다. 어느 날 책을 읽다가 문득 내 삶은 나만의 것이 아니라는 생각이 들었다. 남편, 아들, 아버지 등 내 삶은 여러 관계 속에서 존재하고 있다. 소중한 사람들을 위해서 책임감 있게 인생의 무게를 감당하려 한다. 그리고 부족한 내 모습을 끌어안으려고 한다. 과거에 대한 후회에 사로잡혀 현재와 미래를 망치는 건 더 한심스러울 것 같다.

지난 삶을 돌아본다. 스스로 칭찬해 주고 싶은 것들도 분명 있다. 녹록지 않은 여건이었으나 나름대로 잘 살아냈다고 생각한다.

나는 어머니의 기쁨이 되는 아들이었다. 고등학교 2학년 때, 아버지가 뇌졸중으로 쓰러지셨다. 어머니는 하시던 일을 다 내려놓으시고, 아버지의 치료를 위해 서울 세브란스병원으로 갔다. 일 년간의 치료에도 아버지는 호전되지 않으셨고, 막대한 병원비로 큰 빚만 얻었다. 나는 정신적으로 너무 불안했지만, 어머니를 기쁘게 해드리고 싶은 마음으로 열심히 공부했고, 어머니가 원하는 대학에 당당히 합격했다. 또한, 어머니의 재정적 어려움을 해결해 드리고 싶어 남들보다 일찍 취직해서 작은 아파트를 구매하여 부모님의 거주 문제를 해결했다.

그리고 나는 뭐든지 열심히 하는 사람이었다. 매사 주어진 일에 강한 책임감을 느꼈다. 몰입감 있게 일하여 정해진 기한 내 최고의 결과물을 만들려고 늘 노력했다. 그래서 회사의 상사들은 나에게 중요한 일을 맡기고 싶어 했다. 실제로 나의 업적 중 정부 또는 회사의 정책에 반영되어 세상을 윤택하게 하는 일도 상당수 있다. 또한, 수년간 누구도 해결하지 못했던 치명적인 설비고장의 원인을 끈질기게 밝혀내 많은 이로부터 감사와 칭찬을 받았다.

사실 인생을 살면서 얻은 것도 많다.

그중 가장 큰 것은 항상 나를 믿어주고, 지지해 주는 사랑하는 아내와 자녀이다. 화목한 우리 가족은 무엇과도 바꿀 수 없는 나의 에너지원이다. 가족들을 생각하면 어떤 어려운 일도 이겨낼 것 같은 힘이 생긴다. 절망적 상황에서도 아내와 대화하면 복잡한 마음이 정리되고, 문제를 해결할 힘을 얻는다. 장거리 주말부부 생활을 하면서 가족의 소중함이 더 크게 느껴졌다. 가족에게 작은 문제라도 생기면 마음이 힘들어서 아무 일도 손에 잡히지 않는다. 가족이 온전치 않으면 그 어떤 성공도 나에게는 별 의미가 없다.

또한, 힘들고 거친 회사 생활이 나에게 '업무력'을 선물해 줬다. '경영의 신'이라 불리는 이나모리 가즈오 회장의 저서 『왜 일하는가』에서는 일에 몰입함으로써 자기의 내면을 성장시키고, 미래로 나아갈 새로운 힘을 얻을 수 있다고 한다. 나 역시 회사가 나를 마구 휘두르고 여러 시련을 주었지만, 그 속에는 가르침이 있다고 생각한다. 본사의 고된 업무 강도를 견뎌냈기에 성실함과 인내심, 겸손함을 얻었다. 그리고 새로운 일에 대한 기획력, 설득력 있는 보고서 작성법, 다양한 사람들과 협업 하는 방법을 배웠다. 해외사업을 했기 때문에 협상 능력, 어학 능력, 국 제적 감각을 키울 수 있었다.

　과거의 선택이 지금의 내 모습을 만든 것처럼, 현재의 선택이 나의 미 래를 결정한다고 믿는다. 앞으로도 인생을 바꿀만한 기회가 오기를 기 대한다. 선택의 확률을 높이는 것은 남은 인생을 성공으로 이끌기 위한 중요한 도전과제이다.

　좋은 선택을 하기 위해서는 나의 심신(心身)을 안정시키는 것이 먼저 라는 생각이 들었다.

　올해 초, 본사에서 집 근처 사업소로 근무지를 옮겼다. 길었던 주말 부부 생활을 끝내고 가족의 곁으로 돌아온 것이다. 가족과 같이 살아 야 마음이 안정되고, 나의 선택이 가족 모두를 위한 것인지 수시로 확 인할 수 있다고 생각한다.

　신체의 문제도 하나하나 해결해 나가고 있다. 지인으로부터 소개받은 디톡스(Detox) 프로그램을 하고 나서, 류머티즘 관절염 증상이 거의 사 라졌다. 그리고 개인PT(Personal Training)를 통해 거북목이 개선되고, 체중도 많이 감소했다.

　선택의 확률을 높이기 위해 추구해야 두 가지 행동양식도 정해보았다.

첫 번째, 매 순간 인격을 수양하는 것이다. 공자는 『논어』에서 '수신제가 치국평천하'라고 했다. 내가 온전히 서지 못하면 결코 성공에 이를 수 없다. 성공을 담아낼 만큼 그릇을 키우는 것이 먼저이다. 언제부터인가 '양심에 찔리는 일'을 저지른 다음에 징크스처럼 좋지 않은 일들이 나에게 생기곤 했다. 현존하는 세계 최고의 야구선수, 오타니 쇼헤이는 운을 자기편으로 만들기 위해 실천한 것들이 있다고 한다. 인사하기, 쓰레기 줍기, 긍정적 사고, 책 읽기, 심판을 공손히 대하기 등이다. 나도 인격을 수양하고, 운을 나의 편으로 만들기 위해 지켜야 할 것과 버려야 할 것을 적어본다. 지켜야 할 것은 독서와 글쓰기, 긍정적인 생각과 말, 인사 잘하기, 친절과 겸손, 예의와 바른 자세. 버려야 할 것은 경쟁심과 시기심, 남과 비교하는 마음, 부정적인 생각과 말, 욕심.

두 번째, 지역의 사람들과 좋은 연대를 이루는 것이다. 춘천은 내가 태어나고 자란 고향이다. 지금도 사랑하는 가족들과 춘천에 살고 있다. 춘천의 도시공간과 자연환경을 사랑한다. 춘천은 항상 나에게 힘을 주는 곳이다. 본사의 격무에 시달릴 때도, 인도 사업으로 지쳐있을 때도 춘천에 오면 마음이 편안해졌다. 나이가 들수록 고향의 소중함은 더 깊어진다. 춘천과 강원지역이 풍요로워지는 일에 힘을 보탤 수 있다면 정말 기쁠 것 같다. 아내는 지난해부터 지역사람들과 독서 모임을 운영하고 있고, 나도 참여하고 있다. 책을 매개로 다양한 사람들과 삶의 이야기를 나누는 것은 나에게 즐겁고 의미 있는 일이 되었다. 지역의 다른 모임에도 참여하며 더 많은 사람과 좋은 관계를 하고 싶다.

'성공은 실패 뒤에 온다.'라는 말처럼 과거의 시련은 나를 성장시키기 위한 과정이었다고 믿는다. 그리고 책을 읽을수록 인생에 실패는 없다는 생각이 든다. 성공한 사람들도 '성공보다는 실패에서 배운 게 많다.'라고 말한다. 나도 포기만 하지 않으면 성공할 수 있다는 확신이 생긴다.

있는 그대로의 나를 사랑하고, 긍정적인 미래를 그리며 힘차게 인생을 걸어가려 한다. 그리고 앞으로 내 모든 선택의 기준점은 가족이다. 중요한 선택의 기로마다 가족들과 상의하고, 가족 모두가 좋아지는 방향으로 선택할 것이다. 5년, 10년, 20년 뒤 미래가 기대된다. 그리고 성공을 향해 걸어가는 나의 뒷모습을 보며 걸어갈 가족의 미래도 기대된다.

김리원

처음에는 호기롭게 글을 쓰기 시작했습니다. 내가 경험한 일과 그때의 감정을 글로 표현하는 게 그리 어려울 것 같지 않았죠. 하지만 글을 쓰다 보니 생각보다 쉽지 않더군요. 중간에 포기하고 싶을 만큼 어려운 순간도 있었습니다. 그럼에도 불구하고 함께해준 분들 덕분에 마침표를 찍을 수 있었습니다. 이 글이 여러분께 비전과 목표를 세우고, 현재를 소중히 여기며 주변 사람들과 함께 살아가는 데 작은 도움이 되기를 바랍니다. 마지막으로, 감사한 마음을 이 글에 담아봅니다.

김명희

새로운 시각으로 건강하게 일상을 살아가는 힘을 지속하고 싶어, 매일 책을 읽고 글을 쓰고자 노력하는 사람입니다. 혼자 쓰고 간직하는 글을 넘어 누군가 읽을 수 있는 글을 책으로 출간하는 작업을 경험하며, 독서와 글쓰기의 위대함 앞에서 더욱 겸손해야 함을 배웠습니다. 책 작업을 함께 한 모든 분께 감사합니다. 저를 비롯한 우리 모두가 "오늘도 훌륭히 싸웠고, 달릴 길을 달렸으며 믿음을 지켰습니다(티모테오 2서)."라고 이야기 할 수 있는 일상을 지켜내기를 바랍니다.

김미연

어느새 50이라는 나이가 지났다. 20년 넘게 한 학교에서 교사로, 한 아이의 엄마이면서 아내로 평범하게 살아왔다. 몇 년간 50대로 살아보니, 50은 마흔이 지나고 당연히 먹어야 하는 나이가 아니었다. 흔히 지천명이라고 하는 말에는 정신마저 아찔해진다. 제2의 인생이 시작되는 시점에서 공저팀과의 작업은 행운이었다. 내 삶의 의미를 물어보고, 이후 인생의 계획과 방향을 다시 찾을 수 있었기 때문이다. 나 자신의 힘과 의미를 발견해 나가면서 멋진 어른의 면모를 갖추고 더 나은 글로 독자를 만나고 싶다.

김숙영

남들의 시선에 갇혀 가식적인 삶을 사는 나였다. 내 본모습을 들킬까 무섭고 두려웠다. 나를 부정할 것 같은 생각에 내 행동에 이유를 찾았다. 그런 내가 책을 읽고 글을 쓰며 공동체와 함께 성장해 나갔다. 그러자 남의 시선보단 나의 성장에 주목하며 점점 진정한 나를 찾아가는 삶이 되었다. 그런 삶이 나다운 삶이고 그 과정에서 행복이 있었다. 나다운 삶을 살며 꿈꾸는 삶이 진정 행복한 삶이라 생각된다. 모두 꿈꾸는 삶이 되길 바란다.

김영숙

'함께'라는 단어가 주는 힘을 실감했습니다. 모두가 한마음이었다고 생각됩니다. 그래서 가능한 일이었습니다. 아홉 작가님 진심으로 감사합니다. 나를 세상에 보여준다는 것이 얼마나 용기가 필요한지도 알게 되었습니다. 이렇게 용기 낸 나의 이야기가 누군가에게 도움이 되는 글이 되었으면 하는 마음으로 썼습니다. 이런 마음으로 글을 쓰고 보니, 제 삶을 재해석하는 계기가 되었습니다. 글이 주는 힘은 대단한 것 같습니다. 아무쪼록 이 책을 선택하신 독자 여러분에게 감사함을 표현하고 싶습니다. 감사합니다.

남궁수경

"남궁수경 대표님! 어서오세요! 같이 성장 북클럽입니다" 어른과의 대화가 필요했습니다. 아이들의 주양육자라 어떤 모임에도 마음 편히 갈 수 없었습니다. 그렇게 마음의 결핍을 느낄 때, 맘카페에서 새벽 6시 30분에 시작하는 독서 모임을 발견했습니다. 내 인생의 대표로서 어른의 대화를 하게 되었고, 독서 모임만 가면 눈에 홍수가 났습니다. 대화를 했고 치유하며 성장의 비계가 되었습니다. 독서를 통해 주변을 살필 줄 알게 되었습니다. 독서와 글쓰기를 통해 성장하는 삶. 독자 여러분과 함께 하고 싶습니다.

박정희

저는 독서를 통해 많은 도움을 받았습니다. 외롭고 괴롭고 방향을 찾지 못할 때마다 제 곁에는 책이 있었습니다. 제 얘기를 하기가 쉽지는 않았지만, 저도 누군가에게 도움이 되기를 간절히 바라는 마음으로 이 글을 썼습니다. 책을 읽는다고 당장 상황이 좋아지지는 않습니다. 하지만 생각과 행동이 점차 변하게 될 겁니다. 그러다 보면 내 주변에 있는 사람들이 변하고 세상이 변하는, 마법의 순간이 찾아오게 됩니다. 지금의 '나'를 성장시킬 수 있는 키는 여러분 자신입니다. 언제 어디서나 응원하겠습니다. 힘!

유승훈

'빨리 가려면 혼자 가고, 멀리 가려면 함께 가라.' 혼자라면 엄두도 못 낼 일을 마무리합니다. 함께한 아홉 분이 있었기에 가능한 일이었습니다. 생각을 말하는 건 쉬워도, 글로 표현하기는 쉽지 않음을 깨닫습니다. 글을 쓰며 과거를 돌아보고, 현재에 집중하며, 미래를 펼칩니다. 일에 매몰된 경주마의 삶에서 시간과 경제적 자유를 이루기 위해 고군분투하는 40대 직장인의 이야기가 단 한 사람에게라도 도움이 되길 바라는 마음에 숨겨두었던 속마음을 털어놓았습니다.

조소연

글을 쓰려면 멈추고 생각하게 된다. 생각하는 과정에서 나를 보게 된다. 나를 찾으면 변화할 수 있고, 방향도 보인다. 자기만의 삶의 방향으로 신나게 달릴 수 있다. 그 길 위에서 이웃과 함께 나누고 베풀며 진정한 성공자의 삶을 살 수 있을 거라 믿는다. 읽고 쓰는 게 여전히 어려운 3050의 어른, 자녀 교육과 자기 성장의 균형을 원하며 제2의 삶을 꿈꾸는 이들에게 이 책을 권한다. 삶의 공부 계기가 되어주는 남편 최인영님과 자녀 윤경이 윤보에게 고마움을 전한다. 여전히 읽고 쓰는 삶을 보여주시는 조성림 아버지께 늘 감사하다.

최인영

회사에서 보고서를 많이 써봐서 책을 쓰는 것도 쉽게 할 수 있을 줄 알았다. 하지만 초고를 쓸 때부터 그 생각은 와르르 무너졌다. 내 '자신'과 마주하고, 지나온 삶의 기억을 끄집어내는 건 정말 힘든 일이었다. 그리고 내가 쓴 문장이 왜 그리도 어색한지 몇 번을 읽어 보고, 퇴고하기를 반복했는지 모른다. 그래도 나의 투박한 글에 담긴 삶의 이야기가 어느 직장인에게 작은 위안이 될 수 있다면 더 바랄 게 없을 것 같다. 초보 작가를 잘 이끌어 주신 이은대 선생님과 공저에 참여하신 모든 분께 감사를 드립니다.